U0645505

余光中译评英美现代诗

Yu Guangzhong's Translation and Critique of Modern British and American Poetry

余光中 编·译

·桂林·

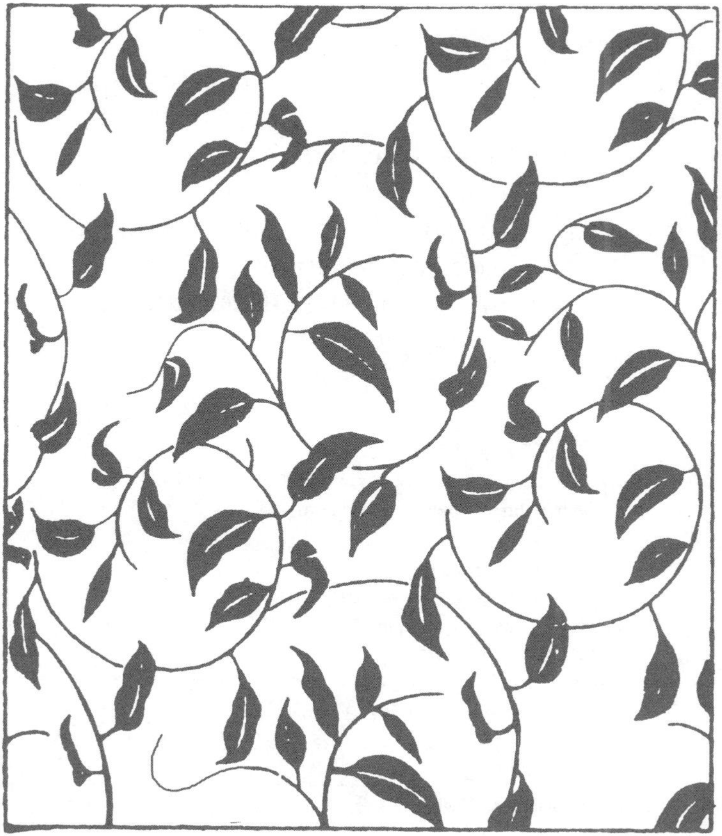

余光中译评英美现代诗
YU GUANGZHONG YIPING YINGMEI XIANDAISHI

出版统筹：罗财勇　　营销编辑：方俪颖
策划编辑：唐俊轩　　　　　　　花　昀
责任编辑：余慧敏　　责任技编：余吐艳
助理编辑：冯忻然　　装帧设计：徐俊霞
　　　　　　　　　　　　　　　倖萍利

本书由台北九歌出版社有限公司经明洲凯琳国际文化传媒（北京）有限公司授权出版

著作权合同登记号桂图登字：20-2025-107 号

图书在版编目（CIP）数据

余光中译评英美现代诗 / 余光中编、译. -- 桂林 ：广西师范大学出版社，2025. 9. -- ISBN 978-7-5598-8334-6

Ⅰ. I561.072；I712.072；H315.9

中国国家版本馆 CIP 数据核字第 2025P2C474 号

广西师范大学出版社出版发行
（广西桂林市五里店路 9 号　邮政编码：541004
网址：http://www.bbtpress.com）
出版人：黄轩庄
全国新华书店经销
深圳市精彩印联合印务有限公司印刷
（深圳市光明区马田街道新庄社区同富工业区 B 栋 103
邮政编码：518107）
开本：787 mm × 1 092 mm　1/32
印张：12.125　　字数：251 千
2025 年 9 月第 1 版　　2025 年 9 月第 1 次印刷
定价：68.00 元

此书敬献给恩师梁实秋教授

——

新版序[1]

《英美现代诗选》出版问世，早在一九六八年，已经是半世纪之前了。现在扩版重新印行，收入的新作有七十九首之多，但当年的《译者序》长逾万言，在新版中仍予保留，作为纪念。新版的译诗到了末期，我因跌跤重伤住院，在高雄医学大学接受诊治半个月（七月十六日迄八月一日），出院后回家静养，不堪久坐用脑之重负，在遇见格律诗之韵尾有 AABB 组合时，只能照顾到其 BB 之呼应，而置 AA 于不顾，亦无可奈何。

所幸我有一位得力的助手：我的次女幼珊。她是中山大学外文系的教授，乃我同行，且有曼彻斯特大学的博士

1 “新版”指台湾九歌出版社2017年出版的繁体版《英美现代诗选》，广西师范大学出版社出版的简体版书名为《余光中译评英美现代诗》。

学位，专攻华兹华斯。《英美现代诗选》新版的资料搜集与编辑，得她的协助不少。在此我要郑重地向她致谢。

—— 二〇一六年九月

译者序

二十世纪的第二个十年（decade），或间接或直接受了一次大战的影响，人类对于自己的环境，有了新的认识，对于生命的意义也有了新的诠释。在这样的背景下，美感经验的表现方式也起了异常重大的变化。在西方，一些划时代的作品，例如史特拉夫斯基[1]的《春之祭》，毕卡索和布拉克的立体主义绘画，和艾略特的《普鲁夫洛克的恋歌》（*the Love Song of J. Alfred Prufrock*）等发表于这个时期。在中国，紧接在一次大战之后，五四的新文学运动也蓬蓬勃勃地展开。从那个时期肇始的现代文学和艺术，到现在，无论在西方或东方，都已经有半个世纪的历史了。

以英美现代诗而言，第一次大战也是一条重要的分水

1　又译斯特拉文斯基。本书人名、地名等相关译名在正文中保留作者翻译原貌，附录《译名对照表》中列出通行译名以供查阅。

岭。一次大战之前的二十年间（约自一八九〇至一九一〇），我们可以武断地说，几乎没有什么重要的诗作出版。到了一八九〇年左右，英国的丁尼生、白朗宁、安诺德、罗赛蒂（D. G. Rossetti）、霍普金斯，美国的爱默森、惠特曼、狄瑾荪等等，或已死去，或将死去，或已臻于创作的末期而无以为继了。在漫长的二十年间，只有哈代、浩司曼、叶慈、罗宾逊（E. A. Robinson，1869—1935）等寥寥几位诗人，能继续创作，维持诗运于不坠。其中最重要的作者叶慈，虽然成名很早，但他较为重要的一些作品，像《为吾女祈祷》《再度降临》《航向拜占庭》等，都完成于一次大战之后。狄瑾荪的一千七百七十五首诗，陆陆续续出版，一直要到一九五五年，才全部出齐。霍普金斯的诗，一直要等到一次大战的末年（一九一八），才开始与世人见面。

事实上，英国的所谓现代诗，大半是由美国人促成而且领导的。一九〇八年，一个美国的小伙子闯进了伦敦的文学界，以他的诗才、博学、语言的知识和坚强的个性，激发了同侪与先辈的现代敏感和革新文字的觉醒。叶慈终于能从前拉菲尔主义的梦幻与爱尔兰神话的迷雾中醒来，一半是庞德淬砺之功。庞德在伦敦一住住了十二年，俨然成为美国前卫文艺派驻欧洲的代表，即称他为现代主义的大师兄，也不为过。一九一四年，他最得力的后援抵达伦敦，那便是艾略特。这位师弟后来不但取代了师兄的地位，甚至成为英美现代主义的大师。晚年的艾略特一直定居在伦敦，他的批评左右一代的诗风甚至文风。冥冥中，历史似乎有意如此安排：在美国国内一直郁郁不伸的三十八岁的佛洛斯特，也于一九一二年迁来英国。他最重要的诗集《波士顿以北》一九一四年在英国出版，使他在英国成名。在同一年，一位出身新英格兰望族的波士顿女士，也飘海东来，她的名字叫阿咪·罗威尔。不久她就成为英美诗坛上所谓意象主义（Imagism）的领袖。

但是美国的天才并没有完全“外流”到欧洲去。一九一二年，孟罗女士（Harriet Monroe）主编的《诗》月刊在芝加哥创刊，中西部几支杰出的笔立刻向它集中。桑德堡、林赛、马斯特斯，是早期的《诗》月刊上最引人注意的三个名字：三位诗人都是在伊利诺易州长大的中西部青年，都崇拜林肯，师承惠特曼，都植根于密西西比河流域的土壤，且拥抱农业美国广大人民的现实生活。这种风格，在小说方面，早有马克·吐温遥遥先导；同辈之中，更有德莱塞、安德森、刘易士等和他们并驾齐驱。如果我们杜撰名词，把旅英的艾略特、庞德、艾肯和诗风趋附他们的作者（例如一度旅法的麦克里希）称为“国际派”，则桑德堡一群作者，我们不妨称为“民族派”。这样的区分，每每失之武断，当然不足为训。可是这两群诗人间的相异，并不全是地理上的。前者的贵族气质，后者的平民作风；前者的驱遣典籍俯仰古今，后者的寓抒情于写实的精神；前者的并列数种文字和兼吞异国文学，后者的乐于做一个美国公民说一口美国腔的英语，在在都形成鲜明的对照。

芝加哥成为美国中部文学的中心，但是它毕竟不能取代纽约。当国际派在欧洲渐渐兴起，与英国的休姆（T. E. Hulme），爱尔兰的乔艾斯，甚至前辈叶慈分庭抗礼的时候，在美国东部，以纽约为中心的一群青年诗人也相继出现了。威廉姆斯（W. C. Williams）、玛莲·莫尔、史悌文斯、康明思、哈特·克瑞因（Hart Crane）、米蕾（Edna St. Vincent Millay）等等，都是历经时间的淘汰而迄今仍屹立的名字。他们之间的差异，正如一切富于独创性的诗人之间的差异一样，是非常大的，例如，同为女诗人，玛莲·莫尔的冷静、犀利、精细和米蕾的狂放、炽烈，可以说形成尖锐对比。但是和国际派比较之下，这些纽约的诗人似乎又异中有同：消极地说，他们皆不热衷历史与文化，也无意以学问入诗，总之，他们雅不欲使美国诗攀附欧洲的骥尾；积极地说，他们都尝试将美国现代口语运用到自己的作品里去，且将它锻炼成鲜活而富弹性的新节奏。主张美国化最力的威廉姆斯是如此，即深受法国文学影响的史悌文斯也是如此。

相对于中西部和新英格兰的作者，也就是说，相对于北方的诗坛，美国南方也出现了一群现代诗人，那就是所谓“亡命者”。兰逊是这些南方诗人的导师，他在梵德比尔特大学的两个学生，泰特和华伦，是这一派的中坚分子。这一派的诗风虽饶有南方的地域性，在历史的渊源和社会背景上，却倾向农业与贵族的英国。在文学思想上，他们接受英国传来的所谓“新批评”，弃历史的诠释而取结构的分析；在传统的师承上，他们接受艾略特的启示，反英国的浪漫主义而取法于十七世纪的玄学派，也就是说，舍抒情而从主知；在创作的手法上，他们大半凭借玄学派所擅长的“机心”与“反喻”。

超然于这些宗派与运动之外，尚有像佛洛斯特和杰佛斯那样独来独往的人物。杰佛斯一度成为批评家溢美之词的对象，佛洛斯特一度是朝野器重而批评界漠视的名家。现在两人都已作古，尘土落定，时间说明，前者毕竟只是现代诗的一道偏锋，后者才是晚成的大器。至少有一点是两人相同的：他们生前既不属于嫡系的现代主义，现代主义所特有的晦涩也就不曾侵蚀到他们的作品，杰佛斯明快遒劲的叙事诗，佛洛斯特亲切自如的对话口吻，都是值得称道的。实际上，像康明思、史悌文斯一类的诗人，也都是飘然不群的个人主义者。将他们纳入纽约的一群，只是为了地理区分的方便罢了。

在英国，在艾略特、庞德、叶慈（没有一个是英国人）形成的“三雄鼎立”出现之前，诗的生命可以说一直在衰退之中。维多利亚时代的诗，大致上只能说是兑了水的浪漫主义，技巧虽然愈益精进，但那种充沛而亢奋的精神却愈来愈柔驯了。拿丁尼生和华兹华斯相比，我们立刻发现，前者在音律的多彩多姿上，固然凌驾后者，但在气象的宏伟和浑成自如的新鲜感上，前者就不免逊色了。所以从一八二〇年到一九二〇年的一百年间，虽有白朗宁、哈代、霍普金斯等作逆流而泳的努力，英国诗的境界日隘，感觉日薄，语言也日趋僵化，终于沦为九十年代（the nineties）

的颓废和本世纪初所谓“乔治朝诗人”（Georgian poets）的充田园风。现代英诗名家辈出，但是像戴拉美尔、梅士菲尔（John Masefield，1878—1967）、席特威尔等等名家，卓然自立则有余，涵煦一代则不足：戴拉美尔与生活的距离太远，梅士菲尔与生活的距离太近，席特威尔过分偏重音律的技巧，总而言之，他们对于当代现实的处理，不足以代表广大知识分子的“心象”（vision），因此他们的地位不足以言“居中”（central）。

一次大战的惨痛经验，激发了一群所谓“战争诗人”的敏感。这原是素来与欧陆隔离的岛国，在文学创造上的一个转机。不幸一些甚富潜力的青年诗人竟在大战中捐躯了。论者常常叹息，说如果欧文和爱德华·汤默斯当时不即夭亡，则艾略特的国际派也许不致管领一代风雅至于垄断，而现代英国诗发展的方向也容或不同。

是以艾略特成了现代英美诗“正宗”（orthodoxy）的领袖。于一九二五年到一九五五年的三十年间，他的权威是无可伦比的。佛洛斯特、桑德堡、康明思，可能更受一般读者的欢迎，但是批评界的推崇和学府的承认，使艾略特在核心的知识分子之间成为一个代表人物。艾略特的领导地位是双重的：他的影响力既是创作上的，也是批评上的。一位作家，如果同时又是一位批评大师，往往会成为他那时代的文学权威。朱艾敦如此，颇普、约翰生博士、安诺德、艾略特也是如此。艾略特的诗创作到一九四四年就结束了，但他的批评文字一直维持到晚年。二十世纪前半期的文学思潮，消极地说，是反浪漫，积极地说，是主知。艾略特的批评，正当这种文学思潮的主流。传统的延续，历史的透视，古典的整体感，文化的价值观念等等，艾略特对这些的重视与倡导，对于晚一辈的诗人，尤其是三十年代崛起于英国诗坛的奥登，影响至为深远。

三十年代的英美诗坛，正如当时世界各地的文坛一样，左倾的社会思想盛行一时。在英国，牛津出身的“诗坛四杰”，奥登、史班德、戴路易斯、麦克尼斯，和里兹大学出身的诗人兼批评家李德（Herbert Read）等，无论在创作的主题和批评的观点上，都深受马克思思想的影响。其中史班德和戴路易斯更曾经参加过共产党。未几史班德从西班牙的内战回来，变成西方反共最力的作家之一；戴路易斯在二次大战时甚至进入政府的新闻部工作，今年更继梅士菲尔之后，接受了桂冠诗人的任命。在当时，这些青年诗人和艾略特之间的关系是很有趣的：他们学习艾略特的新技巧，但是排斥艾略特的社会思想。在美国，普罗文学在诗中的表现不如在散文中强烈。《新群众》（*The New Masses*）杂志上发表了无数的诗，歌颂马克思和共产党，并暴露美国社会的种种病态，但现在回顾起来，只有费林（Kenneth Fearing）的讽刺诗略具艺术价值，其他的劣作都已随时间而湮没了。

正当三十年代普罗文学盛行的时候，欧美的文艺界又兴起了所谓“超现实主义”。超现实主义原来是从达达主义的纯粹虚无中蜕化来的。不同的是：达达主义只是一团混乱，而超现实主义要有系统地制造混乱。超现实主义创立于一九二四年，当时的西欧正值一次大战之余，西方文化正处于空虚迷惘的状态；超现实主义者遂振振有辞地说：文艺反映时代，混乱的时代便产生混乱的文艺，分裂的社会便产生分裂的感受。这一派的作者要解放无意识，同时要驱逐理性，排斥道德上和美学上的一切标准，最终的目的是要创造未经理性组织的所谓“自动文字”。超现实主义在本质上是虚无的，它坚持一切价值的崩溃。共产主义在取得统治权之前，也预期一切（至少是布尔乔亚的）价值的崩溃。这一个共同的信念，也真奇怪，竟使超现实主义一度与共产主义合流。萨特在《一九四七年作家的处境》一文中指出：早期的超现实主义曾宣称自己是具有革命性的，并声援共产主义。但是这种联盟是注定了要分解的，因为法国的共产党虽愿利用超现实主义，但超现实主义充其量只能搅乱布尔乔亚的价值观，却无法赢得一个无产阶级的读者。

到了四十年代，超现实主义亦曾风行于英美的诗坛，但是在英美，它没有什么政治上的意义，对诗人们的影响毋宁是创作技巧的启发。在英国，这种新浪漫主义的倾向，在文字上表现为“填满（诗行）以爆炸性的狂放的元音”。这种倾向，一方面是对法国超现实主义的响应，另一方面也是对艾略特的主知主义的反动。艾略特的本质是古典的，他认为诗中应该“无我”；狄伦·汤默斯的本质是浪漫的，他的诗中洋溢着“我”。遇到该说“我”的时候，艾略特宁可自遁于“我们”。在早期的作品如《普鲁夫洛克的恋歌》中，“我”常是模棱而嗫嚅的，到了晚期的《四个四重奏》（*Four Quartets*）时，第一人称几乎只有复数形式的“我们”了。除了狄伦·汤默斯的部分作品可以传后以外，自称为“新启示派”（The New Apocalyptics）的青年作者们，也已随时间逝去了。

与狄伦·汤默斯同受超现实主义影响而声名略逊的巴克尔（George Barker），近年来地位日见重要。另一位新浪漫主义的作者缪尔，风格比较沉潜，但对于神秘感的探索仍与超现实主义遥相呼应。近年来，颇有些批评家认为缪尔和巴克尔已可当大诗人之称而无愧，但这种崇高的地位似乎尚未臻于公认。另一位重要诗人，在艾略特雄视文坛的时代一直郁郁不伸且有意在现代诗主流之外另立门户的，是格瑞夫斯（Robert Graves）。他的成就已渐渐引起批评界的重视，但他做大诗人的地位仍然见仁见智。论者指出，格瑞夫斯恒将他潜在的力量局限在狭小的形式之中，因而未能像叶慈、艾略特、佛洛斯特、史悌文斯那样，集中力量，作一次持续而强烈的表现。

从文学史的发展过程，我们得知“每一次革命都是针对上一次革命而发”。一个时代的文学思潮，很奇怪，与其说积极地要建树什么，不如说是消极地要避免或反对什么。例如浪漫主义的兴起，可以视为对十八世纪理性主义的反动，而艾略特等的现代主义，又是对于浪漫主义的反动。在英国，由于文化的条件比美国集中，文学上所谓的运动比较方便，且容易造成一股力量。牛津和剑桥仍然是青年诗人荟萃之地，伦敦的出版商、英国广播公司、《旁观报》等等，则是崛起的新人争取的对象。五十年代中英国兴起了一群年轻诗人，将自己的运动直截了当地称为“运动”（The Movement）。他们的诗选集《新路线》（*New Lines*）出版于一九五六年，一共刊出九位作者的诗。这些新人皆出身于牛津或剑桥，其中有几位颇受艾略特大弟子安普森的主知诗风影响，但他们的结合，毋宁是由于对一般的前辈同具反感。他们不但反对四十年代“新启示派”的晦涩和混乱，也反对狄伦·汤默斯的梦幻世界，甚至也不满意叶慈、艾略特、庞德、奥登等前辈。他们或公开或含蓄地表示，英国诗的血缘，在一个爱尔兰人和两个美国人的旗下，竟然被法国的象征派玷污了。年轻的这一代认为，诗必须诉诸一般明智的读者，而不得太奇僻，太陷于个人的生活，太耽于奥秘的象征。在形式方面，他们力主严谨，甚至偏好三行联锁体（terza rima）和六行回旋体（sestina）。“运动派”九人之中，以艾米斯（Kingsley Amis）、拉尔金（Philip Larkin）、戴维（Donald Davie）、耿汤（Thom Gunn）、韦恩（John Wain）五位最引人注目，年龄也相仿，最年长的不超过四十六岁，最年轻的才三十九。艾米斯在《五十年代的诗人》（*Poets of the 1950s*）中宣称：“谁也不会再要诗去歌咏哲人、绘画、小说家、画廊、神话、异国的城市或者别的诗了。至少我希望没有人要这类诗。”拉尔金在同一本书中也说：“对于‘传统’或者公用的玩具或者在诗中兴之所至影射别的诗或诗人什么的，我一概不加信任。”这种态度，对于效颦艾略特的伪古典派和模仿狄伦·汤默斯的伪浪漫派，不无廓清之功。但是矫枉常会过正，运动派在逃避前辈的缺点之余，每每连前辈的美德亦一并扬弃。他们有意脱离欧洲文学的大传统以自立，但他们的作品，往往变得太实事求是，太常识化，太平淡无奇，太陷于英国的一切了。运动派有意挽好高骛远之颓风，而径自低眼界，不免贬抑了诗的功能。拉尔金甚至公然表示他如何讨厌莫札特，而且患有“淡淡的仇外症”。对他而言，诗的功能只是“使孩子不看电视，老头子不上酒店”（Keep the child from its television set and the old man from his pub）。

紧接在运动派之后，英国又出现一群新人，自命“游侠派”（The Mavericks）。这一派为数也是九人。在一九五七年出版的选集《游侠》的序言中，他们斥“运动”派的作风为违背诗之本质，并倡导自然之流露与浪漫之精神。但不久这些诗派的争吵也就渐渐冷了下来，真正独创的作者仍然各按自己的个性去发展，不甘受宣言或信条之类的束缚。一九六三年，运动派的作者康奎斯特（Robert Conquest）又编印了《新路线第二号》，其中作者阵容颇有改变，例如原属游侠派的史坎诺（Vernon Scannell）被收了进去，而原属“运动”派的哈洛威（John Holloway）却被除名了。

当代美国的诗坛，情形与英国颇不相同。第一，以叶慈、艾略特、庞德为核心的国际派，亦即现代主义之正宗，其影响力虽已逐渐消逝，但在美国的余威反而比在它的发源地英国更为显著。在英国，国际派的传人仍不绝如缕，出身剑桥而现在布里斯陀大学任教的汤灵森（Charles Tomlinson）就是一个例子。可是运动派既兴之后，当代英诗的方向，已经与国际派那种注重文化专事象征的路子背道而驰了。在美国，国际派的传统诗观虽然不无修正，调子也不像旧日那么高昂，却仍然是一个活的传统，旗下几乎囊括了学府中的重要作者。所谓学院派（The Academics）与“野人们”（The Wild Men）的对立，往往是很粗略甚至武断的二分法，可是对于谈论美国诗的现状，也不失为一种方便。数以千计的美国大学和学院，已经取代了古代的贵族阶级和工业革命以来的中产阶级，而成为文艺的一大主顾和赞助者。形形色色的创作奖金和研究津贴，讲授诗创作与批评的教席，学院的刊物和出版社，演说及朗诵的优厚酬金，以及学府的自由气氛等等，都是促使诗人集中在学府的条件。既享盛名的诗人，更有不少大学延揽为所谓“驻校诗人”（poet in residence）。美国大学对于现代文艺多持开明甚至倡导的态度。英文系的课程之中，现代诗占了相当重要的比例，诠释的方式也大半采用艾略特、李威斯、瑞恰兹、兰逊等的“分析的批评”。英国的大学，则除剑桥以外，对于现代诗一向任其自生自灭，不愿纳入课程之中。

美国的学院派诗人之中，除了已故的罗斯克（Theodore Roethke），原籍英国而归化美国的奥登，现在达特默斯学院任教的艾伯哈特等属于六十岁的一代外，其余的多在壮年。沙比洛（Karl Shapiro）、罗贝特·罗威尔（Robert Lowell）、魏尔伯三人可以视为壮年一代的代表。沙比洛是二次大战期间成名的军中诗人，早年诗风追摹奥登，后来渐渐强调自己的犹太族意识，转而攻击反犹的国际派，并歌颂民族派的惠特曼和威廉姆斯。罗威尔出身于新英格兰的书香世家，是十九世纪名作家杰姆斯·罗素·罗威尔的后裔，女诗人阿咪·罗威尔的远房堂弟。他的作品在在流露一个清教徒的良心对于罪恶的敏感和自拯的愿望；在形式上，他力矫所谓“自由诗”的流弊，致力严谨而紧密的表现方式，使内容与形式之间产生一股张力。罗威尔毕业于哈佛和坎延学院，是兰逊的及门高足，近年来，他已经被批评界公认为奥登以降最重要的诗人。魏尔伯缺乏罗威尔的道德感和热情，而以匠心与精巧见长，也是学院派一个杰出的代表。

第二，美国当代诗坛和英国不同的是：前者已经形成了与学院派多少相对的一个在野党，即所谓“野人们”。前文所谓的民族派作者，例如威廉姆斯，在国际派当权的时期，一直只能在所谓小杂志上发表作品。威廉姆斯一生奋斗的目的，是要将诗从象征和观念中解放出来，来处理未经文化意义熏染过的现实生活，要唤醒诗人真正睁开眼来看周围的自然，并真正竖起耳朵听日常语言的节奏。对他而言，艾略特的引外文入诗且大掉书袋，庞德的借古人之口说自己的话，叶慈的修辞体和神话面具，都是现代诗美国化运动的阻碍。一句话，威廉姆斯认为诗应该处理经验，而不是意念。他的奋斗，一直要到五十年代才赢得广泛的注意。“野人们”兴起于五十年代的时候，一方面直接乞援于威廉姆斯和桀骜不驯吐词俚俗那一面的庞德，一方面遥遥响应从惠特曼到桑德堡的民族传统，另一方面又向往东方的禅，中国和日本的诗。“野人们”散布美国各地，而以北卡罗莱纳州的黑山学院、纽约和旧金山三处为活动的中心。五十年代初期，奥尔森（Charles Olson）、邓肯（Robert Duncan）、克瑞利（Robert Creeley）等在黑山学院任教。他们主办的《黑山评论》刊登该校师生和校外作者的诗，一时成为“野人们”的大本营。纽约的一群以艾希伯瑞（John Ashbury）和佛兰克·奥哈拉（Frank O’Hara）为主，作风近于现代法国诗，也甚受绘画中抽象的表现主义的影响。旧金山的一群声势最为浩大，呼啸也最为高亢。这群作者自称“神圣的蛮族”（The Holy Barbarians）或“敲打派”（Beatniks）。无视道德价值、性的放任、大麻剂和 LSD 等麻醉品的服用，浪游无度，歌哭无常，加上对于超现实主义、享乐主义、爵士乐、禅等等的喜爱，构成了他们的生活形态。在作品中，他们所表现的大半是私人的强烈好恶和对于社会的敌意，不太注意锻炼形式。他们的语言虽以口语为基础，却往往流于片段的呼喊。金斯堡（Allen Ginsberg）、凯如阿克（Jack Kerouac）、费林格蒂（Lawrence Ferlinghetti）是这一群的领导人物。金斯堡近年来已成为“野人们”最有名的代表作家，他的诗集《呼号》

（*Howl*）已经成为文化浪子必读的名著了。凯如阿克虽是“敲打派”的核心人物，他的作品却以散文为主。费林格蒂在大学生中拥有广大的读者，他的选集《心灵的康尼岛》（*Coney Island of the Mind*）到一九六六年为止已达十六万册的销量。近年来，费林格蒂似已与正统的“敲打派”分道扬镳，主张诗人不能逍遥于社会与责任之外，而诗必须能朗朗上口，诉于听觉。“野人们”对学院派的敌意是显然的；矛盾的是，最后接受他们的诗的，仍是大学生。两年前，金斯堡在坎萨斯大学极为成功的访问和朗诵，便是最雄辩的例子。

半世纪来，英美的现代诗历尽变化，目前似乎已经完成了一个发展的周期。以叶慈、艾略特、庞德、奥登为核心的现代主义，是二十世纪前半期发展的主流。大致上说来，这个时期的思潮是反浪漫的、主知的、古典的；在创作的风格上，是讽刺的、反喻的、机智的、歧义的或者象征的，典型的现代诗人，在心理状态上，是与社会隔绝的：他看不起孳孳为利的中产阶级，更无法赢得劳动大众的了解。在一个分工日繁而大众传播日渐垄断国民心灵生活的工业社会之中，诗人的声音既不具科学家的权威性，又不如电影、电视、广播、报纸那样具有普遍性；既然大众不肯听他，他索性向内走，在诗中经营个人的心灵世界。在三十年代，诗人们或崇拜马克思的缪思，或乞援于佛洛伊德的缪思。普罗文学消沉之后，他们多半舍马克思而趋佛洛伊德，于是超现实主义盛行一时，而现代诗晦涩之病益深。奥登是一个极为有趣的例子。在三十年代，他对马克思和佛洛伊德同感兴趣，曾思在诗中兼有二者，将社会意识和心理分析熔为一炉，但近年来他又步艾略特之后尘，皈依宗教的信仰了。

造成现代诗晦涩的一大原因，正是这种信仰的分歧甚至虚无。自从十九世纪工业社会取代农业社会，基督教的信仰因进化论与新兴的科学思想而动摇以来，诗人与社会，诗人与诗人之间，遂缺乏共同的价值观念而难以互相了解。每一位作家必须自己去寻找一种信仰，以维系自己的世界。于是叶慈要建立私人的神话系统，庞德要遁于东方和中世纪，艾略特要乞援于天主教和但丁，狄伦·汤默斯要利用威尔斯的民俗，奥登变成了西方文化的晴雨计，凡二十世纪流行过的思想，无不反映在他的诗中。要沟通这些相异的价值观，对于一个普通的读者，也实在是太困难了。可是，无论在现代的社会信仰多么困难而混乱，无论曾经有多少次的运动宣称传统已经崩溃而一切信仰皆不可靠，没有一位诗人，至少没有一位大诗人，是能够安于混乱且选择虚无的。无论选择的过程多么痛苦，一位诗人必须拥抱他认为最可靠的信仰，对它负责，甚至为它奋斗。庞德、威廉姆斯、史悌文斯、佛洛斯特、玛莲·莫尔、康明思、罗威尔，以迄费林格蒂，哪一位严肃的诗人能够逃避这种选择呢？艾略特以《荒原》的虚无始，但以《四个四重奏》的肯定终。费林格蒂在一九五九年毫不含糊地指责“敲打派”不肯负责的自私态度。他说：“敲打派”一面自命私淑存在主义，一面又对社会采取“不介入”(disengagement)的态度，是矛盾而虚伪的，因为“萨特是在乎的，他一直大声疾呼，说作家尤其应该有所执着。‘介入’便是他爱说的脏话之一。对于什么‘不介入’和‘敲打世代的艺术’，他只会仰天长笑。我也一样。而那位现代诗‘可恶的雪人’，金斯堡，也可能表示同样的意见。只有死人才是一无牵挂的”。

现代诗晦涩的倾向，到了五十年代，终告结束，而为明朗的风格所取代。无论是英国的运动派，或是美国的“野人们”，作品都远较艾略特或狄伦·汤默斯明朗易解。只有美国的学院派作者仍多少维持现代主义正宗那种奥秘的诗风。无论奥秘或者明朗，都可能做得过分，而使奥秘成为故弄玄虚，明朗成为不耐咀嚼。学院派的诗，在内容上，过分引经据典，铺张神话；在形式上，过分炫弄技巧，结果固然令读者窥豹扪象，不得要旨。运动派和“野人们”的诗也往往失之于露，话说到唇边，意也止于齿间，平白无味。罗贝特·罗威尔曾分诗为“烂”和“生”两种：过烂和太生，恐怕都不便咀嚼吧。

至于形式的变迁，似乎也已经到了一个周期的终点。五十年前，意象派所倡导的自由，对于浪漫派以后的那“诗的用语”，那种游离含混的意象，机械化的节奏和笼统的概念，不无廓清之功，自由诗在诗的发展上所起的作用，略似立体主义之于现代绘画。可是任何运动都必有滥竽充数之徒，自由诗的作者往往误会没有限制便是自由。实际上，绝对的自由是消极而且不着边际的：在摆脱前人的格律之后，新诗人必须积极地创造便于自己表达的新形式，而创造可用的新形式无疑是远比利用旧格律困难的。许多自由诗的作者幻想自由诗比较好写，结果他们面临的不是自由，是散漫，其实从惠特曼起，英美诗人之中，写自由体而有成就的，除桑德堡、杰佛斯、劳伦斯、威廉姆斯、马斯特斯、史悌芬·克瑞因等之外，也就所余无几了。其他的重要作者，或一意利用传统的格律，如叶慈、罗宾逊、佛洛斯特、兰逊、泰特、罗贝特·罗威尔；或在传统格律的背景上作合于自己需要的变化，如狄伦·汤默斯、康明思、史悌文斯、玛莲·莫尔、麦克里希、艾伯哈特。奥登写过一些好的自由诗，也写过许多"新"的活泼的格律诗，只是所谓格律者，他多加以自由运用罢了。庞德也是如此。有时候，一位诗人将前一时代用滥了写油了的格律扬弃，而向更前一时代甚至古代的格律中去发掘"新形式"，也会有所收获的。例如奥登和庞德就曾利用中世纪的回旋六行体，而写出颇为出色的现代诗来。艾略特写过很自然隽永的自由诗，例如《三智士朝圣行》，也写过很严谨的格律诗，例如《不朽的低语》；不过在较长的诗中他爱将自由体和格律配合使用，例如《四个四重奏》便是如此。

我国的部分现代诗人，往往幻想所谓自由诗已经成为西洋现代诗的主要表现工具，而所谓格律诗已经是明日黄花了。这是不读原文之病。以西洋诗中最典型的古老格律十四行为例，许多现代诗人，包括叶慈、罗宾逊、佛洛斯特、米蕾、韦莉夫人、康明思、狄伦·汤默斯、巴克尔等，都是此体的高手。叶慈的十四行《丽达与天鹅》，佛洛斯特的十四行《丝帐篷》和巴克尔同一诗体的《献给母亲》，更是英美现代诗选中屡选不遗的杰作。五四以来，我国对于西洋现代诗的译述，水平不齐，瑕瑜互见，瑕多于瑜，自是意料中事。翻译原已是一种莫可奈何的代用品，谬误和恶劣的翻译更是误人。中国现代诗在形式上的散漫与混乱，不称职的翻译是原因之一。其实格律之为物，全视作者如何运用而定；技巧不纯的作者当然感到束手束脚，真正的行家驾驭有方，反而感到一种驯野马为良驹的快意。英美诗坛大多数的新人，像艾米斯、拉尔金、韦恩、魏尔伯、沙比洛、史纳德格拉斯、赛克丝敦夫人等等，都自自然然地在写某种程度的格律诗。

这部《英美现代诗选》的译介工作，主要是近七年来陆续完成的。其中在美讲学的两年—— 一九六四年九月迄一九六六年七月—— 很矛盾，反而一首诗也不曾翻译，一位诗人也不曾介绍。书中狄瑾荪的几首诗，则远在一九五六年初即已译出，并在《中央副刊》发表。算起来，前后已经有十二年的工夫了。唯近一年多来，在这本书上耗费的精力，几乎超过以往的十年，因为书中七万字以上的评传和注释，与四十四首诗的翻译，都是一九六六年夏天回来以后才完成的。这本书中所选，是英美二十一位现代诗人的九十九篇作品；每位诗人必有评传一篇，较难欣赏或用典繁多的诗必有一段附注，是以除诗之外，尚不时涉及文学史与文学批评。严格地说来，这只是一部诗集，不是一部诗选。诗而言选，则必须具有代表性，而《英美现代诗选》，以入选的诗人而言，尚不足以代表英美现代诗多方面的成就，以入选诸家所选作品而言，也不足以代表该作者的繁富风格。像英国的霍普金斯、哈代、浩司曼、欧文、戴路易斯、麦克尼斯、格瑞夫斯、巴克尔，美国的桑德堡、威廉姆斯、玛莲·莫尔、麦克里希、哈特·克瑞因、罗斯克、罗贝特·罗威尔等重要作者，都未被纳入，实在是一个缺陷。至于五十岁以下的少壮作者，除魏尔伯等少数几位外，更多在遗珠之列。造成这些缺陷的原因很多。例如，第一，本书篇幅有限，要以四百页以下的篇幅容纳二十世纪波澜壮阔派别繁富的英美诗，原是不可能的。第二，某些诗人，我虽已译介过，但一部分已收入香港今日世界社出版的《美国诗选》，另一部分则已收入文星书店出版的《英诗译注》，不便再纳入本书。

至于入选诗人，其作品数量与成就之间，也不成比例。叶慈和杰佛斯差强人意，但其他诗人，例如艾略特、佛洛斯特、奥登等，就不具代表性了。要了解艾略特，即使不读他的力作《荒原》或《四个四重奏》，至少也得读一读《普鲁夫洛克的恋歌》，书中所译四首，充其量只能略为提示他早期和中期的某一面风格罢了。下面我只能举出两个理由，聊以解嘲。第一，我个人的时间、精力、学养有限，一首“难缠”的诗往往非三数日之功不能解决。第二，诗的难译，非身历其境者不知其苦，非真正行家不知其难。现代诗原以晦涩见称，译之尤难。真正了解英文诗的人都知道，有的诗天造地设，宜于翻译，有的诗难译，有的诗简直不可能译。普通的情形是：抽象名词难译（A thing of beauty 和 A beautiful thing 是不完全一样的；中文宜于表达后者，但拙于表达前者）；过去式难译（To the glory that was Greece/And the grandeur that was Rome）；关系子句难译；关乎音律方面的文字特色，例如头韵、谐母音、谐子音、阴韵、阳韵、邻韵等，则根本无能为力。狄伦·汤默斯的诗，表面看来似乎非常平易，分析起来，处处都是音律的呼应，几乎没有几行是可以中译的。这也是为什么我只译了他两首诗。即使在我明知其不可译而译之的心情下译过来的两首之中，也仍有不少纯属文字特性的地方，令译者搁笔长叹。例如《而死亡亦不得独霸四方》中的一行：

With the man in the wind and the west moon;

看来简简单单，下笔就可译成；其实仔细吟诵之余，才发现 west moon 的声音里原来隐隐约约地含有 with the man 的回声。粗心的译者根本不会发现这些。粗心的读者往往就根据这样粗心的译文去揣摩英美诗，而在想象之中，以为“狄伦·汤默斯也是不讲究什么韵律的”！我国当代诗人受西洋现代诗的影响至深。理论上说来，一个诗人是可以从译文去学习外国诗的，但是通常的情形是，他所学到的往往是主题和意象，而不是节奏和韵律，因为后者与原文语言的关系更为密切，简直是不可翻译。举个例子，李清照词中“只恐双溪舴艋舟，载不动，许多愁”的意象，译成英文并不太难，但是像“寻寻觅觅，冷冷清清，凄凄惨惨戚戚”一类的音调，即使勉强译成英文，也必然大打折扣了。因此以意象取胜的诗，像史悌芬·克瑞因的作品，在译文中并不比在原文中逊色太多，但是以音调、语气或句法取胜的诗，像佛洛斯特的作品，在译文中就面目全非了。也就是因为这样，我国有不少诗人迄今仍认为佛洛斯特的诗“没有道理”。

翻译久有意译直译之说。对于一位有经验的译者而言，这种区别是没有意义的。一首诗，无论多么奥秘，也不能自绝于“意义”。“达”(intelligibility)仍然是翻译的重大目标；意译自有其存在的理由。然而文学作品不能遗形式而求抽象的内容，此点诗较散文尤然。因此所谓直译，在照应原文形式的情形下，也就成为必须。在可能的情形下，我曾努力保持原文的形式：诸如韵脚、句法、顿(caesura)的位置，语言俚雅的程度等等，皆尽量比照原文。这本《英美现代诗选》，可以让不谙英文的读者从而接触英美的现代诗，并约略认识某些作品，也可以供能阅原文的读者作一般性的参考，并与原诗对照研读，借增了解。无论在何种情形下，希望读者都不要忘记，翻译原是一件不得已的代用品，绝不等于原作本身。这样，译者的罪过也许可以稍稍减轻。

书中谬误，当于再版时逐一改正。至于英美现代诗人，今后仍将继续译介，积篇成卷，当再出版二辑，甚或三辑，裨补本书所遗。译诗甘苦，譬如饮水，冷暖自知，初不足为外人道也。初饮之时，颇得一些“内人”的教益与勉励，迄今记忆最深者，为梁实秋、宋淇、吴鸿藻、吴炳钟及已故的夏济安诸位先生，因志于此，聊表饮水思源之情云尔。

——一九六八年一月十一日于台北

目 录

英国篇

美国篇

英国篇

the United Kingdom Section

Thomas Hardy

1840—1928

哈代

——造化无端，诗人有情

哈代成为小说家，是为了维生，他成为诗人，却是为了兴趣。从三十四岁到四十岁，他出版了八部小说，很快成名，收入也很丰盛。后来第七部小说《黛丝姑娘》出版，遭评论家凶猛挞伐。最后一部《微贱的玖德》（*Jude the Obscure*）更遭围剿，诋之为“下贱的玖德”。哈代一怒，从此不写小说，改写诗。这对他而言，非但是一大解脱，更是一大享受。

哈代十六岁就习教堂之类的建筑，还得过大奖，不过他同时在写诗，但稿费微薄，他一直不投稿发表。小说受挫之后，他全力回到写诗，大型诗剧《历代》（*The Dynasts*）之后他又发表了三部上佳的诗集，遂以诗人身份成名。他和法国印象派大师几乎是完全同时代的人：他的生卒在一八四〇到一九二八年，莫奈则在一八四〇到一九二六年。殁后他的骨灰葬在西敏寺，但他的心则遵照其遗嘱，葬在多切斯特的郊外。

哈代身材矮小，还不满五英尺六英寸（编者按：约等于167.64cm）。他的发色近于稻草，蓝眼睛发出农夫锐利的注视，高耸的鹰鼻使他的面容威武有力。

这位作家生于十九世纪与二十世纪之交。论者常云他的小说以英国南部西赛克斯一带为背景，风格以维多利亚为主；而其诗则以二十世纪的问题为探索的对象。他的世界观受达尔文进化论影响，不承认人是宇宙的中心。他把科学的进展交付给文学。他认为造化（the elements）既非人类之友亦非其敌。造化根本不在乎人类的命运。宿命论是他对华兹华斯田园理想主义的回应。他对造化太了解了，才不会幻想造化是仁慈的。所以他的诗描写的是农夫遭受的战争，旱灾与疾病的悲惨，人与兽终生的挣扎与最后的挫败。如果有什么力量在控制，那就是偶然，疯狂的意外（crass casualty）。不过造化对人类的恶运尽管无动于衷，哈代对人类还是同情的。大家说他是悲观主义者，他却说自己只是改革家（ameliorator）。

这位宅心仁厚的改革者，同情的是勇于面对悲剧的人，如此的勇者就升为高贵的人了。哈代在小说中精心刻画的散文，在诗中却一变而为赤裸，顿挫而且自然。哈代的诗句有骨而无肉，绝少不必要的装饰。他的名诗歌咏十九世纪最后一天，有一只瘦弱的小画眉，面对风雨的岁晚仍然勇敢地独唱。他显然以小鸟自况，可谓动人。

哈代在英国诗坛另有一种意义。在二十世纪的伦敦诗坛久有圣三位一体的现象：叶慈、庞德、艾略特主持诗运近半个世纪，但三人均非英国人。尤其艾略特来自美国，作品中又使用多种外语（polyglot），在西欧俨然成了国际大师。庞德鼓吹许多外国文学（包括中国古典文学），又推崇跨行的艺术家（包括汉明威、毕卡索等），亦俨然国际文艺运动剑及履及的大推手。很自然，英国人对这种“被篡”的情势不甘忍受。戴维的专书《哈代与英国诗坛》(*Thomas Hardy and English Poetry*）就指陈此种风气之偏差，并强调哈代诗歌的主题和技巧影响所及，受惠者先后有奥登、拉尔金、汤灵森、贝吉曼（John Betjeman）、劳伦斯（D. H. Lawrence）等多人。此外，托尔金（J. R. R. Tolkien）的神话三部曲《魔戒》，用散文诗写成，也受了哈代的启发。

冬晚的画眉

我靠在一扇篱落的门边，
当寒霜白如幽灵，
而冬晚的残滓也已遮暗
白昼渐弱的眼睛。
缠绕的枯藤指画着天心
有如破琴的断弦，
在邻近出没的幢幢人影
都已经回去炉边。

大地那清癯的面容仿佛
世纪的尸体横陈；
沉沉的云层是他的坟墓，
晚风是挽他的歌声。
原充满生机，古老的脉搏
如今已僵硬而干寒，
地面残余的每一影魂魄
都像我一样地漠然。

忽然我头顶冷冽的枝条
迸出了歌声一串，
一首尽情而衷心的晚祷
充满了无限的狂欢；
一只老画眉，纤弱而嶙峋，
披着吹皱的羽裳，
此时却不惜将他的灵魂
投向渐浓的苍茫。

环顾四周围地面的晚景，
无论近处或远方，
都不足激起孤鸟的豪情
如此忘情地歌唱，
我想在他道晚安的调里

颤动着一线希望，
只有他自己知道是什么
而我却无法猜想。

他杀死的那人

“只要他跟我相逢
在一间老旧的客栈，
两人就会坐下来，畅饮
老酒，一盏又一盏。

“可是列阵成步兵，
面对面瞪着眼睛，
我就射他，像他射我，
把他射死在敌阵。

“我射死他，只因——
只因为他是敌人，
如此而已，他当然是敌人；
道理很清楚，尽管

“他自认当了兵，也许
一时起意—— 跟我同命——

一时失业—— 卖掉了行李——
没有其他的原因。

“是啊；战争真是奇怪！
你杀死的这小子，
换了在客栈你会作东，
或者借他几角子。”

部下

“可怜的流浪汉，”灰空说，
“我本想给你照明，
但上面有上面的规定，
说这样实在不行。”

“我不想冻着你，破衫客，”
北风吼道，“我也有本事
吹出暖气，放慢脚步，
可是我也接受指示。”

“明天我会袭击你，朋友，”
疾病说，“可是俺
对你的小方舟本无敌意，

只是奉命得登船。”

“来吧，上前来孩子，”死神道，
“我本来不愿让墓地
今天就结束你的朝圣行，
可是我也是奴隶！”

大家都互相向对方微笑，
于是人生再不如
他们坦承其无奈之前
看起来那么残酷。

天人合缘
—— 咏铁达尼号之沉没

1

在海底的深处，
远离人类的自负
与设计造她的世间自豪，她仍潜伏。

2

钢的舱房，近日丧葬，
她成为火蜥蜴的坟场，
寒潮穿流，有海啸琴韵之悠扬。

3

许多明镜原本

要来映照富人

却由得虾蟹爬行—— 怪异，泥污，冷寂无声。

4

喜悦设计的珠宝

来取悦感性的头脑，

黯然无神，失焦，失色，不再能闪耀。

5

目如淡月的鱼群

注视镀金的齿轮，

问道：“这么虚荣何以在水底沉沦？”

6

哎，翼能破浪这灵物

正打造成形于船坞，

造化运转，鼓动又催生了万物，

7

却为她培养了婚伴，

邪恶—— 却庞然可喜欢——

一座冰山，此刻仍太早，完全无关。

8

正当这漂亮的巨船，

身材，风度，色泽都不凡，

影影绰绰，远处也悄然长着这冰山。

9

他们似乎不相干：
没有凡目能窥探
日后的故事怎么会紧密接焊，

10

或者可见何预兆，
两者的前途真巧，
不久这两个一半会合成一件噩耗。

11

终于岁月的纺轮
说“到了！”每一半都吃惊，
大限已至，两个半球撞成刺耳的高音。

海峡练炮

——咏第一次世界大战

那晚你们的重炮，无意间，
把我们从棺材中震醒；
把圣坛的窗户也都震破，
我们还以为是末日降临，

都坐了起来。凄清之中
猎犬都惊醒了，全都在吠；

老鼠失措落下了残食，
蚯蚓全都退回了墓内。

教会的田里母牛流涎。终于
上帝叫道，“不，是海上在试炮
正如你们在入土以前
人间的世道仍未改好，

“各国仍拼命把火红的战争
越拼越血红。简直像发疯
各国都不肯听从基督
正如你们一般地无奈。

“现在还未到审判的时辰，
对战争中人还算是幸运
如果真是，就应该为如此威胁
把阴间的地板清扫干净……

“哈哈，那时情况就热得多了
当我吹起号角（万一当真
我会，只因你们是凡人
而急需安息于永恒。）”

于是我们又躺下，“不知道

人间会不会变得稍醒悟，”
有一位说，“比起当初它派我们
投这冥府世纪的虚无！”

许多骷髅都直摇其头，
邻居隔两位的牧师说道：
“与其生前四十年传道，
不如上辈子抽烟又醉倒。”

又一阵炮声震撼了当下，
咆哮说已到报复的时辰，
声传内陆的斯都尔顿塔，
凯洛宫，和星下的古碑石阵。

万邦崩溃时

只留下一个人在犁田，
步伐缓慢而沉静，
蹒跚的老马头直点，
人马都似在梦境。

只有一缕烟而无火焰，
从成堆的茅草升起；

此景会一直延续不变，
纵朝代来来去去。

远处一少女和她情人
路过时情话悄然；
战争的历史会融入夜深，
他们的故事还未完。

盲鸟

你的歌唱得真热烈！
而这一切的无理，
上帝竟同意，对你！
还没有飞已盲去，
被火热的针尖刺中，
我在旁简直不懂
你的歌唱得真热烈！

如此委屈而不恨，
也忘了可哀的悲惨，
你的命是永远黑暗，
注定一生要瞎寻，
自从被劫火所刺伤，

被囚于无情的铁丝网；
如此委屈却不恨！

谁真慈悲？唯有此鸟。
谁长受苦而保善心，
并不生气，纵然失明，
纵然被囚，却不轻生？
谁对一切仍容忍，希望？
谁不怀恶念，仍在歌唱？
谁才神圣？唯有此鸟。

William Butler Yeats

1865—1939

叶慈

——一则疯狂的神话

“一切都结束了，我终于有暇审视自己的奖章；那奖章，饶有法国风味，显系九十年代的作品，设计得很可爱，富装饰性，具学院气派。画面显示一位缪思的立姿，年轻，美丽，手里抱着一把大七弦琴，旁立一少年正凝神聆听；我边看边想：‘一度我也曾英俊像那个少年，但那时我生涩的诗脆弱不堪，我的诗神也很苍老；现在我自己苍老且患风湿，形体不值一顾，但我的缪思却年轻起来。我甚至相信，她永恒地“向青春的岁月泉”前进，像史维登堡灵视所见的那些天使一样。’”

这是爱尔兰大诗人叶慈在《自传》中追述他接受一九二三年诺贝尔文学奖后的一番感慨；时间是同年十二月十日，当时叶慈是五十八岁。他在《自传》中的自剖并非夸张，因为他的诗神确实是愈老愈年轻。他的许多杰作，例如《丽达与天鹅》《航向拜占庭》《塔》《学童之间》等等，都完成于一九二三年以后。他那沛然浩然的创造力，一直坚持到临终前的数月。有名的《青金石》《长脚蚊》《马戏班鸟兽散》等诗，都是死前一两年间的作品。那首苍劲有力的《班伯本山下》，更完成于一九三八年九月四日；那时，距他去世只有四个多月了。据说，一直到死前四十八小时，叶慈还忙于最后几篇未定稿的校订。

像叶慈这样坚持创作且忠于艺术以迄老死的例子，在现代英国诗坛上，是非常罕见的。一九六七年逝世的梅士菲尔，自从一九三〇年任桂冠诗人以后，并无任何杰出的表现。艾略特从接受诺贝尔文学奖到去世的十六年间（一九四八至一九六四），一首诗也没有写，而戏剧的创作也呈退步的现象。我国五四人物的表现，也似乎大抵类此。

叶慈在《自传》中慨叹生命与艺术间的矛盾，慨叹年轻时形体美好而心智幼稚，年老时则心智成熟而形体衰朽。这种矛盾，这种对比，在他的诗中，屡屡成为思考的焦点。例如《长久缄口之后》一首，便是讨论这个问题。要了解叶慈的深厚与伟大，我们必须把握他诗中所呈现的对比性。这种对比性，在现实的世界里充满了矛盾，但是在艺术的世界里，却可以得到调和与统一。灵魂向往永恒与无限，向往超越与自由，向往形而上的未知与不可知，但肉身却执着于时间与有限，执着于生和死的过程，执着于现实的世界。然而一个人，一个完整的生命，既不能安于现实，也不能逃避现实，他应认识这些相反的需要，而在两者相引相拒的均势下，保持平衡。想象与现实，心灵与形体，高贵与下贱，美与丑，遂成为叶慈诗中相反相成、相克相生的必要极端，因此他诗中所处理的，不是平面的单纯的思想或情感，而是一种高度综合的经验。叶慈曾谓，一个诗人带进他作品中的应该是“日常的，激情的，思考的自我”。他在作品中表现的，是“全人”的经验。例如在《航向拜占庭》一诗中，他始则歌咏肉体之必朽与灵魂之超越；继而叹息自己心灵被系于衰颓之躯体，是多么痛苦而不自由，需要解脱；终于又说，解脱之后，肉体已化，精神犹存，犹存于自己作品的艺术中，但自己作品中表现的仍是人生，仍是“已逝的，将逝的，未来的种种”，也就是说，仍是时间，而不是永恒。又如《狂简茵和主教的对话》一首中，叶慈这种统一矛盾的信念，表现得更为突出。他甚至说：“美和丑都是近亲，美也需要丑……爱情的殿堂建立在排污泄秽的区域；没有什么独一或完整，如果它未经撕裂。”

这种相反因素的对比与统一，在他作品的形式上，也有类似的表现。在早期的作品中，他的文字颇为柔驯，但无力量。中年以后，他的文字兼有狂放与典雅，宏伟的修辞体和明快的口语配合得很富弹性，因而流畅之中见突兀，变化之中见秩序，不是大手笔，是办不到的。这一点，在译文里自然很难觉察。叶慈善于运用传统的诗体，而又不受前人格律的限制，能在音节和韵脚上争取自由。例如《航向拜占庭》的诗体，原是拜伦最工的“八韵体”（ottava rima），但在叶慈的处理下，因“行内顿”（caesura）与“待续句”(run–on line)的变化，而有全然不同的效果。又叶慈在诗中善炼长句，吞吐之间，气完神足。他的一些短诗，从四行到十几行，一气贯透，在文法上往往只是一句。十二行的《催夜来临》，便是一个例子。

都柏林、伦敦、斯莱戈(Sligo)，是叶慈在中年以前住得最久的三个地方，也是促使他诗风发展的三个因素。从九岁到十八岁，叶慈随父母住在伦敦，后来才回到都柏林去。九十年代之间，叶慈在伦敦，和“诗人社”诸作者往还甚密，因而继承了“前拉菲尔主义”的浪漫余风，以为诗之能事在于做到梦幻而飘逸的境界。斯莱戈是叶慈母亲的故乡，在爱尔兰西北部，面海而多山，居民多牧牛捕鱼。叶慈的寓所就在库尔公园附近的巴利利古堡上，周围的田园生活使他深切地体会到农业社会的现实和古爱尔兰的民俗。在都柏林，叶慈生活在爱尔兰文化和政治的旋涡里。他讨厌用文学来做政治的工具，但是眼见自己的诗成为复兴爱尔兰文化的灵感。叶慈最痛恨都柏林的中产阶级，痛恨那些人的毫无文化和蝇营狗苟。他宁可选择贵族的典雅和农民的纯朴。对他而言，都柏林象征的是暴力、科学和工业文明。

叶慈的价值观念，往往相互矛盾。在历史和文化的发展上，他相信，如果新的要来到，旧的必然崩溃，新旧交替之际，必然有一段狂暴和动乱的时期；那时价值混乱，观念模糊，每个人只有坚持自己的信仰。在一个信仰式微的时代，艾略特歇斯底里地悲吟着《荒原》和《普鲁夫洛克的恋歌》，叶慈却思有以超越普遍的幻灭，而建立个人的神话系统和价值观念。在这方面，叶慈颇似百年前的布雷克。布雷克不信任伏尔泰的理性，叶慈也不信任工业文明。叶慈曾非难现代西洋文明为“我们这科学至上，民主第一，只务事实的，分门别类的文明”。他痛恨一切的暴力和偏激；在私生活上，他宁可遵循安详的仪式和风俗，像他对自己女儿的祝福那样。叶慈年轻时曾热恋爱尔兰美丽的女伶龚茂德（Maud Gonne），但是茂德致力爱尔兰的独立运动，一意鼓吹暴力革命，叶慈数次求婚而皆为所拒。叶慈一方面黯然于被弃，另一方面又以为，像茂德这样姣好的女子，实在不该献身于政治斗争。这件憾事，一直梗在他的心里，而且经常出现在他的诗中。

现代文学史家，惯将叶慈的创作分成四个或五个时期。第一个时期，是他的前拉菲尔主义时期，也可以说是他的后期浪漫主义时期。这时他耽于唯美的梦幻，诗风朦胧而暧昧，个性不够突出，文字也无力量，可以《湖上的茵岛》和《当你年老》(*When You Are Old*) 为代表作。第二个时期，约始于一九〇四年至一九〇八年之间。当时叶慈已经有改变的迹象。《亚当的灾难》《水上的老叟》几首诗，已经展示出新的趋向。一九〇八年，年轻的庞德闯进了他的世界，挟新大陆的朝气和（稍后的）意象主义的运动，迫使中年的叶慈，在半迎半拒的心情下，接受年轻一代的影响。于是叶慈从早期的浪漫主义和爱尔兰神话之中挣了出来，且展现一种正视现实的简朴和诚挚诗风。《一九一三年九月》

《华衣》《成熟的智慧》《库尔的野天鹅》等诗，可以视为此期的代表作。第三个时期，是他的个人神话时期，约始于一九一七年。那一年，叶慈和乔琪·丽思结婚，并开始潜心研究神秘主义与通灵术。借夫人之助，他似乎接受了冥冥中的神谕，复就月之二十八态，推测人的性格，就古典文化与基督教之兴衰，推测二千年一轮替的文化周期。这个神话系统，比他早期的带点怀古幽情的爱尔兰神话，显然要繁富得多。不论我们是否重视，这个神话系统，这些信念显然已成为他此期诗中的中心思想和意象泉源，且使得那些诗充满了意义和暗示。《再度降临》《为女儿祈祷》《航向拜占庭》《丽达与天鹅》等，是此期的杰作，一般诗选里收得最多。第四个时期，自一九二八年以迄他逝世之年，展示他晚年再度挣脱神话与玄想而回到现实生活的风格。这时他悲愤于肉体的不可恃而又不得不持有，遂排开玄思与幻想，再度正视现实，拥抱生命，且发为苍老而仍遒劲的歌声。这时，叶慈的智慧已完全成熟，加上近乎口语的坦率和一个伟大性格的力量，遂形成他最后几篇杰作中那种不可逼视的狂放和灼热。例如《狂简茵》八首、《灵魂与自我的对话》《青金石》《长脚蚊》诸作，都是叶慈老而愈狂的表现，也是现代英诗中罕见的佳构。

大家不一定接受叶慈的社会思想，也不一定相信他的神话系统，但叶慈已经被公认为二十世纪初期英语世界最伟大的诗人。他的诗，结构宏伟，节奏繁富，意象明快而突出，思想性非常浓厚，情感的力量也非常充沛。最动人的，是他那逼视现实怀抱全生命的气魄。读他的诗，像看罗丹的雕塑，梵谷的画，像听贝多芬和华格纳的音乐，总令人感到一股强大的生命力，在现实的压迫下撞击，回旋，不能自已。

叶慈开始创作时，正值唯美与颓废的九十年代。他的晚年，又是普罗文学流行的三十年代。他能挣脱前者，超越后者，且始终保持并发展自己的风格，正说明了他的独创性和优越性。一九四〇年六月三十日，艾略特在都柏林发表一篇演说，纪念刚去世的叶慈，在结束演说之前，艾略特说："叶慈生于'为艺术而艺术'流行一时的世界，且活到世人要求艺术为社会服务的世界，竟能在上述两种态度之间，坚持一项绝非折中的正确观点，且昭示我们，一位艺术家，在十分诚恳地为其艺术工作时，即等于尽力为其国家与全世界服务了。"

下面选译的二十五首诗，可以代表后期的叶慈，从一八八八年到一九三九年临终前的不同风格。由于他的诗寓意深远，用事含蓄，遇有必要时，另于篇末一一点明，以便读者。

在柳园旁边

在柳园旁边和我的情人相见；
她雪白的纤足穿越过柳园。

她劝我爱情要看淡，如叶生树梢；
但我年轻又痴心，不听她劝告。

在河边的田里和我的情人并立，
她雪白的手扶在我斜倚的肩际。
她劝我人生要看开，像草生堤堰；
但我年轻又痴心，此刻泪涟涟。

湖上的茵岛

我就要动身前去，去湖上的茵岛，
在岛上盖一座小屋，用泥和枝条来敷：
再种九排豆畦，造一窝蜂巢，
　在蜂闹的林间独住。

在湖上我会享一点清静，清静缓落到地面，
从早晨的面纱降到蟋蟀的低唱；
子夜是一片渺茫，正午是一片紫艳，
　黄昏充满红雀的翅膀。

我就要动身前去，因为日日夜夜，经常
都听见湖水轻轻拍打着岸边；
无论我站在路头，或是在行人道上，

水声在心深处都听见。

当你年老

当你年老，头白，睡意正昏昏，
在炉火边打盹，请取下此书，
慢慢阅读，且梦见你的美目
往昔的温婉，眸影有多深；

梦见多少人爱你优雅的韶光，
爱你的美貌，不论假意或真情，
可是有一人爱你朝圣的心灵，
爱你脸上青春难驻的哀伤；

于是你俯身在熊熊的炉边，
有点惆然，低诉爱情已飞扬，
而且逡巡在群峰之上，
把脸庞隐藏在星座之间。

《在柳园旁边》(*Down by the Sally Gardens*)、《当你年老》这两首诗都是叶慈的少作，也都是情诗，诗中的“她”和“你”可能都是叶慈苦恋多年而未能终成眷属的龚茂德。茂德是演员，美丽而刚烈，热衷爱尔兰的抗英爱国运动。

她的美丽迷住了叶慈，但她的刚烈叶慈却受不了。叶慈为她而作的情诗并不止这两首，在名诗《为吾女祈祷》中，诗人甚至期望爱女将来能享受安定而贤淑的家庭生活，不要学茂德的作风。

一般学者都认为叶慈的作品老而愈醇，他能成为二十世纪英语世界最伟大的诗人，主要是靠中年以后的“晚作”：因为那些晚作举重若轻，化俗为雅，能把生活提炼成艺术。对比之下，他的少作优美而迷离，不脱“前拉菲尔派”的唯美意识。这些我完全同意，却认为他那些少作虽然只有“次要诗人”（minor poet）的分量，其中颇有一些仍是不可多得的精品，值得细赏。《在柳园旁边》是一首失恋的情诗：诗人怅念当年对情人的迷恋十分认真，但情人似乎不太领情，反而有意摆脱，所以慰勉他要看开一点，不可强求。可是诗人一往情深，不听劝告，结果当然是自作多情，吃了很多苦头。此诗向读者暗示了一则爱情故事，但其细节却隐在凄美的雾里，并未开展成为小说。也许如此反而令读者更感到余恨袅袅。最动人的该是每段的第三行：前半行似甜实苦，说不尽美丽的哀愁；后半行就地取喻，有民谣的风味。末行的“痴心”，原文是 foolish，译作“愚蠢”，当最现成，似乎忠于原文，但是不免拘于字面。英文里面，真正骂人是说 stupid，带点宽容与劝勉，才是 foolish。情人之间，说对方 foolish，反而有“看你有多痴”的相惜之情。事隔多年，诗人犹感余恨，不过是恨命苦，并非记恨情人。李商隐不是说吗：“此情可待成追忆，只是当时已惘然。”

《当你年老》里面的情人，由第三人称变成了第一人称，有趣的是：《在柳园旁边》里，诗人以“我”出现，但到了《当你年老》里，我一直在自言自语，却始终不提“我”了。这就牵涉到末段第二行的“爱情”：原文 Love 是用大写，一般是指爱情之为物，亦即爱情之人格化。然则诗人的用意，究竟是指情人老来孤单，追思前缘，不胜惋惜，但那已经是过去的事了，像是传说，又像是神话；抑或是指爱她的人，亦即诗人（也就是次段第三行的“有一人”），早已远去，成了传说，登上了艺术之峰，与灿亮的名家为伍了呢？首段第二行，“请取下此书”（take down this book），是什么书呢？应该就是诗人正在写的书了，也就是这首情诗要纳入的诗集吧：当你年老，这本诗集就在你的书架上，所以要“取下”。于是你一面读着，一面就神游（梦见）往昔，发现当年追求你的人虽多，但真正爱你知你如我者，仅我一人。众多追求者爱你的青春（韶光）美貌，而我啊，即使你美人迟暮（青春难驻）也仍然爱着你呢。

学者曾指出，此诗起句来自法国十六世纪“七星诗派”领袖洪沙（Pierre de Ronsard）《赠海伦十四行集》（*Sonnets pour Hélène*）之一，其起句为：“当你年老，夜晚在烛光下”（Quand vous serez bien vieille, au soir, á la chandelle）。洪沙之诗大意是：“当你年老，烛光下纺纱，吟着我的诗句，说当你绮年美貌，洪沙曾赋诗赞你；我已经入土为鬼，躺在桃金娘的荫下。你也成了老妪，蹲在炉火旁边，悔恨自己高傲，错失我的爱情。与其空待明日，不如爱我今朝。”洪沙的情诗语含威胁，有欠婉转。叶慈起句学他，但温柔敦厚，更为体贴，无怨无尤，一结余韵袅袅。

水上的老叟

我听见老而又老的群叟
说：“万物皆变，
一个接一个我们将溜走。”
他们的手如爪，他们的膝
扭曲之状如千年的荆棘
在水边。
我听见老而又老的群叟
说：“凡美丽的终必漂走，
如急湍。”

——一九〇三年

成熟的智慧

叶虽有千万张，根只有一条；
在青年时代说谎的日子里，
我在阳光下把花叶招摇；

现在我可以萎缩为真理。

催夜来临

终身是风雨与奋斗，
她的灵魂盼骄傲之死
带给她一件礼物，
因而她不能忍受
生命的一般幸福；
她活着，像一个帝王
排满他大婚的日子
以燕尾旗和长旌，
以号与铜鼓的震响，
与气炎凌人的礼炮，
将时间匆匆地送掉，
为了催黑夜来临。

——一九一四年

《催夜来临》是一九一四年发表的作品。此地的“她”，是指叶慈终生恋慕的爱尔兰革命女志士龚茂德。叶慈在诗中用了一个很动人的明喻（simile）说她高洁的灵魂在革命事业重大的压力下，希冀最后能进入死亡，而拥有不朽（即诗中所说骄傲之死带给她的“礼物”）。这种情形，叶慈说，就像在大婚之日的帝王，为了迎接夜，以及夜所带来的幸福（皇后），乃用旌旗、鼓号与礼炮将白昼驱走，俾黑暗早早降临。这个明喻运用得既有气派，又很贴切：用旗鼓与礼炮比拟轰轰烈烈的革命，用帝王比拟灵魂，黑夜比拟死亡，复用新娘比拟不朽，真是再动人不过了。

华衣

为吾歌织华衣，
遍体皆绣花，
绣古之神话，
自领至裾；
但为妄人所攫，
且衣之以炫人，
若亲手所纫。
歌乎，且任之，
盖至高之壮志，
在赤体而行。

—— 一九一二年

《华衣》是叶慈一九一四年出版的诗集《责任》压卷之作。在诗中，叶慈责备时人争相效颦他早年的风格，并毅然宣称，他将扬弃那一套古色古香的华丽神话，在前无古人的新境域中重新出发；因此批评家往往引用这首短诗，来印证叶慈风格的转变。

一九一三年九月

既然想通了，还有何必要，
除了摸索油腻的钱柜，
在辨士之外加添半辨士，
而且颤颤地祷了又再祷，
直到骨头榨干了骨髓？
世人生来不过许愿并存钱：
浪漫的爱尔兰一去不回，
随着奥利瑞已进了墓间。

可是那些人却非我同类，
恶名吓得你不敢儿戏，
他们闯世界像一阵风，
忙得没空停下来安祈，
绞刑吏织绳以待的囚犯，
他们能够，天保佑，救得了谁？
浪漫的爱尔兰一去不返，
随着奥利瑞已进了坟堆。

难道雁群会因此张开
灰翅俯扑向潮去潮来；
难道因此会引起杀戮，
因此牺牲了费兹杰洛，
还有艾默和沃夫·东恩，
一切勇士的极端狂喜?
浪漫的爱尔兰一去无踪，
随着奥利瑞已进了墓里。

但如果岁月能重新开始，
召回那些亡魂啊如故，
带着往日的寂寞与悲痛，
你会叹，“有些女人的金发楚楚
教每个母亲的健儿失魂”：
他们献出的自认不足惜。
但别再提了，已一去无影，
正陪着奥利瑞进了墓地。

—— 一九一三年

学者

光颅们恍惚于自己的罪过，
老耄，博学，可敬的光颅

编辑且诠释一些章句，
让年轻人，夜间辗转反覆，
在爱情的绝望中吟哦，
取悦无知的美的耳朵。

皆嗫嚅；皆在墨水中咳嗽；
皆用鞋履将地毡磨损；
皆思想他人所有的思想；
皆认识邻人认识的人。
呜呼，他们该怎么解释？
加大勒行路是否那方式？

——一九一五年

叶慈一向看不起那些只知书本不知生活的曲士，腐儒。“皆在墨水中咳嗽；皆用鞋履将地毡磨损”；可以说将腐儒们那种苍白、闭塞而卑琐的生活，用最具体的形象把握住了。而腐儒们最可悲的一点，便是没有自己的思想，凡事必须攀附在他人或前人的身上。加大勒（Gaius Valerius Catullus）是公元前一世纪杰出的抒情诗人，所作给情人莱思比亚的情诗，甚为驰名。第一节中所言“编辑且诠释一些章句，让年轻人……在爱情的绝望中吟哦”，可能指一般的情形，也可能特指加大勒的作品。

有人要我写战争的诗

我想在我们这时代，一个诗人
最好将自己的嘴闭起，实际上，
我们也无能将政治家纠正；
诗人管别人的事已够多，又想
讨好少女，在她困人的青春，
又想取悦老叟，在冬日的晚上。

重誓

他人，因为你当初违背
那重誓，变成了我的朋友；
但每次，我面对死亡，
每次我攀登梦境之崔嵬，
或是兴奋于一杯美酒，
猝然，我就瞥见你脸庞。

——一九一九年

此地的“你”是指龚茂德。前二行用了一个插入句法，不谙英文文法的读者可能因此感到费解。理顺后，散文的次序是：“因为你当初违背那重誓，他人（出于同情，竟）变成了我的朋友。”

库尔的野天鹅

群树穿着秋天的美丽，
林中的幽径何干爽；
在十月的微光里，湖水
反映着寂静的穹苍。
在饱满的水面，在石间，
五十九只天鹅何翩翩。

第十九个秋天已经来到，
自从我首次数鹅群。
当时未数完，我曾经看见
它们忽然都飞升，
且四散回旋，庞大但不成圈，
且扑着翅膀，骚然。

我立望那些灿烂的生命，
此刻我的心很凄惨。
一切都变了，自从我初在岸上，
在黄昏时分听见
它们的巨翼在头顶如撞钟，
那时我步伐较轻松。

仍未困倦，情人伴着情人，
天鹅群划泳着冷冷
而可亲的流水，或飞上空中。
它们的心尚年轻；
无论漂去何处，热情或野心
仍然与它们为伍。

此刻天鹅群在静水中徜徉，
神异莫测而美妍。
但将来去何方的丛苇筑巢，
去什么湖滨，池畔
娱人之目，当我有一天醒来，
发现它们已飞开？

——一九一六年

爱尔兰一空军预感死亡

我知道我终将面对命运，
在那上面，在缥缈的云间；
与我战斗的，我并不仇恨，
受我保护的，我也不眷恋；
我的国家是基大顿的通衢，

我的同胞是基大顿的贫民；
任何后果不会使他们更忧郁，
也不会使他们比从前欢欣。
不为法律，也不为责任而战，
不为诸公，也不为欢呼的群众，
好寂寞的一阵喜悦的灵感
驱我直上这骚动的云中；
我思前想后，一切与一切，
未来的岁月像虚度的日子，
虚度的日子是以往的岁月，
比起这样的生来，这样的死。

再度降临

旋转又旋转着更大的圈子，
猎鹰听不见放鹰人的呼唤；
一切已崩溃，抓不住重心；
纯然的混乱淹没了世界，
血腥的浊流出闸，而四方
淳厚的风俗皆已荡然；
上焉者毫无信心，下焉者
满腔是激情的狂热。

必然，即将有某种启示；
必然，即将有再度的降临。
再度降临！这句话才出口，
便自宇宙魂升起一巨影，
令我目迷：在沙漠的某地，
一个形象，狮其身而人其首，
一种凝视，空茫残忍如太阳，
正缓缓举足，而四面八方，
愤然，沙漠之鸟的乱影在轮转。
黑暗重新降下；但现在我知道
沉睡如石的二十个世纪，当时
如何被一只摇篮摇成了噩梦，
而何来猛兽，时限终于到期，
正蹒跚踱向伯利恒，等待诞生？

——一九二一年

叶慈认为文化的发展有其周期，且以二千年为一个周期；叶慈称之为“大年”（Great Year）。他认为，第一个周期始于公元前二千年的巴比伦，而终于希腊罗马文化的式微。第二个周期是基督教的文化，到了二十世纪，也已面临崩溃，且将被另一不同类型的文化所取代，但新旧交替之际，必然有价值混乱暴力横行的现象。所谓“再度降临”（Second Coming），原指《新约·马太福音·第二十四章》基督所预言的圣地遭劫，世界末日来临，以及假基督伪先知之出现；但在诗中，似乎又联想及于《启示录》中所载，能以妖术惑众之怪兽号“反基督”（Antichrist）者。根据《启示录》所载，此兽十角七首，望之若豹，熊足狮口，权威如龙。不少基督徒认为这便是基督重降前的“罪人”；或附会历史，以为是指尼罗王、拿破仑、威廉二世、希特勒或斯大林。叶慈亦自述，屡在梦中见一怪兽，形如史芬克狮。

叶慈对于时间的观念，无论那是历史的或个人生命的时间，恒是回旋式的。这种观念，形之于诗中意象，或为旋风，或为线球，或为回旋梯。此处他用猎鹰在空中盘旋来象征文化的运转，但猎鹰盘旋的圈子愈放愈大，终于超逸了地面放鹰人的控制。文化的重心既失，代表那文化的一切价值也就涣然溃散了。“纯然的混乱”“血腥的浊流”“下焉者满腔是激情的狂热”诸句，指一九一七年的俄国革命。这首诗发表于一九二〇年，但多年后，叶慈亦承认此诗于冥冥中成为法西斯蒂的预言。在三十年代中，有一位朋友写信给叶慈，要他公开表示反极权的立场。叶慈回信说：“别想劝我做政治人物，即使在爱尔兰，我想，我也不会卷入政治了……这些年来，我并未沉默，我所用的是我的唯一工具—— 诗。如果你手头有我的诗，可以翻阅一首叫《再度降临》的诗。那是我十六七年前写的作品，其中所预言的，正是今日发生的一切。从那时起，我曾经再三写过这题材。”

“宇宙魂”（Spiritus Mundi）一词的拉丁原文，来自十七世纪柏拉图派学者亨利·莫尔；但在英文中，叶慈称之为“大记忆”(Great Memory)。它容纳人类过去的种种记忆，像一间贮藏室，供应个人的梦与想象；其说略近容格(C. G. Jung)的“集体无意识”。篇末所谓“摇篮”，指基督之诞生结束了第一个大年的异教文化。然则在基督文化崩溃之际，是否也有什么将在新的摇篮里诞生？叶慈似乎有意将那“猛兽”写得蠢蠢而动，鲁莽、暧昧，可疑而又可怖，因为下一个类型的文化，谁也不明白究竟是什么形态。一切文化，叶慈相信，莫不始于残暴，渐臻于成熟，而终于衰退、瓦解。

为吾女祈祷

暴风雨重新在咆哮，但是半掩
在摇篮的帐顶和被单下面，
我的女婴仍酣睡。唯一的屏障
是归葛里森林和荒秃一山岗，
挡住那狂风，风自大西洋吹来，
能扑翻干草堆，掀走屋顶；
我徘徊又祈祷了一个时辰，
因心中笼罩一大层阴霾。

我为这婴孩徘徊而祈祷
一小时，且听海风在塔上呼号，

呼号，在拱起的桥洞下面，
在涨水的河上那榆树林间；
在激动的沉思中我幻想
未来的年代已降临，
且应着疯狂的鼓声
奋舞，从致命的无知之海上。

愿冥冥能赐她美丽，但是不必
美得令一个陌生人目迷；
或令她自己对镜时太沉醉，
这种女孩，生得太美，太美，
会幻想，美便是足够的目的，
遂丧失天赋的仁慈，甚至
流露真心的那种相知，
竟选择错误，永不能获得友谊。

海伦入选，感生命平凡而单调，
终于又为了一个痴人而烦恼；
而那伟大的女王，海浪所生，
没有父亲，一切该称心，
却选中跛脚的铁匠做夫妇。
多少美好的妇人总是
胡思乱想，命运差迟，
丰年的羊角，遂因此被误。

首先，我要她学习谦恭；
有些女子不全凭美容，
心灵非天赐，乃修养所致；
多少女子自误于丽质，
终因魅力而赢得慧心；
多少可怜的流浪汉，
爱过，且误会曾被爱恋，
对这种仁慈的女性最动情。

愿她像株隐形树，繁柯密叶，
所有的心事像一只红雀，
唯一的任务是四方散播
那种豪豪爽爽的清歌，
为了游戏，才绕树飞逐，
为了游戏，才斗嘴。
啊，愿她长成青青的月桂，
植根于永永可亲的泥土。

因为我曾经爱过的一些心灵，
我欣赏的那种美，皆不幸运，
我的心灵近日也已经涸干；
但我知道，如果让仇恨填满，
在一切邪恶中为恶最深重。

如果心中没有敌意，
则风之侵犯与袭击
决不能将红雀驱出叶丛。

思想上的仇恨为害最深，
让她明白凡偏见都可憎。
我岂未目睹最可爱的女子
从丰年的羊角中降世，
却坚持自己顽固的意向，
将那羊角，和安详的性格
都了解的每一种美德，
去交换一只怒飙的老风箱？

设想，一切恨意被逐尽，
灵魂恢复原始的天真，
而终于领悟它能够自娱，
能够自慰，也能够自惧，
而它温柔的心意便是天意；
她仍能够，虽众人怒眉，
虽多风的地带皆狂吹，
虽风箱尽迸裂，仍能自怡。

愿她的新郎领她回家去，
而一切已井然，一切合礼；

因傲慢与仇恨莫非商品，
任人叫卖，在市场中心。
如果不遵守仪式与风俗，
天真与美如何能养成？
仪式，以之名羊角之丰盈，
风俗，以之名欣欣之桂树。

——一九一九年

叶慈结婚很晚，做父亲更晚。他的女儿安·勃特勒·叶慈（Anne Butler Yeats）在一九一九年二月廿六日出世时，做爸爸的诗人已经五十四岁了。同年六月，叶慈写了这首有名的《为吾女祈祷》。当时他和夫人住在爱尔兰西海岸的戈尔威，寓所是数百年前诺尔曼式的古堡，叫作巴利利塔（Thoor Ballylee），一九一七年，叶慈买下它后，曾加以修建。以后这古堡时常出现在他的诗中，成为回旋上升的生命通向未知与黑暗的象征。塔在库尔公园附近，临海而且多风。

第二段末三行所言，可以参阅《再度降临》的首节。叶慈认为，基督教的文化崩溃时，“纯然的混乱淹没了世界，血腥的浊流出闸”。海涛怒吼，遂引起他的联想。第四节所谓“痴人”是指诱带海伦私奔的巴里斯王子。“伟大的女王”指海浪所生的爱神维纳丝，嫁给弯腿而丑陋的天国铁匠服康，而又不安于室，与战神马尔斯相恋。“丰年的羊角”（Horn of Plenty）为满盛瓜与鲜花的大羊角，用以象征丰衣足食；相传希腊天神宙斯幼时曾就山羊吸乳，故用羊角为象征。叶慈引申此意，使之更象征美好生活之秩序与风雅。

叶慈认为，过分美丽与偏激，均非女子之福。他认为女子最高的美德是谦逊与仁慈，至于容貌，清秀已足，何必倾城。第八节所谓“最可爱的女子”指龚茂德。末节所言种种，显示叶慈的理想生活形态，是井井有条的贵族式的农业社会。

全诗十节，韵脚依次为 AABBCDDC。译文因之，惜未能工。

丽达与天鹅

猝然一攫：巨翼犹兀自拍动，
扇着欲坠的少女，他用黑蹼
摩挲她双股，含她的后颈在喙中，
且拥她无助的乳房在他的胸脯。
惊骇而含糊的手指怎能推拒，
她松弛的股间，那羽化的宠幸？
白热的冲刺下，被扑倒的凡躯
怎能不感到那跳动的神异的心？

腰际一阵颤抖，从此便种下

败壁颓垣，屋顶与城楼焚毁，
而亚嘉曼农死去。
就这样被抓，
被自天而降的暴力所凌驾，
她可曾就神力汲神的智慧，
乘那冷漠之喙尚未将她放下？

——一九二八年

《丽达与天鹅》写于一九二三年，初稿刊于翌年，定稿发表于一九二八年，是叶慈最有名的短诗之一。我们可以用它解释希腊文化的诞生，也可以用它来解释创造的原理。根据希腊的神话，斯巴达王丁大留斯（Tyndareus）的妻子丽达（Leda）某次浴于犹罗塔斯河上，为天神宙斯窥见。宙斯乃化为白天鹅，袭奸丽达，而生二卵：其一生出卡斯托（Castor）与克莱坦娜斯特拉（Clytemnestra），其一则为帕勒克斯（Pollux）与海伦。后来卡斯托和帕勒克斯成为一对亲爱的兄弟，死后升天为双子星座。克莱坦娜斯特拉谋杀了丈夫迈西尼王亚嘉曼农。海伦成为倾城倾国的美人；由于她和巴里斯王子的私奔，特洛邑惨遭屠城之灾。所以本诗第九行至十一行，是指丽达当时的受孕，早已种下未来焚城及杀夫的祸根。

叶慈认为，无论希腊文化或耶教文化，皆始于一项神谕（Annunciation），而神谕又借一禽鸟以显形。在耶教中，圣灵遁形于鸽而谕玛丽亚将生基督；在希腊神话中，宙斯遁形于鹄而使丽达生下海伦。

另一方面，宙斯也是不朽的创造力之象征。但即使是神的创造力，恍兮惚兮，也必须降落世间，具备形象，且与人类匹配。也就是说，灵仍需赖肉以存，而灵与肉的结合下，产生了人，具有人的不可克服的双重本质：创造与毁灭，爱与战争。最后的三行半超越了希腊神话而提出一个普遍问题，那就是：一个凡人成了天行其道的工具，对于冥冥中驱遣他的那股力量，于知其然之外，能否进一步而知其所以然？究竟，是什么力量，什么意志在主宰人类天生的相反倾向，使之推动历史与文化？

本诗在格律上是一首莎士比亚体的十四行，唯后六行韵脚的安排不拘原式，近于彼特拉克体。

航向拜占庭

那不是老人的国度。年轻人
在彼此的怀中；鸟在树上
—— 那些将死的世代—— 扬着歌声；
鲑跃于瀑，鲭相摩于海洋；
泳者，行者，飞者，整个夏季颂扬
诞生，成长，而死去的众生。
惑于感官的音乐，全都无视
纪念永生的智慧而立的碑石。

一个老人不过是一件废物，
一件破衣挂在木杖上，除非
灵魂拍掌而歌，愈歌愈激楚，
为了尘衣的每一片破碎；
没有人能教歌，除了去研读
为灵魂的宏伟而竖的石碑；
所以我一直在海上航行，
来到这拜占庭的圣城。

哦，诸圣立在上帝的火中，
如立在有镶金壁画的墙上，
来吧，从圣火中，盘旋转动，
且教我的灵魂如何歌唱。
将我的心焚化；情欲已病重，
且系在垂死的这一具皮囊，
我的心已不识自己；请将我纳入，
纳入永恒那精巧的艺术。

一旦蜕化后，我再也不肯
向任何物体去乞取身形，
除非希腊的金匠所制成
的那种，用薄金片和镀金，
使欲眠的帝王保持清醒；

不然置我于金灿的树顶，
向拜占庭的贵族和贵妇歌咏
已逝的，将逝的，未来的种种。

——一九二八年

拜占庭（Byzantium）是东罗马帝国（三九五——一四五三）的京城和文化中心，现名伊斯坦堡。对于叶慈，它代表与生物世界相对的艺术世界，它是心灵的国度，永存于时间的变化之外，很像先知诗人布雷克所说的“想象之圣城”（holy city of the Imagination）。叶慈认为，拜占庭文化不但代表基督教文化的全盛期，更代表一种和谐而幸福的生活方式，和支离破碎的现代工业社会截然不同。在《心景》一书中，叶慈说：“我想，如果能让我离开此时此地，任择一处，去古代生活一个月的话，我愿生活在拜占庭，那时代，应稍稍在周斯提年皇帝开放圣莎菲亚大教堂并封闭柏拉图学院之前（按：在公元五三五年左右）……我想，在早期的拜占庭，宗教的、艺术的和日常的生活合为一体，而建筑家和工匠以金银为媒介诉诸大众；这在历史上也许是空前绝后的。画家、镶嵌匠、金银匠、《圣经》彩绘师，几乎都是全心全意贯注他们的题材，也就是全民的心景之上，既非孤立的，也无各营所营的自觉。”

在叶慈的这首诗中，拜占庭不但是地理上的，更是心灵上的存在，象征着不随肉体以俱朽的艺术。叶慈写这首诗时（一九二七），已经六十二岁了。肉体的衰退，死亡的威胁，以及对于时间的敏感，迫使老诗人向艺术的世界寻求安全感，因为只有艺术能完美地存在于时间以外。因此，在主题上，这首诗颇近济慈的《希腊古瓶歌》。

首节前六行，形容海陆空各界生物活动于其中的现实世界。那当然不是老人的世界，因此叶慈要离开它，而航向不朽的圣城。所谓“纪念永生的智慧而立的碑石”，是指文学和艺术的杰作。第三节中所用的，是叶慈最喜欢的意象：一种表现紧张情绪的回旋运动。唯此地的回旋运动是在火中进行，更具壮丽之感。作者要求创造的圣火焚去他的滓渣，他的情欲和尘躯，也就是说，净化他的灵魂，且将之纳入艺术之中。第三节第三行末的辞句，原文是 perne in a gyre，译文作“盘旋转动”，未能传神。Perne 原意是“线球”，在此作“绕线”或“放线”解，以之摹状回旋的运动，是再有力不过了。关于末节所言希腊金匠种种，叶慈曾说：“我曾在一本书中读到一段记述，说在拜占庭的皇宫里，有一株金银打造的树，人工的鸟在树上唱歌。”有生者必有死。艺术不生于自然，故亦不在自然中死去。“人工的鸟”不生于自然，即所以象征艺术。但是，无论多伟大的心灵，或是多美好的思想，仍不能不赖形体以存；这形体便是艺术，不与肉身的形体共存共殁于时间的形体。然而不朽的心灵所寄托的艺术，一方面超越时间，另一方面却必须处理时间之中的现象：生命。所以“人工的鸟”唱来唱去，仍不免以“帝王，贵族，贵妇”（象征人类）为对象，而歌的主题，仍是“已逝的，将近的，未来的种种”（时间的变易）。

长久缄口之后

启齿，在长久的缄口之后原应该，
当别的情人都已经疏远或死亡，
无情的灯光在灯罩里隐藏，
窗帘下垂，将无情的夜遮盖，
应该，让我们讨论复讨论，
讨论歌与艺术至高的主题；
形貌衰而心智开；想往昔
我们年轻而相爱，噩噩，浑浑。

—— 一九三三年

两个情人在夜间久别重逢，相对无言者久之。“别的情人都已经疏远或死亡”，显然，这些年来已经发生过许多事情，最后只剩下他们两人，而他们已经老了。灯光是“无情”的，因为它会暴露情人的苍老容颜；夜是“无情”的，因为外面的世界是现实的世界，属于年轻的人。所以还是遮住灯光，拉下窗帘吧。“形貌衰而心智开”：青春与智慧是不可兼得的。叶慈写这首诗时（一九三三），已经年近古稀了。

狂简茵和主教的谈话

我在路上遇见那主教，
他和我有一次畅谈。
“看你的乳房平而陷，
看血管很快要枯干；
要住该住在天堂上，
莫住丑恶的猪栏。”

“美和丑都是近亲，
美也需要丑。”我叫。
“我的伴已散，但这种道理
坟和床都不能推倒，
悟出这道理要身体下贱，
同时要心灵孤高。

“女人能够孤高而强硬，
当她对爱情关切；
但爱情的殿堂建立在
排污泄秽的区域；
没有什么独一或完整，

如果它未经撕裂。”

——一九三三年

青金石

我听过神经质的女人说，
他们烦透总是自得的诗人
使用的调色板与琴弓，
因为人人都知道或应知
如果不采取剧烈的手段
飞机与飞船就会出现，
像威廉王一般投炸弹
直到满城市无一幸免。

凡人都扮演自己的悲剧，
昂然走过了汉莱特，还有李尔，
奥菲丽亚与考娣丽亚；
但她们，纵然到最后一幕，
巍巍的巨帷即将降下，
如果真配演戏中的名角，
绝不会中断台词而哭泣。

人尽皆知汉莱特、李尔皆自得；

自得使恐惧之人全蜕变。
世人皆向往，得之，又失之；
黑暗之来；天国熊熊照进了脑袋：
悲剧加工到它的顶点，
纵汉莱特漫步而李尔发怒，
而所有布帷都同时落幕，
落在十万座剧台之上，
也不会多长一吋或一两。

他们徒步走来或乘船，
或骑骆驼，马背，骡背，驴背，
古老的文明被斩于剑刃。
继而自身及智慧亦摧毁；
卡利马克司把大理石
当作青铜来雕，他凿的皱褶
似乎迎海风扫衣而扬起，
但他的雕品无一传后；
他造的长灯罩状若棕榈
的细枝，只立了一天；
万物都倒下了又建起
而重建的人全都得意。

两个汉人，后面还跟了一位，
用一块青金石雕出，

头顶有一只长足鸟飞着，
象征长寿的一个吉兆；
第三人显然是个僮仆
携着一张奏乐的琴具。

石上每一处褪色的斑点，
每一处偶然的裂纹，凹缺，
都像是溪道或是雪崩，
或是峻坡上仍下着雪，
但显然梅树或是樱枝
正香满途中渺小的村舍，
三山客正向香处攀登，而我
满心想象他们会坐下；
就坐在山上也是天上，
俯望整幅悲剧的风景。
有人要听哀伤的琴韵，
高手的十指就开始拨琴，
他们的眼睛有许多皱纹，
老皱的眼睛有自得的神情。

——一九三八年

激发

你以为真可怕：怎么情欲和愤怒
竟然为我的暮年殷勤起舞？
年轻时它们并不像这样磨人。
我还有什么能激发自己的歌声？

一亩青草地

图画与书卷留下，
还有一亩青草地
容我呼吸且运动，
如今不再有体力；
半夜里，古屋中，
只一只老鼠在走动。

已经不再心动，
生命到此落幕，
既无想象之游荡，
也无脑筋之耐磨，
耗尽破衫与疲骨，

只为把真理给找出。

请许我老而能狂，
让我将自身抖擞，
好变成泰门与李尔
和那位威廉·布雷克，
学他们猛力捶墙，
逼真理听从其呼嚷；

米开朗吉罗的脑力
能直透叠叠云层，
或者受狂热所鼓舞
能撼动裹尸的古人；
否则人间会忘记
老者如鹰隼的脑力。

——一九三八年

又怎样？

他深交的好同学都认为
未来他一定会成名；
他也同意，凡事都依成规，
也真辛苦到二十几岁；

“又怎样？”柏拉图冥冥唱道，“又怎样？”

他的书都有人来拜读，
多年之后他的钱赚了不少，
够他一辈子的用途，
钱之为友真正是可靠；
“又怎样？”柏拉图冥冥唱道，“又怎样？”

他所有的美梦都终于兑现——
一座小古屋，妻儿都不欠，
李子和白菜长了一满园，
诗人和名士簇拥在身边；
“又怎样？”柏拉图冥冥唱道，“又怎样？”

“功德圆满”，老来他自慰，
“正如我从小所计划；
让愚人去责骂，我从未走差，
事情都做得十全十美”；
冥冥中柏拉图更高唱，“又怎样？”

—— 一九三八年

五种意象

我能不能叫你
从心灵的洞里出来?
更好的体操该是
任风吹，任日晒。

我无意叫你远征
去莫斯科或罗马。
放弃那种苦差事吧，
把缪思叫回你家。

去寻找那些意象吧
那些都是在野外，
去找狮子和处女，
还有娼妓和小孩。

就在头顶的高空，
去找雄鹰的飞翔，
认清爱尔兰的五族，
才能叫缪思歌唱。

长脚蚊

为了不教文明沉沦，
不让大战打输，
喝止那犬，系好那驹
在远处的石柱；
我们的主帅凯撒在帐中，
地图皆已摊开，
他的双眼凝视着虚无，
一只手支腮。
像一只长脚蚊飞临流水，
他的思想在寂静上运行。

为了烧那些入云之塔，
让人长忆那脸庞，
要走就尽量轻轻走动，
在这孤寂的地方。
一分像女人，三分像孩子，
她以为没人看见；
在街上学来一种拖步舞，
她就在这里偷练。
像一只长脚蚊飞临流水，

她的思想在寂静上运行。

为了发育的女孩子能发现
心中第一个亚当，
教皇的礼拜堂，把门关上，
不准孩子们来闲逛。
看那边的木架顶，仰偃着
米开朗吉罗。
声息轻微，有如鼠群窸窣，
他的手来回穿梭。
像一只长脚蚊飞临流水，
他的思想在寂静上运行。

—— 一九三九年

本诗的三节分述决定欧洲文化形态的三个人物，在作重大抉择之际，必须聚精会神，不容旁人或任何噪音干扰，否则文化的进行可能为之改向。第二节的海伦正在学习如何变成女人；她变成女人后，希腊文化将因她而开始。第一节的凯撒大帝，在希腊罗马古典文化的末期，正在帐中研究，如何部署一场历史性的战役。第三节的米开朗吉罗则代表基督教文化的创始；他正在罗马席斯丁教堂中仰绘其圆顶。他画的是创世纪的故事，画面上，上帝正赋亚当以生命。后代那些怀春的少女，将因亚当的形象，而激起心中对男性的向往。而无论这些历史人物是创造性的或毁灭性的，面临重大抉择之时，他们的思想必须超越时间之上，正如“长脚蚊飞临流水”。

Edwin Muir

1887—1959

缪尔

——感恩的负债人

二十世纪苏格兰最杰出的诗人兼翻译家缪尔，诞生在苏格兰东北外海的奥克尼群岛（the Orkneys）。小时候，他一直在岛上念书，牧歌式的田园风味给他的印象很深。后来他随家人迁去格拉斯哥的贫民区，少年生活颇不快乐。工业大城的乌烟瘴气和外岛的清静岁月所形成的对照，日后成为他《自传》（*An Autobiography*, 1954）中萦心不去的主题，在长诗《迷宫》（*The Labyrinth*）里也以寓言的手法出现。

在刻苦的环境中，缪尔努力自修，学会了德文，深受尼采和海涅的影响。一九一九年，他和精通德文的维拉·安德森结婚，定居伦敦，靠翻译和书评维生。一九二一年至一九二八年间，缪尔偕夫人漫游欧洲大陆，同时渐渐在国内成名，以诗、小说、批评、翻译闻于文坛。英国读者之接触卡夫卡，始于缪尔夫妇合译的《审判》和《城堡》。一九四五年，二次大战甫告结束，缪尔奉派去捷克的首都布拉格，承担英国文化协会的工作，历时三年，又于一九四八年去罗马的同一机构任职两年。一九五五年，任哈佛大学诺敦讲座教授（Charles Eliot Norton Professor）一年。

在布拉格的三年之中，缪尔对于共产党的统治有直接观察的机会。布拉格是一座悲哀的都市，二次大战时不幸沦为纳粹，战后又陷于共党。缪尔有好几首杰出的政治诗，例如用无韵体写的《好镇市》（*The Good Town*）和后面的这首《审问》（*The Interrogation*），都可以列入所谓冷战的年代最佳的政治文学。《好镇市》中恐怖统治的描写，人性压抑的分析，直追乔治·欧威尔的小说。《审问》一诗则表现现代人民面对集权官僚制度的无依无助。这原是卡夫卡小说中典型的主题，但加上缪尔的布拉格经验和西柏林围墙的阴影，更显得切题而突出。诗中的意境似真似幻，由于不具地方色彩和现实的细节，更提升到了寓言的境界。

在《自传》的第十章《英国与法国》中，缪尔如此批评共产主义："当时我并未感到要做共产主义者的诱惑，因为在二十多岁时我早已做过社会主义者，那时我们念念不忘的，不是阶级斗争和革命，而是人道和博爱。当时我已经研究过共产主义的理论，只感到格格不入。把历史当作阶级之间不休不止的仇恨，似乎是一个空洞的观念，正如一盘古怪的机器那样，除了本身之外，并不能说明什么。鼓动我把阶级仇恨扇成革命的烈焰，这样的福音只能算是一套暴力的理论，为了把贫穷的男男女女变成面目模糊的单位，唯一的希望之外别无希望，唯一的欲望之外别无欲望……要用虚伪的想象去恨一整个阶级，很容易；要用真实的想象去恨一个人，却很难。”缪尔以基督先知的博爱精神来批评共产主义的阶级仇恨，他的作品正如奥威尔的小说，对我们这时代的意义，远比汉明威和乔艾斯更为切题。

缪尔虽然关心政治与社会，他在诗中却企图在当代的时事和纷争之外，追寻更深的原型的神话和象征。他的最佳作品时或充溢悲哀的情绪，但篇终往往恢复安详与平静，在纷纭的故事背后呈现永恒的寓言。诸如《禽兽》(*The Animals*)、《负债人》(*The Debtor*)、《马群》(*The Horses*)等诗，都呈现一种神秘感和《圣经》式的庄严。在《负债人》中他说：

> 我是负债人，对一切；对一切我感恩，
> 对人和兽，季节和冬至夏至，黑暗和光，生和死。

这种胸怀属于基督教的先知和温柔敦厚的传统主义者，虽然不如叶慈的遒劲或布雷克的饱满，却能寓沉毅于和平，另有一种不移不拔的精神。

在诗体上，缪尔兼工句短而分段的格律诗和大起大伏的无韵体（blank verse）。以后有暇，当译介缪尔更多的作品于国内的文坛。在英美现代诗坛，缪尔的辈分与艾略特、庞德等人相当，但在诗风上独来独往，很少受到国际间所谓现代主义运动的影响。这样子的独行侠实在不多，远居西班牙的格瑞夫斯是另一例外。这种我行我素的作风，说明了缪尔的诗何以成名最晚。实际上，缪尔自己出道也较迟，他的重要诗集《迷宫》直到一九四九年才出版，那时他已经六十二岁了。缪尔的诗名在身后有增无减，显然已通过了时间的考验。一九六三年，奥斯卡·威廉姆斯把他收进《英国大诗人选集》(*Major British Poets*)；一九七〇年，桑德斯、纳尔森、罗森索三人合编的《英美重要现代诗人》(*Chief Modern Poets of Britain and America*)也列了缪尔的作品。一九七三年，再版的《世界文学读者手册》(*The Reader's Companion to World Literature*)这样介绍缪尔："尽管他的声名不是天下皆闻，他却是一位重要的诗人与卡夫卡小说的译者。他的诗异常优美而纯净，艾略特说缪尔在'有话要说的时候，几乎在毫不经意之间就找到了恰如其分的一字不易的说法'。"

缪尔的散文也颇有地位，他的《自传》读者甚多。哈拉普英国名著版的《现代散文选集》(*A Book of Modern Prose: Harrap's English Classics*)，十四家散文之中便列了缪尔《自传》的一节。真希望国内的翻译高手能译出这部《自传》，因为此书不但是一部散文佳作，也有助于了解缪尔写诗的背景。

一九七七年七月于香港

审问

我们原可穿过公路的，却迟疑了一下，
便来了那巡逻队：
那队长仔细而认真，
兵士则粗鲁而冷漠。
我们站在一旁等待，
审问便展开。　他说一切
要从实招来，哪，我们是什么人，
从什么地方来，有什么企图，
什么国家或集团我们效忠或出卖。
问来又问去。
就这么别了一整天，我们站着回话，
看路对面篱笆的那边
逍遥的情人们一对对走过，
手牵着手，徜徉于另一个星球，
好近啊，简直可以向他们呼喊。但此地
答话和行动都不由我们作主，
尽管逍遥的情人们依然踱过去，
而无情的田野就在面前。
我们已濒于极限，
耐力几乎已耗尽，

而审问依然在进行。

—— 一九四九年

此诗灵感来自西柏林之围墙及原作者对东欧之观察。

负债人

我是负债人，对一切；对一切我感恩，
对人和兽，季节和冬至夏至，黑暗和光，
生和死。　死者的背上负着，
看啊，负着我，被引上迷失了的使命，
被食尽的秋收所抚养。　向忘了的神
作忘了的祷告，亦降福于我。
锈箭与断弓，看啊，都将我保卫，
此地，就在此地。　未陷的城堡
陷入地层，以年代陷入时间，
缓缓地，以全部坚定而守望的战士
保我此刻的安全。　远古的流水
将我涤清，使我苏醒。　胜者和败者
皆予我以热情，以和平，以战场。
忘川畔的牧野笼我以幽光。
死者在肃然无声中长忆着我，
将我拘留。　对一切我都感恩。

忘川（Lethe），希腊神话中冥府河名。新死的人往冥府，将返人间投胎的幽灵离开冥府，皆饮其水而遗忘过去。

禽兽

它们不住在这世上，
不住在时间与空间，
自生命投入死亡，
一个字也没有，没有
一个字可以驻脚。
从不在任何地点。

因文字从虚空呼出
呼出了一个世界，
用文字形成，围住——
线和圆和方块
翡翠石和泥土——
救出，自欺人的死寂，
以有声的嘘息。

但这些禽兽从未
两次践熟悉的道路，

从不，从不走回去，
回到记忆中的日子；
一切都好近好新奇
在恒久不变的此地，
神的伟大的第五天，
将永远如此保存，
永远也不会消逝。

第六天，才出现我们。

—— 一九五六年

《圣经·创世记》说，上帝第五天造万兽，第六天造人。上帝说：让光诞生，乃有世界。人类创造了语言文字，乃可能整理记忆，积成历史，形成文化。唯万兽绝少进化，更无文明，似乎亿万年来仅是一天，仍是当日上帝创世记的第五个大日子。所以缪尔说："一切都好近好新奇。"至于"翡翠石和泥土"的意象，可以参阅马拉美的十四行和艾略特的诗《焚毁的诺顿》中的一句："泥中的大蒜和蓝宝石。"

马群

催眠全世界的那场七日战争
爆发后才十二个月，

迟暮时分，来了那奇异的马群。
那时，我们和静谧早生了默契，
但起初那几天那样死寂，
听着自己的呼吸都害怕。
开战第二天，
收音机全失灵；扭动开关；没有下文。
第三天有艘军舰驶过，航向北方，
尸体堆叠在甲板上。　第六天，
一架飞机掠过头顶，冲进了海波。　之后
只剩下虚无。　收音机全哑掉，
却依然守在厨房的角落，
也许还守在百万间房里，全都开着，
在世界各地。　但现在即使它们要开腔，
即使忽如其来它们要开腔，
即使钟敲正午时一个声音要开腔，
我们也不愿意听，不愿意让它召回
巨口一咽，刹那就吞下自己子子孙孙的
从前那坏世界。　我们不愿再召回。
时或，我们想起列国都沉睡，
在紧闭的忧伤里蒙蒙蜷伏，
那想法多怪异，令人心乱。
拖拉机散布在田里；一到黄昏
就潮湿像海妖偃卧在窥伺。
我们才不去理会，让它锈掉：

“会烂掉的，像所有的泥土。”
久弃不用的锈犁，我们用牛
来曳耕。　我们已经走回头，
越过先人田地。
　　　　　　终于那天黄昏，
那年夏末，来了那奇异的马群。
先听见一阵遥远的轻叩敲着大路，
然后更沉更重的锤打；停住，又响起，
到转角的地方，变成深邃的雷霆。
我们看那许多马头
像一排狂潮袭来，令人吃惊。
父亲那一代家里的马匹早卖掉，
去买新拖拉机。　我们看马已陌生，
像古盾牌上雕刻的神骏，
或是骑士书里的那些插图。
我们不敢去亲近。　马群守望着，
又固执又怕生，像有道古代的命令
派他们来找寻我们的下落，
和丧失太久的那古老的相爱相亲。
最初，我们完全没悟到
这些是可以领来驱遣的生命，
这里面，还有近半打的幼驹，
残缺的世界里，被弃于荒原，
却清新如来自他们的伊甸。

从此他们为我们牵犁，负重，
但那种自由的劳役迄今犹令人心醉。
生命已改观：他们的光临是我们的新生。

——一九五六年

缪尔的这首《马群》是他的代表作，也是现代诗中罕见的精品。罕见，是因为它不但文字上朴素而自然，主题上也透露出喜悦和希望，不仅仅止于对现代文明的批判。在这首小型的叙事诗里，缪尔的叙述手法干净而且生动。篇首战争的描写着墨无多，却明快深刻。战后的死寂感和等待的悬宕，确够恐怖。这一切，和篇末马群之来的由惊而奇，由奇而喜，而终于在大劫后萌发出的一片感恩与新机，形成分外鲜明的对照。几年前初读这首诗，到马群出现时，即感到一阵奇异的震撼。现在再三读来，虽不若初次猝遇时那么强烈，但感受仍然是深的。

缪尔出生在苏格兰的奥克尼群岛，从小就爱上岛上农家的马，可是这首诗里的马群，除了家畜耕田和负重的实用价值，更有曲传神谕之功，宗教的境界甚高。出现在缪尔作品中的马，总带着一种神话的气氛。就天人合一的境界来说，缪尔和另一位现代诗人——狄伦·汤默斯，颇可相通。就科学小说的预言说来，这篇浓缩成诗的科学小说，令读者想起文敦（John Wyndham）和克里斯多佛（John Christopher）的作品。

Robert Graves

1895—1985

格瑞夫斯

—— 九缪思的大祭司

除了“文学家”，似乎没有更包罗的名词可以形容格瑞夫斯多元的身份。他集诗人、散文家、评论家、神话学者、小说家、翻译家等不同身份于一身。因为对于英国本国文坛十分不满，他终老于地中海上西班牙的离岛马约卡(Majorca)；然而一次大战时，他拼命保卫的祖国正是英国。当时他在英国从军，参加了明火枪团(fusiliers)，曾经受伤，讹传阵亡。战后他一面养伤，一面追忆战壕经验，写下自传《告别战场》(*Goodbye to All That*)。

格瑞夫斯生于一八九五年；父亲是Alfred Perceval Graves，爱尔兰诗人，母亲Amilie von Ranke是德国名学者之女。一次大战时他和另一位战争诗人萨松(Siegfried Sassoon)十分亲近。他才学既高，不免自负，认为叶慈、庞德、艾略特的圣三位一体不过是现代诗人之伪神，所以在牛津大学进行诗学讲座时经常加以嘲讽。另一方面，他对前辈诗人也不很礼貌，在《无上的特权》(*The Crowning Privilege*)中也挑剔了米尔顿、颇普、华兹华斯和丁尼生。如此独来独往，他的人缘自然好不了。他的婚姻也不和谐，但长期和美国女诗人赖丁（Laura Riding）同居于马约卡岛，合著了评析现代诗的论文。

一般读者与观众认识的格瑞夫斯，是雅俗共赏的历史小说《吾乃克洛地亚斯》(*I, Claudius*)及《克洛地亚斯大神》(*Claudius the God*)的作者；二书版税之丰，使作者得以安心从容写作。

值得特别一提的，是格瑞夫斯的一位知己。就是所谓“阿剌伯的劳伦斯”(Lawrence of Arabia，本名为 Thomas Edward Lawrence)，比他的名气大得很多。两人在牛津大学初识：劳伦斯官拜上校，乃国际政坛名人；格瑞夫斯官拜上尉；他们交往，多谈学问，少提战争。其实劳伦斯的著作《七智柱》(*The Seven Pillars of Wisdom*)乃一本考古的美文；他并不欣赏前卫的现代诗，兴趣趋于古典。后来，格瑞夫斯年入不过二百镑，家累很重，四个孩子都不满六岁，夫人南熙也体弱多病。正好埃及皇家大学在开罗建校，需要一位英国文学教授，年薪一千四百镑。推荐格瑞夫斯去应征的三位名人之一，就是阿剌伯的劳伦斯。欲知其详，可参考我在拙作《望乡的牧神》中《劳伦斯和现代诗人》一文。

格瑞夫斯学贯古今，但在意识形态上既不进步也不前卫，而是采用一种忠于纯粹诗艺的洁白女神（The White

Goddess)，亦即希腊爱神阿芙罗黛蒂（Aphrodite），所司不仅是性爱，也包括生死之终极。他诗中咏及爱情，并非纯情，而是灵肉一致，用阳刚的诗风正之反之，或一往无悔，或冷嘲热讽，我所译《战利品》《巨妖与侏儒》《伏下来，浪子，伏下！》等均是佳例。《巨妖与侏儒》所言之巨妖，显然暗指叶慈、艾略特、庞德等主流国际现代诗家。"河堤"暗示伦敦的泰晤士河畔。"响雷的本文，低泣的注释"也似乎暗讽现代派主流如何得意，而评论家如何如何一味趋附，曲意奉承。《伏下来，浪子，伏下！》此诗看似粗俗，实则精巧，不但语多双关，而且化俗为雅，读了令人莞尔。

在诗体上，格瑞夫斯千变万化，无施不宜。例如《镜中之脸》使用自由诗，出入于第一及第三人称之间，有毕卡索立体主义之风。又如《大鳖》使用无韵体从容不迫地刻画一位特务。如果说格瑞夫斯是一位深刻的讽刺诗人（satirist），当然也说得通。

庞德、艾略特等现代诗主流的高潮过后，格瑞夫斯对后辈的影响开始显现。他的"白女神说"启发或可说激发了英美跨国夫妻休斯与普拉丝（Ted Hughes & Sylvia Plath）。反国际派的主将拉尔金对格瑞夫斯有如下欲拒还迎的评语："既不高尚也不庸俗，不斯文也不炫学，不失衡也不全清醒，格瑞夫斯先生也许是后辈能找到的最佳诗坛导师了。"

龙黎（Michael Longley）为格瑞夫斯编诗选，径称其为"九缪思之大祭司"（Priest of the Muses）。

《冬至喻璜儿》是格瑞夫斯中年（四十七岁）之作，用典极深也极繁，对译者乃罕有的挑战。他中年得子，且生于冬至前一天，不免赋诗志庆。他的学问既博又杂，不但深入了希腊神话，而且融入了旁支的古代传说，甚至英国早期在罗马设省之前就已有的巫术，名为 Druidism 者，今日横陈在英国南部平原上的石冻恒寂（Stonehenge），即其遗址。

冬至日至短而夜极长，阳光最暗而热量最弱，许多宗教都以此日为太阳神（Sun God or Sun Hero）之生日。古代威尔斯凯尔特族诗人塔列辛（Taliesin）有诗作《众树之战》，格瑞夫斯解为“神童”，并且认为他胜过二十四位资深的宫廷诗人。

格瑞夫斯又引用古巫教师，即 Druid，谓其行典礼常在橡树林中，又崇拜蛇神，行占星术等等。旋转的黄道十二宫合于一年之十二个月份。他说“色瑞斯—利比亚神话中认为北极光乃炼狱所在，日神英雄们死后所归”云云。格瑞夫斯崇奉的“白女神”有一部分与希腊爱神 Aphrodite 重叠，他把枭与鹰称为三位一体的女神，因为她们主宰下界、人间与天上。另一部分则合于希伯莱的海神拉哈布（Rahab），下体是鱼尾。至于十二位贵冑之数，则可通于亚瑟王之十二名圆桌骑士，耶稣之十二门徒，或黄道之十二宫。

国王（The King）指太阳英雄，重生后，在冬至之日出现，乘着方舟浮于水上。蟒蛇指奥菲翁，乃白女神所生，与女神交，再生蛇蛋，由阳光孵出世界。太阳英雄又必须斩蛇始得女神欢心。大野猪所杀则为希腊爱神 Aphrodite 之所宠猎人阿当尼斯（Adonis）。

格瑞夫斯用典之多且杂如此，其间关系又颇多活用，所以读者难解，译者难译。

另有学者认为 Juan 可能指 Don Juan（唐璜），实在越扯越远。

Wystan Hugh Auden

1907—1973

奥登

—— 千窍的良心

如果我们将现代英美诗人，依其年龄与成名之先后，分为四代，则叶慈、浩司曼、罗宾逊应属第一代，平均年龄当在一百二十岁上下；佛洛斯特、艾略特、庞德是第二代，平均年龄约为百岁；八十岁的一代，包括刘易斯、奥登、史班德；最后的一代，如英国的艾米斯、拉尔金、魏因和美国的魏尔伯、罗威尔等，则平均年龄在六十多岁。

从三十年代起，奥登一直是现代诗第三代最重要也最活跃的诗人。一九〇七年二月二十一日，他生于英国的约克郡。在牛津大学念书的时候，他已经成为一群新诗人的领袖，以左倾的写实诗风闻名。毕业后，奥登去德国留学，遇见心理学家兼人类学家拉耶德（Layard），受其新学说之影响至深。回到英国，他做了五年的教员，又曾为电影编写说明。西班牙内战期间，奥登参加了共和党的一边，任担架手和卫生员。奥登游迹遍欧洲大陆，并且到过冰岛和中国。一九三八年，他和德国小说大家汤默斯·曼的女儿爱丽佳（Erika Mann）结婚。翌年，他迁去美国居住，并于一九四六年归化为美国公民。二次大战期间，奥登曾参加驻德美军战略轰炸测量队工作。一九五六年，他回到英国，任牛津大学诗学教授。奥登在美国，曾先后至密歇根大学及史瓦斯摩尔、史密斯等学院讲学。在纽约“社会研究新校”讲莎士比亚时，慕名前往听讲者至为拥挤，一位秘书形容其盛况说：“你还以为是莎士比亚在开课讲奥登呢。”晚年奥登回到牛津去养老，一九七三年九月二十八日逝于维也纳。

在现代诗人群中，奥登以博学多才见称，也是最富于知性的作者之一。他的心智活动范围极广：除了对于二十世纪两大思潮——佛洛伊德和马克思的学说——甚有认识以外，他的兴趣更旁及希腊文化、德国文学、人类学、神学和社会学。论者尝谓，近数十年来欧洲流行过的思想，几无一种不曾出现在奥登的诗中。他曾经在诗中为蒙田、巴斯考、伏尔泰、齐克果、亨利·詹姆斯、爱德华·李耳、麦尔维尔、佛洛伊德以及爱因斯坦等人物塑像，评点得失之际，均能烛幽显隐，抉发诸家要义。奥登自己也承认：

出我笔下，生活恒是思想。

奥登在诗中发展的过程——从早年的愤世嫉俗到后期的神秘主义，从早年的怀疑文明到后期的宗教信念——颇似艾略特，但是他和艾略特有一个很大的差异。艾略特对时代的反应恒是间接的，奥登对时代的反应，往往表现于直接的批评；艾略特始终反对共产主义，奥登则以左倾始，而以反共终，像三十年代的许多西方作家一样。在本质上，奥登是一位热衷社会批评的道德家，他对社会的批评往往以反喻（ironical）的方式表现，在一首诗的述说进行到一半时，语气忽作惊人的急转直下，是他最拿手的一种惯技。

奥登是一个多才且多产的作家。除诗以外，他还写散文、批评、戏剧、游记，并为史特拉文斯基的歌剧《浪子行》撰写剧本。他为各种书刊撰写的序引之类，多到不可胜数。不过奥登主要的表现仍是诗。他是现代诗技巧上的“大行家”（virtuoso）。他在形式上的尝试，最为广泛；短至十数行，长至千余行，从自由诗到十四行，从歌谣到回旋的六行体，从三行联锁韵到古英诗的头韵，他几乎无体不工。在韵律方面，他最爱炫才，例如在《哦，你去何处？》一诗的短短十六行中，头韵和谐音接踵而来，简直令读者应接不暇。又好作文字游戏，像下列的句子，形容词与名词相互易位，且又语涉双关，每令译者搁笔：

To raise an iron tree is a wooden irony.

奥登是三十年代崛起的代表性作家，以致三十年代有“奥登世代”及“不安的时代”（Age of Anxiety，奥登诗剧名）之称。一九五六年，当他受聘为牛津大学教授之时，伦敦的《泰晤士报》曾称他为“自安诺德以来主持牛津诗学讲座的最杰出的诗人”。一九四八年，他曾获普利泽诗奖。无论在诗的创作或批评上，艾略特都是本世纪开风气的大师；奥登亦步亦趋，俨然以艾略特的大弟子自居。艾略特倡导知性，奥登便走唯智的路子，以心理学、社会学、哲学入诗。艾略特扬起反浪漫主义的大纛，奥登便讥拜伦而嘲雪莱，并诋丁尼生为“非常愚蠢”。艾略特发现了玄学诗派，奥登连篇累牍地运用反喻，似反实正法和曲喻。一般批评家都承认奥登是一位非常聪明的作家，但是多少有点觉得，他把知性发展得太过分了，以致思考有余而情韵不足，又因诗中故实繁多，影射太僻，且往往以二三知己间谐语入诗，遂有牵强与晦涩之病。罗贝特·罗威尔曾戏将作品分成生（raw）熟（cooked）两类。奥登的诗可以说往往煮得太“熟”了。

艾略特的晚年，英美诗坛已经掀起一股反智性的运动。年轻的诗人们，久厌于艾略特派那种嗫嚅的诗风，开始要求创造一种新诗，免于过分烦琐的文化背景，免于过分烦琐的技巧的、自然而且纯净的新诗。他们宁可回到布雷克和雪莱；宁可回到惠特曼和威廉姆斯去寻求灵感。在反艾略特的浪潮之中，奥登的处境是颇为尴尬的。论者每每指出，奥登的风格虽然穷极变化，但是很难指认哪一种风格是他的独创。批评家戴且斯（David Daiches）就说：“尽管他（奥登）已有令人目眩的成就，他仍给人一种印象，似乎他迄未真正发现自己，迄未充分建立自己的模式且栖息其中；他的不能安定下来和他的旺盛精力，使得他的诗人生命显得如此富于试探性，好像他总是正要创造出自己可能创造的伟大诗篇。”

那是什么声音？

那么刺耳，是什么声音
　到山谷下来，鼓噪又鼓噪？
不过是红衣的兵丁，吾爱，
　兵丁正来到。

看得好清楚是什么光芒，
　从远处照得多闪耀？
不过是武器反射阳光，吾爱，
　他们走得多轻巧。

他们带那些装备是何意？
　这么早，这么早有何居心？
不过是例行的演习，吾爱，
　或是在示警。

为什么他们离开了坡道，
　为什么要突然更改，
也许只是命令有变化，吾爱，

为什么你跪了下来？

哦，他们停下来是找医生吧，
　　也许是将马匹，马匹勒住
咦，他们没有一个人受伤，吾爱，
　　不像有谁要医护。

是否要的是白发的牧师，
　　要的是牧师，当真，当真？
不，到牧师门前只是过路，吾爱，
　　并不要登门求诊。

一定是找附近的农夫，
　　那农夫真聪明，那农夫？
他们一定已走过了农场，
　　现在正在跑步。

你要去何处？留下来陪我！
　　你的山盟海誓都骗人？
不，我爱你，是答应过，吾爱，
　　可是我必须脱身。

锁已敲断，门板已经撞散，
　　在大门口他们正转进，转进，

皮靴重重地正踏过地板，

发火的是其眼神。

—— 一九三六年

“红衣兵”（red coat），美国独立战争时之英军。

看啊，异乡人

看啊，异乡人，看这个海岛此刻
正在颤动的光中显现，使你欣喜，
在此地站好
且保持寂静，
让你耳朵回旋的狭道
像流过一条河
那样，流过摇摆的海潮音。

在这小小田野的尽头停步，
看白垩石壁直落向浪花，看高崖
抵抗那潮汐
的泼弄与叩响，
而卵石滚动，随着吮吸
的拍岸浪涛，而瞬间
海鸥息羽在峭壁之上。

远方，像漂浮的种子，海舟
为紧急而志愿的任务而分道；
这开阔的风景，
真的，会进入
记忆且移动，像目前的这些云
透过海港的镜子，
一整个夏天出入海水而散步。

澳门

天主教欧洲漂来的莠草一株，
在黄山与碧海之间植根，
像长果子长这些鲜丽的石屋，
且暗暗在中国的身上寄生。
洛可可风塑就的救世主和圣徒
予临终的赌徒以财富的远景；
教堂与妓院并立，为了证明
尽性的行为能为信仰所饶恕。

这宽容的城市不需要恐慌
重大的罪恶会杀害心灵，
且将政府与人民横加蹂躏：

宗教之钟将叩响；孩子的孽障
会保佑孩子卑下的德性；
没有严重的事情会在此发生。

奥登曾于一九三八年和依修吾德（Christopher Isherwood）来中国访问。《澳门》显然是他早期的作品；从一位西方诗人的观点来看西方人进行殖民统治之地，给我们的感触很深。洛可可（Rococo）是建筑和雕塑的风格，富装饰性，极尽华美与铺张，一说源自巴洛克风（Baroque），而流于轻浮。洛可可风始于路易十四时代，大盛于十八世纪。《澳门》在体裁上是一首意大利体的十四行。

艺术馆

说到忍受苦难，他们总是没有错的，
那些大师们：他们总是那么了解
苦难在人世的地位；苦难降临时，
总有不相干的人在进食，开窗，或仅仅无聊地走过。
当年长的人正虔诚地，热烈地等待，
等待那奇迹的诞生，总是有一些
孩子们不特别期望它发生，只在
森林边的池沼上溜冰：
大师们从不忘记，

即使可怖的殉道也必须在一个角落
独自进行，在一个凌乱的角落，
其中，狗继续过狗的生活，而行刑吏的马
向一棵树摩擦它无辜的臀部。

在布鲁可的《伊卡瑞斯》中，例如，一切何其悠然。
掉头不顾那惨象；那农人可能
听见了水溅之声，和无助的呼喊，
但是他不觉得那是一次重要的失败；阳光照着，
因为不得不照，那白净的双腿没入绿色的
海水中；那豪华精致的海舟必然看见了
一幕奇景，一童子自天而降，
但它必须去一个地方，仍安详地向前航行。

此地所谓的艺术馆，在比利时的首都布鲁塞尔。佛朗德画家大布鲁可（Pieter Brueghel, ca. 1520—1569）的杰作《伊卡瑞斯》（*Icarus*）即悬在其中。伊卡瑞斯是雅典工程师戴德勒斯（Daedalus）之子。戴德勒斯曾犯杀侄之罪，与子伊卡瑞斯逃到克里特岛上，为国王迈诺斯建神牛迷宫，但事后被拘在宫中。父子以蜡黏巨翼于肩，自岛上飞遁。伊卡瑞斯高翔近日，蜡融坠海而溺，是为伊卡瑞斯海。大布鲁可画中一角，只见伊卡瑞斯双足没入海中，但其余画面一片安详景色，似置溺者悲剧于不顾。奥登因此借题发挥，说明一切先知的受苦受难，都必须独自默默承当，乞援于世人实在是奢望。

本诗的语气常为批评家所称道。在形式上，这首诗虽也押韵，但感觉上像是一首自由诗，最能表现自然的节奏。译文因此无韵。似乎有两个朋友，刚从艺术馆里看了名画出来，其中的一个甚有感慨，向另一个朋友边走边说先知殉道的意义，说完了便就地取材，拿大布鲁可的这幅名画做印证。娓娓道来，非常逼真、自然，因此也常被收入诗选之中。

小说家

披挂着才气有如戎装，
每位诗人的军阶都显然；
他们惊世骇俗如风雨骤降，
或英年早逝，或长年孤单。

他们能轻骑突袭：而小说家
却必须挣脱幼稚的天赋，
修得平易与鲁拙，练就他
自己，无人认出他值得一顾。

只为了达到最低的希冀，
他必须担当天下的厌恶，

承受爱情的俗怨，处正义
合乎正义，处污浊则亦污浊，
而只凭单薄的一身，凡力所及，
漠然肩负人世所有的冤屈。

暴君的墓志铭

他所追求的也算是一种完美，
他创造的警句很容易领会；
人性的愚昧他了如指掌，
而最感兴趣的是军队和舰队；
他笑时体面的议员都大笑哄堂，
他叫时小孩们就倒毙在街上。

诗中之暴君，以希特勒为蓝本。

吊叶慈

一

他失踪在死寂的隆冬：
溪涧冰冻，机场几乎无人，
雪使公共场所的雕像面目模糊；

水银降入垂死之日的口中。
哦，凡仪器皆同意，
说他死的那天是阴森而冷的一天。

远在他疾病之外，
狼群奔驰，穿过常青的森林，
田园的河水不为时髦的码头所诱惑；
悲悼的唇舌
将诗人之死和他的诗分开。
对于诗人，那却是他之为诗人的最后一个下午，
一整个下午的护士和谣言；
他肉体的各省在叛变，
他心灵的广场空空荡荡，
寂静在侵犯郊区，
感觉的电流中断：他化为崇拜他的人群。

此刻他已分布在一百座都市，
且全然移交给陌生的感情；
去寻觅他的幸福，在另一种森林，
且根据不同的道德律而受惩。
死者的言语
在生者的五脏里接受修饰。

但是在明日的重大和喧嚣之中，

当掮客们在证券交易所的大厅上吼叫如兽，
贫民仍然受苦，但已经颇习于受苦，
每个人在自己的狭窄里几乎相信自己有自由；
几千人会想起这一天，
像有人想起某日曾做过不太平凡的事情。

哦，凡仪器皆同意，
说他死的那天是阴冷的一天。

二

你生前愚蠢如我们：唯你的天才不朽；
逝了，富孀们的教区，肉体的腐烂，
你自己；疯狂的爱尔兰把你刺激成诗篇。
现在爱尔兰的疯狂爱尔兰的气候依旧，
因为诗不能使任何事发生：诗长存
在自身语言的谷地，从来没有官吏
会闯进去干扰；诗向南方啊奔流，
从孤绝的牧场，从繁忙的悲戚，
从我们信赖且葬身的粗野的市镇；诗长存，
一种发生的方式，一张口。

三

大地，将一位贵宾迎接；
诗人叶慈已躺下来休息：

让这条爱尔兰的船进港，
它已经卸尽舱里的诗章。

时间向来不能够容忍
一切勇敢和纯真的人，
只一个星期它就忘记
好美丽的一具肉体，

可是它崇拜文字且饶恕
使文字不朽的一切人物；
宽宥他们的卑怯，自大，
把荣誉献在他们的脚下。

以这种奇妙的理由，时间
宽宥了吉普林和他的观点，
而且会宽宥保罗·克罗代，
宽宥他，因为他写得精彩。

笼罩在黑暗的梦魇里面，
狂吠着欧洲全部的恶犬，
现存的列国都在旁静等，
每国都囿于自己的仇恨；

心智衰退的可羞可耻

从人人脸上向外凝视，
汪洋如海的恻隐之情
在每只眼里封锁而结冰。

探索吧，诗人，向前探索，
直到黑夜最深的角落，
用你无拘无束的歌声
继续诱发我们的欢欣；

用你的诗篇来开发心田，
把咒诅耕耘成葡萄乐园；
有感于一阵迷离的狂欢
歌吟人类失败的经验；

在心灵的荒漠里面，
让疗伤的泉水涌现，
在他那时代的牢狱之中，
教自由的人群如何歌颂。

叶慈客死在法国南部，时为一九三九年一月二十八日。当时有好几位诗人写诗追悼。奥登的这首发表于一九四〇年；他写这首诗的时候，正是第二次世界大战的初期，国际只有猜忌和仇恨，而一位大诗人，人类迫切需要的心灵，竟于此时死去，因此他的感慨特别深沉。像所有超越时空的杰出的悼诗一样，《吊叶慈》也可以分两个层次—— 个人的和普遍的—— 来看。在个人的层次上，奥登认为叶慈也未能免于常人所有的弱点，例如他生前甚为虚荣，喜欢别人以名人相待，喜欢周旋于贵族社会，而且浮沉于爱尔兰的政治圈中，终于体貌日衰，老死而已；但这些不过是一时的现象，唯他的天才永远不朽，诗人既死，只留下了诗，他的生命已经转化为他的读者了。在普遍的层次上，奥登将叶慈之死投影在时代的背景上，诗人之死与欧洲之没落互为表里。第一章首段的自然景象应该是象征性的："雪使公共场所的雕像面目模糊"一行，寓意尤为深远。但是开篇的阴寒萧瑟，和终篇的欢欣鼓舞，形成了一个显明的对照。在第三章中，奥登所寄望于叶慈的，事实上也是针对一切诗人而发，那就是"诗不能使任何事发生"，诗之长存于语言之中，正如河水长存于谷地之中，河水在隆冬之际流向南方；诗人的任务，只在立言，言立而诗不朽，诗不朽而人类之精神亦赖以维系不坠，此外的一切，包括诗人的政治观和私生活，都是不足为凭的。艾略特说："诗人之'为诗人'，最高的成就应该是，将自己的语言锻炼得比自己动笔前更进步，更精纯，更准确，且传给后代。"

第三章第四段提到吉普林和克罗代（Paul Claudel, 1868—1955），因为前者有帝国主义的思想，而后者，法国诗人，剧作家和外交家，在政治上亦为极端右倾的分子。可是时间不会斤斤计较这些，时间只记得他们的艺术。奥登写这首诗的时候，吉普林已死三年，克罗代尚在世间，所以奥登有“宽宥了”及“会宽宥”之说。叶慈自己的政治思想，亦不时有反民主的意味，所以奥登要联想到吉普林和克罗代。叶慈地下有知，恐怕不会欣赏这种联想。后来奥登自己觉得欠妥，乃将“时间向来不能够容忍”之后的三段删去。

《吊叶慈》是奥登最有名的作品之一，曾屡被英美诗选采用。全诗分三章：第一章是自由诗体；第二章像是松散的亚历山大体，押韵在工与不工之间；第三章变成整齐谨严的四行体，有丧礼进行曲的意味。三章的韵律，一章紧似一章，即在译文中也看得出来吧。

隐身公民

（为 JS/07/ 男 /378，政府立此大理石碑）

统计局发现此人
卷宗里并无不良之记录，
对他的行为所有的报告都承认，
按老派字眼的现代观点，可称圣徒，
一举一动对于“大社区”都有益。
除了参战，直到那一天退役，
在工厂上班，却从未遭解雇，
令雇主福治汽车公司感到满足，
但是他并非不合人情，不入工会，

工会说他都有上交会费，
（我们的报告说他的工会健全）
社会心理师也都发现
他喜欢喝酒，同事间颇得人缘。
报业相信他买一份报纸，每天，
对广告的反应他样样都正常，
他名下的保单证明他保了全险，
健保卡说他进过医院病好出院。
《生产研究》与《高质量生活》宣称
分期付款的便利他了解充分，
现代人必要的配备他一概不欠，
唱机、收音机、汽车、冰箱都齐全。
民意调查的专家并欣然指出
每一季节他的意见都正确无误；
太平时他支持和平，战时他从戎。
已婚，为人口添了五个孩童，
优生学家说，他的世代这数目正适合，
教师说，子女的教育他从不干涉。
此人自由否，快乐否？问得真蠢：
真出了问题，我们一定有所闻。

阿岂利斯之盾牌

她在他背后窥探，
　找葡萄与橄榄，
找井然的大理石城市，
　酒色海上的帆船；
但是向闪亮的金属
　他动手的雕刻
却是人工的荒野
　与铅灰的天色。

没有面目的平原，棕黄而空廓，
　更无草叶，也无邻居的行迹，
没有东西可吃，也无地方可坐；
　但满布在那片虚无上却站立
　不明来历一大群人堆
百万对眼睛，百万双皮靴，成排，
毫无表情，只等待号令下来。

来自空中，只闻其声，不见面孔，
　用统计证明某主义为公正，
其语调枯燥单调与地势相同；
　激不起欢呼，也没有讨论，
　一行又一行，踏成如雾的灰尘，

大踏步开拔，勉强服从的信仰
那道理，带他们去倒霉的远方。

她在他背后窥探，
　寻找虔诚的仪式，
戴鲜花的白母牛，
　洒酒与祭食：
但向闪亮的金属，
　原该有祭坛之处，
她只见，就风火炉之闪烁，
　全异的景物。

铁丝网武断地围成一圈，
　散坐着无聊的官员（其一在搞笑），
哨兵在出汗，那天热炎炎；
　一群老百姓，看来都规矩，
　在圈外张望，不动也无言，
此时脸色苍白，有三人，被带上
到打桩立地的三柱前方。

这世上挤满人的大场面，永远
　是他人握权而权力从来不变，
都握在他人手中；这些小人物
　没指望有人来扶助，也根本无助；

敌人遂为所欲为，他们的羞耻
是失望到极点，丧失了自尊，
肉体死亡前心灵早不存。

她在他背后窥探
找选手在炫绝技
男男与女女共舞之姿
挥动情愿的四肢，
快，快，按音乐舞得多快；
但向闪亮的盾牌
他的手不在刻舞台，
只雕出乱草的郊外。

穿破衣的顽童独自徘徊，
在荒地上闲逛，一只鸟
飞起，避开了他瞄准的石块。
二童刺一童，女孩被强暴，
只当是应该，他从不知晓
有人的世界言出必信守，
他人流泪，自己的泪也难收。

嘴唇紧闭的炼甲匠，
赫非斯托跛行而去；
喜娣丝洁白的胸脯

因惊骇而悲啼，
惊火神竟打造这兵器
来讨好她儿郎，
狠心嗜血的阿岂力士，
其阳寿也不会长。

——一九五二年

造物者

独身，近视，且有点重听，
这隐名埋姓的小侏儒，
传说中的老鼻祖，
子子孙孙，为皇上和其他
预约的贵族之家造枪械，
博物馆的观众谁不识君。

一任自己的石穴遮断
外界的气候和世变，他凭借
完成的工作计算岁月，夜间
他梦见鬼斧神工，在他眼中，
战争的意义是欠缺青铜，
朝代换时，只换个主顾。

他并非一名乐师：歌声
只鼓舞劳动的市民，娱乐懒人，
却会使自愿的工匠分心，
敲不准他铁锤的当叮叮。
也不是一个雄辩家：诡辩者
不会冶冶金之术。

他索价很高，如他不喜欢你，
他就不答应：王公与贵人
迟早要发现他们的符咒不灵，
一种致命的威胁。他交件
要看他方便，不依你时限：他无敌手，
他知道你知道这点。

他的爱，成形于每一件实用的奇迹，
不能使它们，在这尘世，免于受辱，
但能够复仇：小心罢，各种年龄的
吮拇指的笨拙的儿童啊，
小心你砍碎的尸体，法院的裁决是
飞来横死。

《造物者》(*The Maker*) 似乎有点影射诗人。在希腊文中，“诗人”一词原是“造物者”之意。第三段中，“铁锤的当叮叮”原文是 hammer's dactyl。Dactyl 为诗律中“扬抑抑格”或“长短短格”，尤指荷马史诗中一长二短的一组音节，恰似打铁时，铁锤落砧，一重二轻之声。所以我在中译里，翻成易懂而拟声的“当叮叮”。

Stephen Spender

1909—1995

史班德

——放下镰刀，奔向太阳

二十世纪三十年代，由于社会的不景气和共产主义的发展，世界各地的文坛，几乎都笼罩在所谓“普罗文学”(proletarian literature)之下。这种情形，在中国是如此，在欧美尤然。在英国，领导左倾诗坛的，是牛津大学出身的几位高才生。史班德是其中最活跃的一位。史班德的父亲海罗·史班德(Harold Spender)原是有名的自由主义作家，曾从事新闻工作。年轻的史班德接受父亲的熏陶，本来也是一个自由主义者。后来他文名日隆，一九三六年冬天，接受共产党的邀请而入党，不久更赴西班牙参加内战，为共和阵线做宣传工作。最后他因为希望幻灭而脱离共产党，并成为反共作家之一；前后的经验和感想，在《不灵的神》(*The God That Failed*)一书中，曾有详尽的叙述。史班德在脱离共产党以后，仍然对政治保持浓厚的兴趣。不过，对于史班德而言，政治只是一种手段，而不是目的。在《生活与诗人》(*Life and the Poet*)一书中，他说：“政治的至终目的，不是政治，而是在一国的政治组织之中可以实现的各殊活动。所以，有效地申说这些活动—— 诸如科学、艺术、宗教—— 其本身便是对于至终目的之一项宣布，而政治的手段正根据这种至终目的而形成……一个社会，如果缺乏政治以外的价值，将仅是一具载运人民的机器，其社会组织之中没有任何目标反映人民的忧虑，反映他们的永恒渴望、寂寞和爱的需要。”

史班德生于一九〇九年二月廿八日，血液之中，有英国、德国和犹太的成分。少年的史班德喜欢绘事，曾印制标签维生。十八岁那年，他出版了处女诗作《九试集》(*Nine Experiments*)。十九岁，入牛津大学，和奥登、麦克尼斯等同学主编《牛津诗刊》。后来他发现大学生活不合自己的个性，乃离校从事写作，畅游德国与其他欧洲地域，并参加西班牙内战。二次大战时，史班德在伦敦任救火员，并协助康诺利(Cyril Connolly)编《地平线》杂志。战后他屡次去美国，在各大学演讲。自一九五三年至一九九〇年，史班德一直主编国际性的《会战》(*Encounter*)月刊。他曾经离过婚，第二位太太是钢琴家娜塔霞·李特文(Natasha Litvin)。

史班德对文学的主要贡献，是诗、批评和翻译。他精通德文和西班牙文，曾英译里尔克和洛尔卡。他出版过好些批评文集，但水平颇不整齐，似以《毁灭的因素》(*The Destructive Element*)一书为最精当。无论在批评上还是创作上，史班德都表示，现代诗人必须无所保留地接受现代的生活，尤其是机械文明的都市生活。在这方面，史班德坚信美国诗人哈特·克瑞因所说的：除非现代诗能够“吸收机械，也就是说，使机械能适应诗的环境，正如树木、牛群、古帆船、古堡，及往昔的其他联想适应得那么自然而且随便，除非能做到这一点，否则诗将无法达成它充分的当代的任务”。史班德自己也说，现代诗必须利用工艺方面的象征，像利用“已被遗忘了的诗句中的‘蔷薇’和‘爱情’”那样轻易。即使在他左倾的时期——史班德之所以左倾，与其说是对辩证的唯物主义真有信心，不如说是由于人道主义的驱使。我们可以说，对于工业社会的拥抱和对于广大人群的关切，是史班德诗中的两大基本精神。

史班德早年与奥登齐名，但后来诗名远在奥登之下。奥登是否能以大诗人传后，这问题现在当然仍见仁见智，不过谁也不能否认他显然是很有资格的候选人。史班德恐怕始终只能屈居次要诗人（minor poet）之列了。史班德不及奥登博学，不及奥登机智，也欠缺奥登在形式上的匠心独运，层出不穷。史班德在形式上始终坚守自由诗的岗位，不像奥登的出古入今，无体不备。在内涵上，他比较热烈、真纯，甚至有些浪漫。奥登一心而有千窍，对于一个意念或主题，往往反复思考，作面面观，但缺点在于有时失却控制，立场暧昧，结论模棱。史班德则立场鲜明，从一而终，略无晦涩之病。

史班德是一个赤诚的现代主义者。他始终信奉哈特·克瑞因和蓝波的现代化的理想。在社会思想上，他反对后期的艾略特；在表现手法上，他反对狄伦·汤默斯的过分晦涩。在《现代主义的运动已经沉寂》一文中，他深切感叹现代主义功败垂成那种赤裸裸独来独往的精神，已经为一种讨好社会屈从传统的妥协作风所取代。他认为，就纯粹的现代精神而言，福克纳从《大兵的饷》起就渐趋柔驯，汉明威从《在我们的时代》起每况愈下，而《序曲集》和《荒原》以后的艾略特，也愈来愈保守了。这种看法未免失之偏激。任何可以传后的作家，莫不始于反传统，而终于汇入传统。而二十世纪早期的作家们，在迷失之后，愤怒之后，孤立之后，仍然感到一种迫切的需要，需要传统，需要向人群，向历史负责。

Ronald Stuart Thomas

1913—2000

R. S. 汤默斯

—— 苦涩的穷乡诗人

R. S. 汤默斯是狄伦·汤默斯的同乡，乃威尔斯乡间的牧师。他主持过的教区都在穷乡僻壤，地瘠人贫，景色正如他诗中所述，非常荒凉，唯一例外是血。他的诗《一月》有如下的句子：

那狐狸曳着受伤的肚皮
走过白雪地，鲜红的血种
在轻微的爆炸下迸开，
柔如粪便，鲜如玫瑰。

在《以诗为晚餐》一诗中，他又说：

诗应该一任自然，
像小小的块茎吸收秽物，
从迟钝的泥土中慢慢茁壮

成不朽之美的一株白葩。

至于今日之威尔斯，他说：

脆得只剩些古迹，
风摧的残楼与废堡，
塌了的石坑与煤矿。

R. S. 汤默斯的作品，主题并非宽广，技巧也不独创，而声调几乎永远是尖锐而严峻，咄咄逼人，节奏更是缓慢而沉重。他并非大诗人，但在较窄的天地，以深刻与恳切取胜。威尔斯无可留恋，所以狄伦・汤默斯一去不返；汤姆・琼斯宁可去大城的夜总会唱《故乡的青青草》。

狄伦·汤默斯

——仙中之犬

狄伦·汤默斯是四十年代英美诗坛最引人注目的青年作家。他的骤然崛起，他的戴奥耐塞斯式的狂吟，他那种反艾略特的强烈抒情意味，他的波希米亚式的生活和夭亡，生前的盛名和身后评价上的分歧—— 这一切，在现代诗坛上，都是罕见的。

狄伦·汤默斯之所以异于他的同侪，一部分要归因于他的乡土背景。他是威尔斯人，一九一四年十月二十七日诞生于威尔斯的海港斯望西（Swansea）。斯望西的直译是“天鹅海”；后来，海也就成为他作品中意象的一个宝库。其实他的名字“狄伦”，在威尔斯语言中就是“海”的意思。（有些人将“狄伦”误念成“戴伦”。）

虽然汤默斯的父亲是一位英文教员，小汤默斯自己却仅仅受过中等教育。他曾经做过记者、演员、播音员，也写过电影脚本和广播剧。他一度想从军，但不合标准，旋入英国广播公司工作。廿二岁，和马克纳马拉小姐结婚，生了三个孩子，住在一个渔村里。他们的房子就叫“船屋”，因为它是渡船码头改装成的。

从一九五〇年到一九五三年，汤默斯曾三度访美。在美国，他到处诵诗，或诵己作，或诵前人作品。由于他音色纯美，音量宏富，加上一种狂放的表演天才，他的朗诵非常成功。许多平素不肯接受现代诗的听众，在他催眠的魔力下，皆欣然进入他那独特的世界。他诵诗的录音片也非常畅销。

汤默斯在纽约时，最喜欢第三街。他经常出没于水手聚集的酒吧，一家接一家地喝过去，有时彬彬有礼，有时陶然酩酊。往往，他只饮白兰地泡生蛋，充作早餐，有时只饮啤酒。一说他酷嗜巧克力糖条，又喜读骇世奇书以忘忧。这样起居无常，纵饮无度，当然严重地影响了他的健康。所以他自述三十五岁时的情况说：“苍老而小，黑褐褐的，很灵，有一种射来射去，傻愣愣的，神经质的眼神……落发而且落牙。”第三次访美时，他接受史特拉文斯基的邀请，正要去那位音乐家加州的寓所，合编一个歌剧，同时他刚度过三十九岁生辰，《汤默斯诗集》也极受欢迎，这时他竟病倒了。一九五三年十一月九日，他因脑瘤不治逝世。身后，有关他的回忆录及批评与日俱增。他的太太凯特玲·汤默斯（Caitlin Thomas）写的回忆录《以了余生》(*Leftover Life to Kill*)，是一篇非常坦率的自白。此外尚有布列宁（J. M. Brinnin）的《狄伦·汤默斯在美国》和崔思（Henry Treece）的《狄伦·汤默斯：仙中之犬》(*Dylan*

Thomas: Dog among the Fairies）。

狄伦·汤默斯的作品，包括五本诗集：《十八首诗》、《廿五首诗》、《爱的地图》（*The Map of Love*）、《死与入口》（*Deaths and Entrances*）、《野眠》（*In Country Sleep*）；一本散文诗剧《牛奶林下》（*Under Milk Wood*）和一本自传《艺术家充幼犬的肖像》（*Portrait of the Artist as a Young Dog*）。此外，他还用散文写了许多想入非非的讲稿，题目都很奇幻，例如：《拜金狂的夜莺以诗人之目观纽约》（*A Bard's-Eye View of New York by a Dollar-Mad Nightingale*）便是一例。

汤默斯的诗，在主题上，恒表现童年、性的活力、宗教的困惑和死亡；在意象上，富于超现实主义的大胆与繁富。《圣经》，佛洛伊德、威尔斯的民俗与布道，是他灵感的主要泉源，而威尔斯的山与海，果园与渔村，则成为他诗中的自然背景。他诗中的萦心之念和信仰，是万有生命的统一，也即死以继生死后复生的持续过程。生命因万态各殊而分，但在生与死的过程中与宇宙合为一体，是以人与自然，往昔与现今，生与死，皆汇入宇宙之大同。面对死亡的汤默斯，一遍又一遍地加以赞颂的，正是这种合一的感觉。

汤默斯的意象，极鲜明与缤纷之能事。他以强烈的本能拥抱生命，且以孩童的感官去经验这世界，因此他的意象往往洋溢一种原始的力量，且超越文化的意义。例如“摇尾巴的时钟”“羔羊白的日子”“天蓝色的行业”“海涅的教堂”“褐如夜枭的古堡”“蚝塘满地苍鹭僧立的海滩”等等意象，往往恍若孩童眼中所见的第一印象，令人掩卷不忘。可是这些突出的意象，有时喧宾夺主，竟遮断了主题与意义的脉络，乃演成有句无篇的局面。加上文法和标点上的武断的安排，这种情形，使汤默斯的诗以晦涩著称。例如《不愿悲悼伦敦空袭时烧死的一女孩》(*A Refusal to Mourn the Death, by Fire, of a Child in London*)的前几行：

Never until the mankind making
Bird beast and flower
Fathering and all humbling darkness
Tells with silence the last light breaking
And the still hour
Is come of the sea tumbling in harness...

如果把省去的标点都补上，像下面那样，就易解多了：

Never until mankind–making,
Bird–beast–and–flower–
Fathering, and all–humbling darkness
Tells...

有一个奇怪的现象，便是汤默斯的诗在意象和意义上虽然显得深奥艰涩，在听觉上却呈现透明的状态。他的句子，在高声诵读（尤其是由他自己朗诵）的时候，似乎具有一种超意义的说服力；即使你尚未“看”懂，至少也会“听”懂了。这种超意义的感染力，已经接近音乐，难怪诗人兼艺术评论家李德说他的诗是“我们当代最纯粹的诗”。可是，如果我们以为汤默斯的诗是所谓自由诗，那就大错了。汤默斯的节奏，在轻重音的起伏错落上接近霍普金斯，在宏富而持续的律动上，则继承莎士比亚以迄叶慈的英诗传统。在脚韵、头韵、半谐音、邻韵等的微妙安排上，他已超越了欧文和奥登，学会了一种音律的“障眼法”。仔细分析他诗中的节奏和音律的秘密呼应，我们不难发现，汤默斯实在是一个非常严谨的技巧大家。

一位作家，如果生前享誉太隆，死后往往情况逆转，会扬起批评家们喝倒彩的声音。丁尼生是如此，艾略特是如此，狄伦·汤默斯也是如此。在生前，汤默斯是记者猎取新闻的焦点。同时代的作家们公认他是最伟大的抒情诗人。前辈女诗人伊狄丝·席特威尔（Edith Sitwell）说：“一个诗人升起了，他展示伟大的一切征象。无论在主题上或结构上，他的诗都是宏大的。”史班德的意见比较保留，他认为，汤默斯的作品到一九四三年以后才臻于成熟。他说：“狄伦·汤默斯是这样的一个诗人：关于他，我们有时候可以使用‘天才’这个字眼。”当艾略特君临英美诗坛而知性主义风行一时，汤默斯将感性和原始的冲动带回诗坛；当青年诗人下笔莫不老气横秋，开口莫不期期艾艾，闪烁其辞，汤默斯却以高亢洪大之声赞美生命与童年；当现代诗人都委委屈屈躲在摩天楼的阴影下埋怨工业社会的无情，汤默斯却把现代诗带到空旷而活泼的自然。在四十年代，他的诗催生了模仿他的所谓“天启派”（Apocalyptic School），另一方面，在反对艾略特的批评家手里，也顺理成章地做了攻击奥登的利器。不满汤默斯的批评家们，则指出他的诗往往不能把握中心思想的进展，也往往太放纵幻想，且散漫无度。另一些论者又指责他欠缺道德感与现实感，或谓他效颦乔艾斯繁富的文体，但太耽于文字的感官作用，太沉溺于文字游戏。我们也许仍难确定狄伦·汤默斯是否能以大诗人传后，不过，谁也不能否认，在他最成功的作品里，汤默斯实在是一位富于创造而活力充沛的抒情诗人，正如他在一首短诗的末二行所说的：

> 朝那原始的市镇的最终方向，
> 我恒前进，如永远一样恒长。

透过绿色引信催生花卉的力量

透过绿色引信催生花卉的力量
催生了我的青春；而摧残树根的
也毁灭我的生命。
我的哑口也不能告诉歪曲的玫瑰
说我的青春也同样被冬之高烧　压弯

催流水穿过岩石的力量
也催动我的红血；它吸干滔滔流水
也将我的血变成了蜡。
我哑口无言对我的血管
说相同的山泉被嘴吸干。

把塘中之水搅成漩涡的手
也搅动着流沙；系住狂风的手
也挽住了我寿衣之帆。
我哑口不能告诉上吊的人
说我的肉身是吊刑吏的圈套所造成

时间之唇如水蛭吸着泉源
爱滴水而聚，但血滴下
却能平复她的伤口
我哑口，不能告诉风信鸡之风
时间如何绕着星空嘀嗒着天堂

我哑口，不能告诉情人的坟墓
我的尸布上也爬着狡诈的毛虫

而死亡亦不得独霸四方

而死亡亦不得独霸四方。
死者赤身露体，死者亦将
汇合风中与落月中的那人；
等白骨都剔净，净骨也蚀光，
就拥有星象，在肘旁，脚旁；
纵死者狂发，死者将清醒，
纵死者坠海，死者将上升；
纵情人都失败，爱情无恙；
而死亡亦不得独霸四方。

而死亡亦不得独霸四方。
在曲折且蜿蜒的海底，
死者久卧，不死在风里；
刑架上挣扎，肌腱松懈，
系在轮上，死者不断绝；
信仰在手中将断成两半，
独角兽的罪恶将死者贯穿；
百骸破碎，死者不开裂；
而死亡亦不得独霸四方。

而死亡亦不得独霸四方。
不再有海鸥向耳畔嘶喊，

或是浪涛嚣嚣地拍岸；
花曾开处，不再有花瓣
举头迎接敲打的骤雨；
纵死者既狂且毙如铁钉，
人颅如锤锤穿了雏菊；
曝裂于阳光，直到太阳飞迸，
而死亡亦不得独霸四方。

本诗的题目《而死亡亦不得独霸四方》，出自《新约·保罗致罗马十书·第六章》。本诗共为三段，分自三种观点来处理人之不朽的主题。第一段描写天国，在死亡的观念上却是柏拉图和基督教的融合。第二行至第五行各行，颇有雪莱的意味；第二第三两行表现的是柏拉图式的“复合于一”的思想；第四第五两行似乎也脱胎于雪莱，尤其是他追悼济慈的那首名诗《亚多奈斯》中对济慈死后的种种期许。充满了谐音和字谜的第三行“With the man in the wind and the west moon”似乎影射雪莱的《西风歌》，特别是开篇的第一行前半（O Wild West Wind）。With the man 和 west moon 尤其扑朔迷离，谐音在有意无意之间，要翻成中文，简直是奢望。第七行在一行之中融合了三个典故：第一，《诗篇》第二十三；第二，《马太福音》十四章所言基督与圣彼得联袂行水上一事；第三，米尔顿悼亡友金爱华诗《李西达斯》所言，金爱华虽沉海底必升天国之事。第八第九两行以基督教神爱长在思想作结。

第二段描写地狱。所谓“死者久卧，不死在风里”即指地狱中的幽灵不得升天，仍是响应第一段第三行的意思。第二段中各种酷刑令人想起天主教宗教裁判的刑罚。末行的叠句在此产生了新的意义，似乎在说：死亡只是一个过程，唯地狱的惩处是永恒。

第三段摆脱了死亡的道德意义，将主题带进了死亡的物理现象，且申述“能不灭”的物理定律。人的躯体埋在地下，腐朽之后，以另一种生命的形态出现，可以说真是名副其实的“人颅如锤锤穿了雏菊”。物质一旦不灭，这种“同能易形”的循回作用即永永持续不断。

是以狄伦·汤默斯在本诗中否认了死亡是生命的结束的思想，复就精神和物质两方面加以诠释。康诺利有一篇文章，发表在一九五六年二月份的《诠释者》(*The Explicator*)，论本诗甚详。

二十四岁

二十四岁提醒我眼泪莫忘了眼睛。
（埋掉死者，怕他们走到坟墓太辛苦。）
造化之门的鼠蹊内我伏地如裁缝，
为远行缝一件寿衣，
就着肉食的太阳光线。
披衣就死，肉身的健步开始，

我的血红管带足钱币，
朝着原始之镇的终极方向
我前进，永恒有多久就走多长。

蕨山（*Fern Hill*）

当时我年轻而自在，苹果遮头，
绕着轻快的屋子，快乐如青草，
　夜在谷顶闪着星星，
　　时间让我欢呼而攀爬
　他的眼神盛年如黄金，
货车之间有美名，人称苹果城王子；
曾经我自豪地将树和枝叶，
　　拖着雏菊和大麦，
沿着天光吹落的河水。

我正青春不羁，名扬各仓库，
畅游院落，欢唱以农庄为家，
　晒只年轻一次的阳光，
　　时间让我游戏，
　在他丰富而仁慈，
年轻又光灿之中，我是猎人兼牧人
犊牛回应我猎角，狐狸在山上吠得多清冷，

安息日的钟声缓敲，
川流过圣泉的卵石。

流过有阳光的日子，真可爱，干草
田高与屋齐，烟囱有音调，总是
通风而游戏，可爱而多水
火色青如草
每夜在单纯的星空下，
我下马就寝，猫头鹰就把农庄搬走，
有月光的夜里，幸而在马厩中，纹母鸟
正带着禾墩飞来，而马匹
正一闪入黑夜。

然后醒来，农庄像流浪汉，一身白露，
回来，肩上停着公鸡；真是
耀眼，简直是亚当夏娃，
天空又在密布，
就在那天太阳变得圆满
单纯的光诞生后必是如此
在太初，旋转之地，着魔之马走得身暖
走出长嘶的绿厩，
去到赞美之田野。

扬名于狐狸与雉间，在快乐屋旁

在新造的云下，心有多久喜悦就多久，
在生了又生的阳光
我奔自己无拘的道路
愿望急奔过高与屋齐之干草堆
什么都不在乎，只有天蓝的行业，时光
在悦耳的转动中只容得恁少的晨歌
然后让又青又金的孩子们
跟他领尽了神恩

我无所烦心，在羔羊白的日子，只要时光
牵着我手的影子，上去多燕子的阁楼，
在不断上升的月光中
也不管我下马待睡
会听见他挟高田而俱飞
醒来发现农庄已远别失去童年之地。
哦当时我年轻自在，享受他富裕的慈善，
时光擒住我年轻而垂死，
尽管我戴着镣铐而唱，如海洋。

不甘哀悼伦敦一女孩死于火灾

除非造出了人类
生出了鸟兽与花木

之父，和君临一切的黑暗
无声宣告最后的光之绽开，
而寂静的时辰
已降临，带海潮万马翻滚，

而我必须重入水珠
浑圆的教会，
和玉米秆上的集会，
我才会让声音的影子祈祷，
或者播我的咸种，
在麻布的细谷中致哀

与庄严的焚死之童，
我才不会扼杀
用坟墓的真相扼杀她的人生
也不会沿着元气的各站
来冒犯她，
用天真与青春的更多挽歌。

深卧在最早死者中是伦敦的女儿，
裹在长久的朋友之中，
年代不明的天性，母亲黑暗的静脉
隐藏在泰晤士滚滚的
没有悲情的水边。

最初的死亡后，更无其他

——一九四六年

我阴郁的艺术

我的行业，我阴郁的艺术
在寂静的夜里独自进行，
只有魅月在户外猖狂
而情人们都睡在床上，
拥抱着他们全部的悲愁；
我工作，向着歌咏的光芒，
不为雄心，也不为面包，
不为阔步，不朗念符咒，
在象牙砌成的舞台之上，
我所要求平凡的酬劳
是情人们最最秘密的内心。

向飞溅着蓝色的稿纸
我写诗，不为那自负的
那无关疯狂之月的人，
不为那些巍峨的死者
和他们的那些夜莺与颂诗，
只为了情人们，情人张臂

将千古的悲凉抱在怀里，
但不会赞美也不会酬付
我的行业，我阴郁的艺术。

——一九四六年

本诗在短句的运用和韵脚的交错上，显然受到叶慈的影响。译文未能传神，终是憾事。在某种意义上，本诗对于叶慈的《航向拜占庭》似乎是一个回答。在《航向拜占庭》中，叶慈有意要超越“年轻人在彼此的怀中”的现实世界，而进入永恒不灭的艺术世界，也就是说，要超越生命之变而把握艺术之常。在《我阴郁的艺术》中，汤默斯认为相拥的情人才是艺术的中心经验，诗人的任务便是去发掘这种经验的秘密并把握这种经验的意义；然而诗是一种吃力不讨好的行业，因为尽管诗人置爱的经验于一切世俗的名利之上，一般情人并不能欣赏他的艺术，也不会感激他的苦心。八、九两行似乎有影射莎士比亚《马克伯斯》中谓人生如演员昂首阔步于舞台之意。“象牙的舞台”应系“象牙之塔中的舞台”之省略，乃是汤默斯拿手的惯技。

两次世界大战参战将士的战争观

两次世界大战生死之间的战士对战争有不同的观点。一次大战的战士，奔赴沙场的情绪比较浪漫：《在佛兰德的田里》是其一例；布鲁克（Rupert Brooke, 1887—1915）的《战士》（*The Soldier*）是另一例。不久战壕的真实经验催生出萨松（1886—1967）与欧文（Wilfred Owen, 1893—1918）一类的反战诗人。到了二次大战，再无歌咏战争的诗人，而且反战诗充满了负面的讽刺与对比，诗艺十分高明。

在佛兰德的田里　约翰·麦克瑞

在佛兰德的田里有罂粟花盛开，
在十字架的中间，一排又一排，
这里是我们的坟场；在天上
云雀依然在欢唱，依然飞翔，
但歌声几乎给下面的炮声遮盖。

我们是死者。才几天以前，离现在，
我们还生存，感受晨光，看落日的光彩，
爱别人也被爱，但如今我们埋葬
在佛兰德的田里。

请继续我们和敌人一决胜败；
用力尽的手我们向你们投来
这火把，望你们将它高扬。
如你们背叛了我们的信仰，
我们不瞑目，虽然罂粟花盛开
在佛兰德的田里。

——一九一八年

约翰·麦克瑞中校（Lieut-Col. John McCrae）一次大战时派在加拿大分遣队，在西线作战四年，却在一九一八年一月二十八日阵亡。他虽是加拿大籍，但芝加哥锚炼公司一九二四年出版的《一〇一名诗选》亦予入选。此诗可以代表一次大战时的诗风，一大半表示勇往直前的浪漫爱国精神。

徒劳　威尔夫瑞·欧文

把他抬入阳光，
阳光轻柔曾将他唤起，
在国内，低诉田里要插秧；
阳光总是来唤醒，即使在法兰西，
直至今早的雪，这一场。
若是现在什么能将他唤起，
慈悲的老太阳应知悉。

试想太阳如何把种子唤起，
像他曾唤醒一星球之冻泥？
难道四肢，如此宝贵，难道腰身，
充满活力—— 如此温暖—— 已僵而不动？
难道为此役尘躯才长高？
—— 哦，愚蠢的阳光为何徒劳
来打断大地长眠的一觉？

—— 一九二〇年

战术教课　亨利·李德

其一：认识零件

今天我们来认识零件。昨天
我们上每天擦枪。明天上午
我们要上开枪后的事。但今天
我们要认识零件。山茶花
亮丽像珊瑚，开遍附近的花园，
今天我们上认识零件。

这是背枪的下转环，而这
是上转环，其功用一会儿就知道，
到时会发背带给你们。这是
架枪的转环，你们还未领。山茶枝
在园中架开手势，无声而有手势，
我们到现在还未领。

这是保险栓，每次要打开，
只要大拇指轻轻一拨。我不想
见到谁用其他手指。这动作很容易，
只要你大拇指够有力。山茶花
娇柔而文静，从不让人看见，

有哪朵花自己动手指。

这件看得出是枪机。用处呢
是拿来开膛，看得出来。可以
前后推动，但是要快。我们管这
叫放松弹簧。忽后忽前快得很
早春的蜜蜂正侵犯，摸弄茶花
它们叫这作泄春。

他们叫这作泄春：实在很容易，
只要你大拇指够力气：像枪机
跟枪膛，还有击铁和临界点。
我们的情况还没这些；而杏花
满园都寂寂，但蜜蜂来来去去
只因今天学认识零件。

其二：目测距离

最重要的不仅是有多远，而是你
说话的口气。也许你永远抓不住
目测距离的诀窍；但至少你学会
如何报告一片风景：中央的地段
右侧的弧形，还有上星期二教的
至少你学会

地图说的是时间，不是地势，用在陆军
正好是如此—— 其道理是
不需要为此耽误了。再说一次，你知道
前方有三种树，只有三种，枞树，白杨
还有树顶浓密的那种；最后
东西只是看来像东西。

一座仓库不能叫仓库，老实告诉你，
或是远方的原野，或有羊群安然在吃草。
你绝对不能太相信。报告该说，
在五点时，中央地段有一打
看来似乎是动物，无论你怎么说，
别叫那些吃草的作羊。

相信我说得够白了；比如说，举个例，
边上的那位，睡着了，请注意告诉大家，
西边他看到了什么，有多远呀，
先醒过来再说。西边那方向
在夏日原野太阳的光影布下
紫色与金色的衣袍。

白色的房屋在暑炎中正像蜃楼，
在摇摆的榆树下有一男一女

并排亲热地躺着。那，也许只是说
有一排房子在左边弧形的地带
在几棵白杨下有一对看来像人体，
看来像正在做爱。

呃这，当作答案，说句公道话，
只算切题，还过得去，理由是
漏掉了两样东西，都很紧要，
男女两人，比如：在什么方向，
有多远，你说说看？而且别忘了
这中间或许有死角。

中间或许有死角；或许我学不会
目测距离的诀窍；我只敢说，
说我猜或许在我和那对状如情人
之间（顺便一提，此刻似乎已事毕）
在房子七点的方向，其距离约略
是一年半的光景。

——一九四六年

李德这两首《战术教课》的佳作是虚实相生正反相成的反战诗，表面上是新兵入伍，要接受士官长（sergeant）的训练：士官长站在挂图前面，向新兵指点，所谓地图在军事上往往是伪装（camouflage），常会欺敌，须小心防范。

士官长常是彪形大汉，气足声洪，用语偏俗，所以我会译得口语化，与一般译诗不同。

例如《认识零件》一首，是在花园中上课的。士官长先后示范，讲了转环（sling swivel）、保险栓（safety catch）、枪机（bolt）、开膛（breech）等项，但新兵心猿意马，总分心于园中正开的山茶花。其中的对比是：士官长讲的是军事术语，新兵想的却是老百姓的感性直觉。其中的妙处在于：新兵对那些术语想入非非，例如“泄春”“枪机”“枪膛”“击铁”“临界点”等等，都有性爱的联想。枪机的快速前后推动，自然联想到自慰。

再如《目测距离》一首，士官长是站在拍有伪装的挂图前指点敌阵。第四段次行，他注意到边座上有个新兵竟睡着了，把他叫醒。该段的末二行半，是新兵醒转后所见景色，全是老百姓的用语。第五段是新兵醒定后，试用军事术语来报告敌情。第六段又由士官长收回话题，“死角”出现，更加强了对照。末段完全回到新兵的心中，他回忆入伍前，大约是一年半以前，自己和女友间也有如此的热烈。因此我们不禁要怀疑，他看到挂图的景象，是否也是虚实相生，出虚入实，由实返虚。这真是委婉而巧妙的反战。

有别于一次大战的诗人慷慨从戎，浪漫成仁，二次大战的诗人多半看透战争之残酷，而能曲传反战的情绪，读者当细心体会。

女妖　约翰·曼尼佛德

奥德修斯听到众女妖歌唱
武尔夫，魏伯格，摩利的调子，
说有个地方有天鹅在飞翔，
葡萄熟得发紫，女孩们到时
总长成待嫁，而一座座铁塔
让农家清闲而有电，生活安定
却没有地主。然而，他的双眼
因盐水而眨痛，缆索紧得要命。
奥德修斯见到众女妖；真动人，
金发，乳房扁平，臀部小巧，
唯他此刻，正分心于惊人
的气象报告，叛船者囚于镣铐，
无线电又失灵；情况真糟糕。
廿分钟后他就忘掉了女妖。

军笛曲　约翰·曼尼佛德

（八分之六拍，308 步兵连第 6 排）

春天的某个上午，

我们从迪外斯行军，
各种体积和体型，
像一线串的珍珠；
我们自在地摇摆，
踏着铺碎石的路，
大家洋溢着活力，
便展喉把歌唱出。

她快步赶下楼来，
才十二岁，真可爱，
带笑又带着呼嚷，
闪光的长发飞扬；
然后又默默凝睇，
望着过境的士兵——
如何全被她吸引，
当场都为她着迷。

我很少见到有谁
比她更加甜更加美；
不相信三两年后
我们会把她淡忘。
谁要是被她爱上，
那真是他的命好，
那时恐我们已远远

越过了多变的波涛。

阿多斯卓　　爱德华·汤默斯

对。我记得阿多斯卓——
这名字，因为有一天午后
很热，快车在那边靠站
平常不会。正是六月尽头。

蒸气咻咻。有人清喉咙。
没有人下车，也没有来人
月台空空。我见到的
是阿多斯卓—— 只有站名。

柳树、柳兰和草地、
绣线菊，晒过的干草堆
比起天空高渺的流云，
同样安静，寂寞而美。

一刹那有只画眉唱起，
在近处，而四周，更渺茫，
更远，更远处众鸟都响应，
牛津县，格拉斯特县全帮腔。

猫头鹰　爱德华·汤默斯

下山时我饿了，但尚未饿坏；
冷了，但体内尚有余温抗拒
北风；倦了，但倦得感觉休息
是屋顶下最幸福的待遇。

到了客栈我进食，烤火，休息，
体会自己有多饿，多冷，多疲，
将整个夜晚都关在户外，
除了声枭啼，那悲哀无与伦比：

悠长而又清亮，震动了山岗，
调子不轻快，非快乐所产生，
却向我诉尽，当晚我投宿，
我幸免了的，他人却不能。

我的食物和休息乃变得可贵，
可贵加上清醒，只因那鸟啼
为星空下所有露宿的生灵，
兵士和贫民，说他们无缘欣喜。

白杨　爱德华·汤默斯

不分昼夜，不管气候，除了冬季，
在客栈，铁匠铺和小店上方，
十字路口的白杨总在谈雨，
直到树顶的残叶全都吹光。

从铁匠铺的岩洞里传来
锤鞋敲砧的音乐；从客栈
传来叮当，闷哼，咆哮，偶发歌声——
五十年来这一切音响不断。

白杨的耳语并未被压沉，
在无光的窗上，无人行的路上，
空如天色，和其他一切杂音
从不停止，召来鬼宅的亡魂，

即使寂静的匠铺，寂静的客栈，
在空渺的月色或厚绒的夜色，
在风雨之中或夜莺之晚，
也不会把十字路口变成鬼宅。

附近无屋，也总是一样，

不论什么天气，何人，何时，
白杨总必须沙沙作声给人听，
人却不必听，就像对我的诗。

无论刮什么风，只要我跟树
还有叶子，就会如白杨萧萧，
永不休止，永不讲理地悲诉，
世人都在想，换一种树多好。

此诗作者爱德华·汤默斯，英国田园派诗人，是佛洛斯特知己，诗风兼有幽默自嘲与热爱乡土的意味。

美国篇

The United States Section

Emily Dickinson

1830—1886

狄瑾荪

——闯进永恒的一只蜜蜂

从文学史的意义上看来，有些诗人似乎生得太晚，例如罗赛蒂和米蕾；有些诗人又似乎生得太早，例如邓约翰、霍普金斯和狄瑾荪。女诗人狄瑾荪生前隐名发表的作品，一共不过二至五首（一说有七首），这当然不能使作者成名，更谈不上有多少影响。实际上，即令她生前将自己多产的作品全部发表，恐怕也不会就此成名，也许结果只能享有爱伦·坡那种毁多于誉而且蹇滞不伸的微名。

十九世纪中叶的美国诗坛，原是朗费罗、惠提尔一类诗人的天下；当时的读者所欣赏的，大半是一些主题单纯，表现直接，韵律轻浮，且寓有教训意味的伪浪漫诗。真正杰出的诗人，如惠特曼、爱伦·坡、狄瑾荪，反而默默无闻。惠特曼要等到二十世纪初年，才成为影响国际诗坛的大师。爱伦·坡要等法国人先去发掘，才为美国人所承认。狄瑾荪的声誉纯然是身后之事。从一八九〇年（她死后四年）到一八九六年，陶德夫人（Mabel Loomis Todd）和《大西洋月刊》编辑希金森（Thomas Wentworth Higginson）合编并出版了三辑《爱蜜丽·狄瑾荪的诗》。但是直到一九二四年，名诗人艾肯所编的《狄瑾荪诗选》出版，这位女诗人才引起英美诗坛的普遍注意。

惠特曼和爱伦·坡都必须自力谋生；对于爱伦坡，写作甚至是生活所赖。狄瑾荪比他们幸运得多了。她生于美国马萨诸塞州的安默斯特镇（Amherst），祖父是安默斯特学院的创办人，父亲是名律师，国会议员，并担任该学院司库达四十年。爱蜜丽的妹妹拉薇妮亚（Lavinia）亦终身不嫁，她的兄弟奥斯丁（Austin）则因娶了一个“庸俗的”纽约女孩而拂逆了父亲的意思。据说她的父亲相当严厉，不过家中来往的倒都是文化界的名人，包括爱默森。

又据说狄瑾荪在少女的时代，曾是安默斯特社交界的宠儿，活泼，窈窕，而且秀丽。关于她在爱情方面的挫折，近数十年来，各家的揣测很不一致。一说她在二十岁以前可能和她父亲律师事务所的助理班·牛顿（Ben Newton）相爱，可惜牛顿太穷，而且在她二十三岁那年便生肺病死了。第二年去华盛顿省视正在国会开会的父亲，在费城见到魏治华斯牧师（Rev Charles Wadsworth），甚为倾慕。回到安默斯特以后，据说已有太太的魏治华斯还不时去看她，直到一八六二年他奉教会派遣西去加州为止，而她的诗创作却从那年开始。后来狄瑾荪在诗中曾说：

我的生命关闭过两次才关上；

现在还需要等待，

看永恒是否还会再开启，

让第三件大事揭开……

这第三个事件似乎永远不曾来到，因为从此她深居简出，绝少离开安默斯特的故宅，而且独身以终。这当然并不意味她是一个落落寡合的老处女。其实，她与文友之间还是颇有往还的，例如历史小说《罗梦娜》的作者，有名的杰克孙夫人（Helen Hunt Jackson）和前面提到的希金森，都是她这方面的相知。死前的两年，狄瑾荪过的是一个病人的生活，心智也已衰退；终于在一八八六年五月十六日逝世。

一位涉世不深的老处女，竟能写出这么瑰丽炽烈的诗，这件事，常使论者感到难解。实际上，这并没有什么奇怪。一位诗人对于经验的吸收，最重要的是思之深，感之切，加上想象的组合作用，而不必一定要出生入死，历尽沧桑。像乔叟、维荣等诗人，阅世固然很深，但是也有像济慈那样入世尚浅的心灵，能臻于大诗人之境的。诗人的生活，主要是内在的生活；诗人的成熟，主要是感性和知性的成熟，以及两者的适度融合。十九世纪英美诗坛上，几个最杰出的女诗人，都是老处女。可能因为孤独的生活，更能促进女性心灵的成熟吧。白朗宁夫人似乎是一个例外，可是如果当时白朗宁不闯进她的生活的话，恐怕她也会和爱蜜丽·布朗黛、克丽丝蒂娜·罗赛蒂、狄瑾荪一样独身以终的，因为，和白朗宁私奔的那年，她已经四十岁了。

狄瑾荪的内在生活，是异常丰富的。在物质和地理的意义上，她的天地似乎很狭隘，可是在形而上的想象和对于宇宙万物的观察与同情一方面，她的天地是广阔无垠的。泰特曾谓，她的敏悟可以直追邓约翰；像邓约翰一样，她的心灵能将形而上的（metaphysical）和感官上的（sensorial）经验熔于一炉，成为一个高度综合的经验。又说她能像邓约翰一样，“感受抽象的事物并思索感觉的状态”（perceive abstraction and think sensation）。这正是现代诗人们认为邓约翰值得效法的地方，也是他们据以反对浪漫派敏于感受而忽于思索的理由。狄瑾荪既亦表现同样综合的经验，无怪她的诗要受到二十世纪的欢迎。

我甚至认为，在对于自然的观察和同情一方面，狄瑾荪似乎比邓约翰更细腻，更敏锐，也更活泼动人。也许由于她是女性，许多纤弱、隐秘或羞怯的小动物小植物，似乎特别能赢得她的关切。蜜蜂、蝴蝶、蚯蚓、蟋蟀、老鼠、知更鸟，在她的诗中都具有人的灵性；而雏菊、野菌、苜蓿、蒲公英等植物，又都具有动物的性格。而无论那生命的状态为何，在她的催眠术之中，总带有一种似真似幻的幽默感和一种奇异的超现实感。非但如此，无生命的事物，大而至于日月星云，小而至于一片阴影，一抹彩色，冥顽无知而至于一辆火车，一条鞭子，在她的诗中，都成为生趣盎然的角色，担负着或重或轻的戏剧任务。在那个世界里，黄昏像“即欲离去的客人”，阴影会“屏住呼吸”，报纸像“松鼠赛跑”，上帝燃星，“守时不爽”，鸟的转睛有如“受惊的小珠子”，青苔“爬到了（死者）唇际”，火车吼叫如牧师传道，霜是“金发碧眼的刺客”，地平线“举步远行”。

可是狄瑾荪最典型的诗，还是那些处理抽象观念的作品。生命、死亡、爱情、永恒、悲哀、欢愉、真理、美，都是她经常处理的主题；其中死亡尤其是她的萦心之念，许多作品再三探索的，无非是死亡的过程、死后的情形和死亡的意义。关于感情，她所探索的，往往是极端的痛苦和喜悦，也就是无形的地狱和天国。她的诗中经常出现agony, suffering, pain, ecstasy, exultation, transport这些字眼；在这方面，她实在是浪漫的，而且颇接近雪莱和布雷克，只是她不像雪莱那样欠缺现实感，也不像布雷克那样念念不忘罪恶。和许多浪漫诗人一样，狄瑾荪对于死亡表现近乎病态的神往和迷恋；不同的是，她对死亡更作知性的探索，不仅是沉溺于一种幽邃徜徉之境。拿克丽丝蒂娜·罗赛蒂那首有名的《当我死去，至爱的情人》和狄瑾荪的《因为我不能停下来等待死亡》作一个比较，立刻可以发现，前者是纯浪漫而且纯抒情的，但后者则富于形而上的玄想和繁复的矛盾性，而且也比较戏剧化，能把握生死变化的过程。在狄瑾荪的这一类诗中，作者真能做到泰特所说的“感受抽象的事物并思索感觉的状态”。对于狄瑾荪，“喜悦是一条内陆的灵魂，欣然奔向海口”“许多疯狂原是最神明的意义，对于了解的眼睛”“我能够涉过悲伤，整整的一汪又一汪”“饥饿是一种方式，属于窗外的人们，进门之后就消逝”“死的一击等于生的一击，对那些临死才活过来的人”“离别是我们所知于天国，也是所求于地狱”。

狄瑾荪的诗就是这样：充溢着智慧，但是不喋喋说教；充溢着感情，但是不耽于自怜；富于感官经验，但是不放纵感觉。二十世纪初年盛行于英美诗坛的意象主义，倡导明晰而尖新的意象，颇有师承狄瑾荪的味道，可是意象派诸人的作品往往沦于为意象而意象，只能一新视觉，不能诉诸性灵。狄瑾荪的意象，无论多大胆多活跃，都是针对主题而发的；它紧扣住主题，并不脱缰而去，或演成喧宾夺主。这正是狄瑾荪所以超越意象主义和超现实主义的地方。

狄瑾荪的所以引人入胜与发人深思，在于她想象的本质和表现的方式，都是呈对比（contrast）、反喻（irony）或似反实正（paradox）的形态，在于她的譬喻往往隐喻（metaphor）多于明喻，而叙述往往采取较为跳跃的省略法（ellipsis）。大诗人最能发现生命的相对性甚至矛盾性，也最善于用令人难忘的异常简洁的方式把它呈现出来，且加以调和。狄瑾荪诗中俯拾皆是的句子，像“神圣的创伤”“美妙的痛苦”，像“主啊，请赐我阳光的心灵，承受你劲风的意向”“许多疯狂原是最神明的意义”“离别是我们所知于天国，也是所求于地狱”等等，都是很好的例子。以“离别……地狱”两句为例，我们所知于天国者，唯离别而已，事实上等于一无所知；我们所求于地狱者，亦莫非离别，事实上等于一无所求。反过来说，我们所知者，唯地狱，而所求者，唯天国；也就是说，我们所知者令我们痛苦，求其去而不可得，我们所求者令我们失望，求其不去而不可能。这种近于自嘲的反喻，原可无限地引申下去，可是狄瑾荪只说了这么两句，表面何其洒脱，事实上又何其沉痛。

狄瑾荪作品的形式，除了少数的三行体或不分段的作品，其余一律是所谓“童谣”（nursery rhyme）的体裁。这种童谣体通常一段四行，一、三两行各为八音节四重音，二、四两行各为六音节三重音，行末押韵。这种体裁对节奏的要求是活泼，对句法的要求是简洁；它不可能负担“抑扬五步格”的稳健或是“无韵体”的开阖吞吐。结果是狄瑾荪的诗明快迅疾，发展咄咄逼人，务求速战速决，作闪电式的启示，像对你掷来一封每个字都是必要的紧急电报一样。一位作家的长处，往往也就是他的短处。狄瑾荪将这么丰富的经验，压缩在这么紧迫的形式之中，密度固然大增，格局就不免显得小了一点。尽管在这种小格局里，狄瑾荪已经穷极变化，例如一、三两行多用阴韵（feminine rhyme），抑扬格每加变调，字的省略，顿（pause）的前后挪动和待续句的运用等等，但这种童谣体毕竟是一个限制。相形之下，惠特曼太松散，爱伦·坡太刻板，但是两位同时代的诗人，在格局上仍比她宏大。布拉克默尔（R. P. Blackmur）曾说她既非职业诗人，又非业余诗人，就是指她具有大诗人的禀赋，但欠缺大诗人的锻炼。

十九世纪美国的三大诗人之中，爱伦·坡属于地狱，惠特曼属于人间，狄瑾荪属于天国。以时间而言，爱伦·坡属于往昔，惠特曼属于来兹，狄瑾荪则神游于时光之外，出入于永恒之中。以气质而言，爱伦·坡是贵族的，惠特曼是平民的，狄瑾荪则是僧侣的；这和三位诗人所处的社会有密切的关系，因为爱伦·坡生在南方，惠特曼生在纽约，而狄瑾荪生在新英格兰。狄瑾荪生在神权至上道德律非常峻严的清教徒社会，天国的严父和家庭的严父给了她双重的压力，也促使她产生一种在敬畏中寓有反抗的意识。到了她的时代，清教的价值观已经开始崩溃，另一套新的价值观正在成形。一个诗人，其实任何敏锐的心灵，面临这种新旧交替的混乱，必须自己去重新体认与世界之间的关系，而整理出一套可以让个人去把握的新价值。这是狄瑾荪创造她宇宙的过程，也是一切大作家创造的过程。

成功的滋味

成功的滋味最甘美，
唯从未成功者才觉得；
要体会仙液是什么，
需经最迫切的焦渴。

今日夺旗的大军，
没有谁有能力
说得清胜利啊
究竟是什么意义：

像垂死的败军之将，
在他无缘的耳边，
凯旋的乐声在远处
迸发，至痛而且明显。

——一八七八年

蝴蝶

一只蝴蝶自她的茧中，
　像贵妇步出门口，
在一个长夏的下午露面，
　任意去各处漫游。

我无法探知她的心事，
　除非是离家闲行；
只有苜蓿才能够了解
　她要办的琐碎事情。

我们看见她华丽的阳伞
　在田间收合拢来，
看人做干草，又努力挣扎
　向一朵迎面的云彩；

飘幻如她的成群游客
　皆若赴乌有之邦，
漫无目的地弯来绕去，
　像热带的展览会场。

尽管蜜蜂在发愤做工，
　众花在热烈地开放，
这一位闲散的观光客
　对他们并无景仰。

直至黄昏自天空如潮泛来，
　　于是做草的工人，
盛夏的下午和这只蝶蝶
　　都在海水中消沉。

海滨之游

我很早便动身，带了小狗。

　特地去拜访海洋，
住在底层的少女人鱼
　都出来向我凝望，

而游于上层的巡洋舰
　却张开麻布的双手，
以为我只是一只老鼠，
　搁浅在沙滩上头。

没有人来扰我，直到潮水
　淹没我朴素的双履，
淹没我围裙和我的腰带，
　又淹没我的胸衣。

那姿态像是要将我吞掉，
　如整吞一滴露珠
自一棵蒲公英的袖口——
　于是我也开始赶路。

而他—— 他紧紧地跟在背后；
　我感到他银亮的脚踵
踩在我踝上—— 于是珍珠
　便溢满我的鞋中。

直至我们到了坚实的镇上，
　他似乎不认得谁；
于是向我庄严地鞠躬，
　大海便如此告退。

当我死时

死时我听见一蝇营营；
　室中那份沉寂
有如空中大气的肃静，
　当暴风雨暂歇。

四周的眼睛都全已拧干
　鼻息都蓄势戒严，
待最终的攻击，待那君王
　在室中赫然显现。

我分遣纪念品，又签罢
　属我而又可遗赠
的东西—— 而就在这时候
　插进来一只苍蝇，

带着莽撞的营营，青青无定，

在天光和我之间；
然后是窗户的消隐，然后
　是我的视而不见。

因为我不能停下来等待死亡

因为我不能停下来等待死亡，
他好心地停下来等我；
马车只容得下我们
和永恒一伙。

车行得很慢；他并不着急，
而我抛开了一切，
取消了正事，取消了闲暇，
表示对他的体贴。

车过了学校，只见孩子们
正放假，挤排成一圈，
车过了满田睽睽的玉米，
车过了太阳西偏。

车在一座房屋前停下，
好像是土地隆起；

屋顶几乎是看不见，
屋檐，不过是土堤。

后来，过了好几个世纪，
但感觉比那天都短：
最初我只当驿车的马头
是朝着永恒在进展。

轻喟

我隐身在我的花朵之中，
　你采去胸前佩戴；
你并不自知也将我佩上，
　其余的有天使明白。

我隐身在我的花朵之中，
　它在你瓶中枯萎；
你并不自知也为我感到
　近乎寂寞的滋味。

这首小诗有点伊丽莎白时代小歌的风味。细吟之余，又感到有点像布雷克或雪莱。

春的光辉

春来的时候有一种光辉，
　为整整的一年之间
任何其他的季节所没有。
　当三月尚未露脸，

有一种颜色遥遥地憩脚，
　在荒寂无人的山头，
科学无法以将它捕捉，
　但人的性灵能感受。

它殷勤伺候在草地上面；
　它泄露远树的形状，
在我们熟悉的极远的山坡；
　它几乎对我有话讲。

但是当地平线举步远行，
　或是报销了午时，
也没有声音所具有的形式，
　它离去而我们留此：

一种遗失所特有的性质

影响到我们的内心，
像市场的交易忽然侵犯
一种神圣的幽境。

日落和日出

夕阳西返时没有人看见；
只有我一人和大地
参观这壮丽无比的盛典，
看他凯旋归去。

旭日涌现时没有人看见；
只有我一人和大地，
还有只无名的陌生小鸟，
躬逢这加冕典礼。

蜜蜂

像列车驰行于丝绒的轨上，
我静聆横飞的蜜蜂：
花间曳过了阵阵的轧轹，
她们那轻软的泥工。

抗拒着，直至甜美的攻势
  消尽她们的英勇，
而他却胜利地斜翅飞开，
  去征服别的花丛。

他的纤脚都裹着纱网，
  他戴着一顶金盔；
他胸部护一片缟色玛瑙，
  上面还镶着翡翠。

他的劳动是一片歌声，
  他的闲逸是低吟；
哦，怎能像蜜蜂亲身经历
  苜蓿和中午的妙境！

蕈

蕈是植物之中的精灵。
  到黄昏它已不见；
晨间它撑着麦菌的小屋，
  停步于一个地点，

恍若它经常如此淹留；
　但是它生命的全部
却短于一条蛇的逡巡，
　比莠豆还要急促。

它是植物中间的魔术家，
　置身局外的稚子；
像一闪泡沫般抢先来临，
　又如泡沫般疾逝。

我感觉丛草像欣然乐于
　让它作片时的憩足；
盛夏这一位私生的小孩
　会留心前瞻后顾。

若自然也有张被弃的脸，
　若她也贱视小娃，
若自然也有狡黠的犹大，
　那野蕈，那就是它。

露珠

一颗露珠就满足了自己，
　也满足一叶小草；
而且感觉：轮回是何等广阔，
　而生命何等渺小！

太阳出门来开始工作，
　白天出门来游戏；
但是再见不到那颗露珠，
　见不到它的身体。

到底它是被白天拐走，
　还是被过路的太阳
顺手倾入了汪洋的海中，
　永远也无人知详。

我的生命关闭过两次

我的生命关闭过两次才关上；
　现在还需要等待

看永恒是否还会再开启，
　让第三件大事揭开：

其重大，其不可思议
　不下于前两次所遇：
挥别，是我们所知于天国，
　也是所求于地狱。

佛洛斯特

——隐于符咒的圣杯

在美国现代诗人之中，佛洛斯特名副其实是一个晚成的大器。他的第一本诗集和最后一本诗集的出版，相隔了竟有半个世纪；如果以写作时间计算，当然还不止这么长。他的父母原籍都是新英格兰，但是他的父亲，由于不满意马萨诸塞慈州的共和党背景，将家庭迁去西岸的加州。小佛洛斯特也就在旧金山诞生。当时南北战争已经结束有十年，他的父亲竟因同情南方且崇拜李将军，而为他取名罗贝特·李；所以他的全名是 Robert Lee Frost。

不幸他的父亲才三十多岁便因肺病夭亡。佛洛斯特的母亲便迁回马萨诸塞慈州的劳伦斯，去依附他的祖父。一八九二年，他毕业于当地的劳伦斯中学。在毕业典礼中和佛洛斯特共同代表毕业班致告别辞的一位女同学，叫爱丽娜·怀特（Elinor White），后来便成为他的夫人。不久，在祖父的资助下，佛洛斯特进入有名的达特默斯学院，但是才读了三个月便离校了。廿一岁那年，又进入哈佛大学，只读了一年半，又因为不喜欢学院气氛而辍学。此后的十三年间，他的事业毫无起色，工作也很不稳固：他先后做过皮匠、编辑和教师，并在纽罕普夏州经营了好几年农场。从十五岁起，佛洛斯特就已经开始写诗，可是写了二十多年仍不为诗坛所知，发表的作品不满廿篇。据说一直到一九一三年为止，他的稿酬是平均每年十元。当时美国的诗坛原甚凋零，无怪有才如佛洛斯特和艾略特者，都要东渡英伦，才能一举成名。艾略特就说："一直到一九一五年，我来了英国以后，才听说佛洛斯特的名字。"

一九一二年，佛洛斯特卖掉了祖父给他的农庄，带着夫人和四个孩子去英国。他们在格拉斯特郡的茸草屋中安顿下来，四邻都是所谓"乔治朝诗人"(Georgian poets)。吉布森、爱德华·汤默斯、艾伯克伦比、布鲁克、德林克华特等英国作家，都成为他的朋友。一九一三年，他的第一本诗集《男儿的志向》(*A Boy's Will*)在英国出版，颇得好评。翌年，另一本诗集，也是批评家公认为他一生最好的一本诗集《波士顿以北》(*North of Boston*)，紧接出版，遂奠定了佛洛斯特的声名。一九一五年，这两本诗集又在美国国内出版，佛洛斯特认为，既然书已"回国"，人也该回去了，遂举家迁回美国。

回到国内，佛洛斯特发现他已经获得批评家和出版商的热烈欢迎，便在纽罕布夏州买了一片农庄，一九一九年，又迁去佛尔芒特州一农庄，定居下来。四十岁才成名的佛洛斯特，后半生享尽了荣誉，成为美国最受欢迎的诗人。他的生命，可以说是由平淡趋于绚烂。他经常应邀到各地的大学去演说；据说他在哈佛大学朗诵自己作品一次，酬劳是两千元（现年五十岁的罗贝特·罗威尔，演说一次的报酬是二百五十元至一千元）。自一九一六年到一九三八年之间，他受聘任安默斯特学院的“驻校诗人”；他戏称这种工作为“诗的暖气炉”。佛洛斯特先后接受了二十八所大学（包括英国的牛津和剑桥）颁赠的荣誉学位。他曾四度荣获普利泽诗奖，也曾接受全国文艺学院的金牌奖。一九五五年，佛尔芒特州甚至将境内一座山命名为佛洛斯特。一九三八年，他的夫人逝世的时候，他们的六个孩子只剩下两位。晚年的佛洛斯特，冬季住在剑桥镇（哈佛校址），夏季则住在佛尔芒特他的农庄里。一九六三年初，他因病住院开刀，动了大手术，死于一月廿九日。

一位诗人，像其他任何伟人一样，如果生前声名过分显赫，成为家喻户晓的人物，他便变成一个活的神话，国人也就难以窥认他的真面目了。盛名往往会歪曲一个人的真相，对于佛洛斯特也不例外。一九五〇年三月廿四日，美国参议院一致通过褒奖佛洛斯特的决议。一九六一年，肯尼迪复请佛洛斯特在他的总统就职典礼上诵读《全心的奉献》一诗。嫉妒或误解他的人，遂说他已成为民主美国的桂冠诗人，甚至干脆叫他为肯尼迪的“弄臣”。议员候选人和扶轮社的贵宾，常将他的句子挂在口头，小学和中学的课本常选用他的《雪夜林畔小驻》《补墙》一类的名诗，书商则将他的小品印在圣诞卡上；诸如此类，很容易养成批评家们的一个偏见，认为佛洛斯特只是一个流行的大众诗人，何必劳识者去大事咀嚼？有时候，成为一个流行作家，并不是一件好事，因为在批评家的潜意识里，“流行”与“深刻”几乎是相反的性质，而要把妇孺皆知的“通俗”人物，一本正经地加以研究或批评，对于一些自命“高额”（highbrow）的论者，似乎是不太体面的事情。有一段时期，佛洛斯特几乎完全给批评家“冷藏”了起来；尽管广大的读者热烈地拥戴他，以艾略特为核心的现代主义批评家们对他却异常冷淡。佛洛斯特的诗，既不晦涩，又不表现都市知识分子的失落感，也不出经入史，赋神话或古典以现代的意义。骤然一看，他的形式是保守的，题材是田园的，用意是浅显的，在现代主义笼罩诗坛的时代，他似乎真是不合时宜，显得又旧又土。另一方面，拥护他的群众，也未能真正搔着他的痒处，认识他的真相。他们只看见他用单音节的“小字”，讲无伤大雅有益修身的家常琐事，且记述一些怡人的田园风物。他们的欣赏往往只停留在字面上，遂想象他是一位与人为善的大众哲学家了。

实际上，佛洛斯特绝非如此单纯，也不是如此便于归类。在本质上，他的思考和想象方式，都是相对进行，以反为正的。哈佛大学教授、小说家莫里逊（Theodore Morrison）在一九六七年七月发表于《大西洋月刊》的《激动的心》（*The Agitated Heart*）一文中曾说：“要形容像佛洛斯特这样繁复的人物，唯一的方式便是说，他是一束调和的矛盾，他是好多双矛盾的组合，其中矛盾的双方同时都切合他的本性。”佛洛斯特最善于用“似反实正说”或“反喻”的口吻揭示一项复杂的真理，例如，在《今日的教训》中，他便以下列数句作结：

我信奉你暗示死亡的理论。
如果要墓志铭述我的一生，
但愿拟一篇短的给自己。
但愿碑石上是这样的字句：
他和这世界有过情人的争吵。

“情人的争吵”（lover quarrel）最能说明佛洛斯特对生活的态度：他是热爱生活的，但同时他也不满意生活，不过那种不满意究竟只能算是情人的苛求，不是仇人的憎恨。佛洛斯特的矛盾调和，是多方面的。在论罗宾逊遗作《杰斯泼王》时，他说：“严肃其外，必幽默其中。幽默其外，必严肃其中。”这句话同样也适合他自己的风格。佛洛斯特的作品，往往就貌若轻松而实为沉重，貌若诙谐而实为严肃。例如在《预为之谋》一诗中，他以潦倒的老境警告得意的名流，通篇的口吻反多于正，谐胜于庄，七段之中，只有第五段蜻蜓点水式地触及真正的主题。无怪乎一九六五年在车祸中丧生的诗人贾洛（Randall Jarrell），要说《预为之谋》是一首小型的杰作。佛洛斯特诗中另一个对比，是事实与幻想之间戏剧化的互为消长。往往，在他的笔下，事实恍若幻想，幻想甚至比事实更为可信；论者所谓的“古灵精怪”（whimsicality），由此而来。《指路》（*Directive*）和《赤杨树》（*Birches*）诸诗，便充满这种对比。佛洛斯特的长处就在这里：他的“大义”总是在“微言”之中，启篇之际，总是煞有介事地叙述一件事情或描摹一个场合，渐渐地，幻想渗透进来，出入于现实而交织成娱人的图案，而正当你以为作者或诗中人只管顾左右而言他的时候，思想的发展忽然急转直下，逼向主题，但往往也只点到为止，并不完全拈出。佛洛斯特也自称，一首诗“兴于喜悦，终于彻悟”。拿他自己的诗来印证，便发现一开始往往像描摹诗或叙事诗（descriptive or narrative poetry），渐渐便变质为冥想诗（meditative poetry），但在冥想之中并不完全脱离现实，所以仍然具有描摹或叙事的成分，并不临空飞行。拿他的诗和雪莱的作一比较，便不难了解这点。佛洛斯特固然没有雪莱下列诗句的华美：

> 生命，像一座七彩的玻璃圆顶，
> 染污了永恒皎白的光辉，
> 直到死亡将它踹成了碎片。

可是雪莱的玄想终是太形而上了，他未能像佛洛斯特在《火与冰》一诗中那样，将天文学和气象学的预言与人性的现实融化在一起：

有人说世界将毁灭于火，

有人说毁灭于冰。

根据我对欲望的体验，

我同意毁灭于火的观点。

但如果世界要毁灭两次，

则我想我对恨认识之深，

可说论毁灭，冰

也同样伟大，

冰来也行。

论者常指陈佛洛斯特如何承受爱默森的唯心论的哲学。佛洛斯特确曾私淑爱默森和梭罗的直觉、自恃、个人主义，但是他显然超越了前人的理想主义。他曾比较罗宾逊与自己基本态度的差异："我不是罗宾逊那样的柏拉图信徒。我所谓的柏拉图信徒，是指一个人认为我们面对的世界只是天国的不完美的翻版。你的女人，只是天国女人或别人床上的女人不完美的翻版。世上最伟大的女人之中，有许多—— 也许全部—— 都是排列在浪漫主义的那一边的。在哲学的立场上，我反对在职业中供一尊依修德（Iseult，爱尔兰传奇中的美人），在副业中又另供一尊。我一点也不想做出自命不凡的样子。我只是以应有的谦逊作一个区分罢了。一个真正风雅的柏拉图信徒会独身以终，像罗宾逊那样，因为他不愿使任何女人沦落到只有日常用途而不被崇拜的地步。"佛洛斯特对生活的基本态度之一，便是梦与现实，爱与用，创造与生活的合为一体。在《刈草》结尾时，他说："事实是劳动所体验的最甜美的梦境。"（The fact is the sweetest dream that labor knows.）这句话令人想起了叶慈的名诗《学童之间》的末段而"女人要捧也要用"的思想，也接近叶慈在《狂简茵与主教的对话》中表现的观念。

佛洛斯特是一个独来独往的个人主义者，他依赖的是自己，自己的冷静、清醒和坚定。他力求避免浪漫主义的自怜和理想化，而趋于古典的节制与含蓄。论者以为他具有罗马诗人霍瑞斯的安详宁谧（Horation serenity）。佛洛斯特颇能做到安诺德所说的："坚定地观察全面的人生。"艾略特曾说他自己要在诗中表现生命的沉闷、恐怖和荣耀；除了后期的《四个四重奏》以外，他的作品中所表现的，其实沉闷与恐怖多于荣耀。相比之下，佛洛斯特的诗中，有恐怖也有荣耀，但是很少沉闷厌倦之感。读者很容易看见那荣耀，但是很少注意到那恐怖，因为佛洛斯特在这方面下笔总是很轻，不像其他现代诗人下笔那么重，好用"震骇效果"，例如在《荒地》（*Desert Places*）的末段，佛洛斯特曾说：

他们吓不了我，用他们的空旷，
在星群之间—— 在无人烟的星上。
近得多，我心里有一样东西
在吓自己，用我自己的荒地。

佛洛斯特就像这样。他既不像哈代那样悲观或者杰佛斯那样厌世，也不像惠特曼那样乐观且歌颂人群。佛洛斯特肯定的是个人，寂寞但并不孤立的个人；他对于大众并不太信任。这种态度，在《选一颗像星的东西》里表现得非常明确：

你要求我们保持点高度，
当暴民有时候受人左右，
超越了赞美或非难的分际，
让我们选一颗像星的东西，
支持我们的心灵，获得拯救。

这种个人主义是古典的，它要求于个人的，是超然的立场和独立的见解，也就是说，它是理智的。相形之下，康明思歌颂的个人主义，则是浪漫的，诉诸感情的了。一般读者，如果他们对于佛洛斯特的欣赏能进入"行间"(between the lines)，而不是停留在字面，将会发现这位诗人并不像他们所想象的那样"平易近人"。无论在写序或演说的时候，佛洛斯特都再三强调"有余不尽"(ulteriority)在诗中的重要性。他的作品也因此充满不同解释的可能性，正如《格列佛游记》一类的寓言体小说，识者可以赏其讽喻，不识者也可以赏童话一样看热闹。所谓雅俗共赏，其实有的是目无全牛，有的是目无全豹，有的是一扪欲穷全象罢了。佛洛斯特某些乍看一清见底的名作，像《雪夜林畔小驻》《不远也不深》《春潭》《请进》等等，要在细细咀嚼之下，才会展示其奥义；但奥义与字面之间，却是圆融无痕，实在难加区分。例如《雪夜林畔小驻》一首，表面上固然是写景的小品，但细细想来，那深邃迷人的森林，不正是死亡的诱惑吗？诗中人的继续赶路，驰赴约会，不正是对死亡的否定，对生命的执着吗？当然这是不能演算求证的。森林在佛洛斯特的意象里，常常扮演死亡的角色；在《请进》里，似乎也能得到同样的印证。佛洛斯特对他的读者有什么看法呢？他当然从不明说。可是在《不远也不深》里，便有这样的句子：

他们望不了多远。
他们望不到多深。
但是这岂曾阻止
他们向大海凝神？

"他们"既近视，又肤浅，但看是总要看的。这是讽刺，还是嘉勉？佛洛斯特固然期待他的读者，可是他不愿那样轻易地就给发现。在《指路》中，他说：

在水边，有一株古香柏，
成拱的柯上，我曾秘藏
一只破高脚杯子，像圣杯

且施符咒防妄人去寻到，

因而得救，圣马克说，必不容妄人。

（那杯子我窃自儿童乐园。）

这就是你的矿泉和泉场，

饮之即沛然，免于迷乱。

柯立基认为，诗应使读者“刹那之间欣然排除难以置信的心理”。佛洛斯特则认为，诗应予读者“刹那之间的支持，使免于迷乱”（a momentary stay against confusion）。佛洛斯特颇受叶慈的影响，可是在这一点上，却和叶慈大异其趣。叶慈晚年的萦心之念，是心智的成熟与肉体的衰朽之间的悬殊，以及性的活动无可奈何地逐渐丧失，因此这位“愤怒的老年”紧紧地抓住每一根残留的草茎。他说：

你以为真可怕：怎么情欲和愤怒

竟然为我的暮年殷勤起舞；

年轻时两者并不像这样磨人。

我还有什么能激发自己的歌声？

佛洛斯特在晚年似乎很少为“体貌衰于下”而情不自已。他并不想借情欲和愤怒来鞭策自己；他所追求的是心灵的冷静，他所畏惧的是迷失。例如他七十三岁那年（一九四七）发表的那首《选一颗像星的东西》，表现的便是这个主题。在前面引述的《指路》一诗中，佛洛斯特又说：

> 你的投宿地，你的宿命只是
> 一条山涧，曾供古屋以饮水，
> 寒如犹近源头的一泓清溪，
> 太高，太原始，不成怒潮。

最后的一行，原文是 Too lofty and original to rage，如译为“太高，太创始，不用怒潮”，并不能充分传神。原文的意思是双关的：表面上是说水甫出山，犹近源头，自不能澎湃成涛；实际上是作者自谓，说崇高而独创的心灵，何用疾言厉色，以动视听？original 一词，源出 origin，兼有“原始”“鲜活”“独创”诸义，用在此地，不但语涉双关，而且也与前文“源头”(source)互相呼应。所以佛洛斯特说：这创造而安神的圣水，只有回溯水源，才能汲取，但是由于它太高太原始，恬淡自足，难为人见，而饮水所赖的圣杯，亦隐于符咒，不易为妄人所得。这可以泛指追求真理，也可以特指诗的欣赏：佛洛斯特所说“有余不尽”，正是此意。

在诗的形式上说，佛洛斯特也是特殊的。大致上，他的作品可以分成长篇的叙事诗或冥想诗和短篇的抒情诗。前者大半运用无韵体，后者多为有韵的体裁。有些批评家，包括攻击他的温特斯，认为他的无韵体写得不工，又认为他的精华还是在短篇的抒情诗中。我读他的无韵体很久，发现他的无韵体固然不太“协律”，也没有传统的无韵体那样宏伟庄严，但是很接近口语的节奏，舒展自如，落笔轻而寓意深，用小字而说大事，非大手笔何能臻此。像《指路》开始的句子，七行一气呵成，后三行结构相叠，一行比一行扭得更紧，读起来真是再过瘾不过。尤其是第一行，一口气十个单音节的词里面，前三个重音都是极沉极洪的喉音，后二个重音骤然收成突兀而窄的短音；那种气势，正如莫里逊所说，在现代英诗中是绝无仅有的。后三行又恢复了节拍宏大的单音词，行末三个词（house, farm, town）全是张口的元音，更增开阔之感。读者如果能细细研究下列的原文，当能同意我的说法：

Back out of all this now too much for us,
Back in a time made simple by the loss
Of detail, burned, dissolved, and broken off
Like graveyard marble sculpture in the weather,
There is a house that is no more a house
Upon a farm that is no more a farm
And in a town that is no more a town.

至于短篇的抒情诗，无论是极其传统的四行体（quatrain）及相近的五行、六行、八行诸体，或极其工整的英雄式偶句（heroic couplet），或极其典雅的十四行，都写得很出色。《雪夜林畔小驻》的玲珑澄澈和《雪尘》的天衣无缝，都是现成的例子。佛洛斯特是现代诗坛的十四行高手之一。他对于这种体裁的控制，不但合乎传统，抑且变化自如，能够推陈出新。像《天机》(*Design*)、《见面与交臂》(*Meeting and Passing*)、《丝帐篷》(*The Silken Tent*)等诗，都是十四行中极为出色的例子。《丝帐篷》一首，全诗只是文法上的一句，结构真是“点水不入”，严密极了。《丝帐篷》表面上是用一个明喻形成，事实上那想象的性质是属于“复喻”(conceit)的。在莎士比亚体的十四行的技法上，《丝帐篷》也是独特的，因为结论式的偶句由于第十二行的融入而扩大了。

佛洛斯特在形式上最大的特点，是文字的俚俗和节奏的口语化。在他的点金术之中，俗能变雅，俗得极雅，口语能锻炼成耐人久嚼的节奏，话说得很轻松，可是意义下得很重。艾略特也主张诗的节奏应以口语为骨干，可是他诗中的口语往往是都市中知识分子的腔调，不然就是用来衬托所引的经典，使雅者更雅，俗者愈俗。佛洛斯特诗中的口语却是新英格兰农民的腔调，尽管那腔调是高度艺术安排的结果。拿佛洛斯特的文字和艾略特的作一比较，即使在字面上，也能窥识两者的差异。佛洛斯特用的字小，艾略特用的字大。佛洛斯特爱用单音节的前置词和副词，艾略特爱用复音的名词，尤其是以 tion, sion, bility 等字尾结尾的抽象名词。拿《指路》和《梵毁的诺顿》第三章对照阅读，当可确定此点。佛洛斯特的佳妙，往往就在这种语不惊人而寄寓深婉的俚语俗字之中。例如《仆中仆》

（*A Servant to Servants*）里的句子：

> ...the best way out is always through.

如果用学者的英文来说，那就不晓得要动员多少大名词大动词了，结果恐怕仍不如这七个小词说得干净而透澈。

大致上，英诗的节奏，不是说，便是唱，不然便是又说又唱。例如雪莱，只会唱，不会说；只有旋律，没有节奏，读者"听"久了，就腻了。莎士比亚把它分开来：在歌和十四行里唱，在无韵体的戏剧里说。现代诗人，像玛莲·莫尔，在唱的框子里说，也别成一格。艾略特的脾气，是说到兴头上就唱起来，唱累了就松一口气变成说。佛洛斯特在本质上是一个"说"的诗人，像华兹华斯一样。即使在该唱的时候，例如在四行或十四行之中，佛洛斯特仍给人说的感觉。在该说的时候，例如在无韵体之中，他说得多娓娓动人啊，说着说着，他也会唱起来的，像男低音那样地唱了起来，于是那安详的节奏便回荡成异常动人的旋律了。左派诗人倡导口语化的文学，但是未经锻炼或锻炼不够的"大白话"，粗枝大叶地往稿纸上堆砌，岂能变成艺术？华兹华斯未竟之业，终于为佛洛斯特所完成了。

修墙

有一样东西不喜欢有墙壁
使墙下冰冻的地面隆起，
墙头的石块在日光下散落；
裂开墙缝，容两人并肩走过。
猎人所为又是另一番景况：
他们过处石上留不住石头
我只有跟在后面修补
但他们一意要赶兔子出现
为讨好大叫的狗群。我是说
怎会有墙缝呢，谁也没看见，听见，
但春来要补墙，大家才发现，
我通知了隔山的邻居；
终于有一天大家见面巡边
在交界处把破墙再砌好。
双方隔墙巡视了一番，
石头落谁的一边就归谁。
有的像面包，有的简直像圆球，
真需要念咒才安得稳当：
“别乱动，等我们转背才掉下！”
我们搬石头，把手指都磨粗。

啊，不过是另一种户外游戏，
一边一个人。也不过如此；
有墙的地方，本来不需要墙：
他那边全是松树林，我的是苹果树。
我的苹果树绝不会跨界
去吃他树下的松果，我说。
他只是说："好篱笆造就好邻家。"
春天在我的心中作怪，我自问
此意能不能通入他脑袋：
"为何能造就好邻家？是因为
能隔绝牛群吗？"并没有牛呀。
我如果造篱笆，就会先问
什么要围进来，什么围在外
这样子围法会得罪了谁。
有一样东西不喜欢立墙壁
只要墙倒。我可以叫它作"精灵"，
但又不全是精灵，宁可由
他自己来说。只见他隔墙，
一手紧抓着石头的上端，
像旧石器时代武装的蛮人。
只觉得他在暗中摸索，
并非森林和树荫的黑暗。
他也无意深究祖传的格言。
只是喜欢能想起了这妙句，

又说了一遍："好篱笆造就好邻家。"

—— 一九一四年

佛洛斯特生前拥有四十四个荣誉学位，美国国会甚至通过提案对他表扬。肯尼迪总统请他在就职典礼上朗诵《全心的奉献》，并派他去访问苏联与以色列。他在苏联特别朗诵《修墙》，当别有用意。他在美国简直就是不冠的桂冠诗人，新英格兰的佛芒特州甚至将一座山以他命名。

赤杨

每当我看见赤杨树左斜右倾，
背景是暗树直立的线条，
就以为有个男孩一直在摇它。
但摇树不会使树弯身不起，
冰风暴才会。你一定常看见
一场雨后，冬日朝阳里满树
重压着冰块。风一吹来
满树的冰块相撞，七彩缤纷，
把珐琅抖得片片裂开。
不久暖阳就化开一阵阵水晶
抖落，崩塌在雪盖之上——
这么一堆堆碎玻璃待扫，

还以为天堂的穹顶坍了，
如此重负，直压到地上的残蕨
却又似乎从压不断；但一度压低
压低久了，就再也直不回去；
林中还看得见这些赤杨，
弯腰的树干多年后枝叶拖地，
像女孩子跪伏下来把长发
摔到面前让太阳晒干。
刚才我正要开口，却遭“真相”
插嘴，尽说些冰风暴的实情，
我宁可有个男孩放牛收牛
路过时就来这林中骑树——
他离城太远，不会玩棒球，
只能够有什么就玩什么，
冬夏无阻，一个人可以独玩。
他把老爸的树一棵又一棵
一遍又一遍拿来当马骑，
直到硬性子都被驯服
没有一棵不跛脚，不剩一棵
没征服。他学会了一整套招数，
学会了不要荡出去太早
免得把树身带得太远
直弯到地面。他总能保持平稳
直爬到顶枝，那么小心地爬，

全神贯注，就像注水入杯，
满到杯缘，甚至高过边缘，
然后向外荡去，两脚向前，
嗖的一声，凌空蹬落到地面。
我自身曾做过赤杨树荡手，
常梦想能回去重施故技。
尤其当我厌倦于机心世故，
而人生太像无路的森林
蛛网拂得你的脸又痛又痒
一只眼睛流泪水，因为有
一条树枝横着，来不及闭眼。
真恨不得离开人间一阵子
再回来，一切又从头来起。
但愿命运不故意误听我话，
只许我一半的愿望，把我抢走，
再回不来。爱本该在人间
我不知何处会活得更好。
我宁可从爬一棵赤杨开始，
顺着黑树枝爬上雪白的树干
“朝向”天国，直到赤杨不能再承受，
只好树顶点地把我放下来
最好是这么上去又下来，
有人的下场也许还不如荡赤杨。

—— 一九一六年

雪夜林畔小驻

想来我认识这座森林，
林主的庄宅就在邻村，
却不会见我在此驻马，
看他林中积雪的美景。

我的小马一定颇惊讶：
四望不见有什么农家，
偏是一年最暗的黄昏，
寒林和冰湖之间停下。

它摇一摇身上的串铃，
问我这地方该不该停。
此外只有轻风拂雪片，
再也听不见其他声音。

森林又暗又深真可羡，
但我还要守一些诺言，
还要赶多少路才安眠，
还要赶多少路才安眠。

《雪夜林畔小驻》是现代英语诗中公认的短篇杰作。此诗之难能可贵，在于意境含蓄，用语天然，而格律严谨。意境则深入浅出，貌似写景，却别有寓意。佛洛斯特曾谓一诗之成，“兴于喜悦，而终于彻悟”，验之此诗，最可印证。诗中的用语纯净而又浑成，没有一个词会难倒学童，原文的一百零七个词里，单音词占了八十九个，双音词十七个，三音节的词只有一个。这在英语现代诗中，是极为罕见的。至于格律，用的是“抑扬四步格”（iambic tetrameter），这倒并不稀奇。奇的是韵脚的排列——每段的第一、第二、第四行互押，至于第三行，则与次段之第一、第二、第四行遥遥相押，如是互为消长，交错呼应，到了末段又合为一体，四行通押。这样押韵本来也不太难，难在韵脚都落得十分自然，略无强凑之感。因为这些，这首诗要译成中文，颇不容易。

要欣赏这首诗，至少有三个层次。第一个层次是纯田园的抒情诗，写景之中略带叙事，有点中国古典诗的味道。第二个层次则是矛盾与抉择，焦点已从田园进入人生了。所谓矛盾，是指流连美景与奔赴盟约之不可得兼，人虽有亲近自然之愿，却无法自绝于社会；所谓抉择，是指诗人领略雪景之后，终于重上征途，回到人间。这样的结尾，和李白的“人生在世不称意，明朝散发弄扁舟”恰恰相反，倒有一点儒家的精神。提醒诗人勿忘人间事的，是忠诚而勤劳的小马。我认为诗中的“驻马”其实是停下马车，因为第三段首行的原文是 He gives his harness bells a shake，所谓 harness 乃指马匹拖车时所配之皮带等器具。所以小马正是责任在身的象征。人当然比马复杂，既耽于自然之美，又凛乎人间之责：所谓人生原来就是矛盾之中的抉择。

至于第三个层次，则朝象征更推进了一步，其中的抉择，竟是生死之间了。这首诗写于一九二三年，当时佛洛斯特的创造力正达巅峰，诸如《火与冰》《斧柄》《磨石》《保罗之妻》等名作都是同一年的产品。但这时诗人已经四十九岁，人生忧患，认识自深。饱经沧桑的人难免有时厌世，或生飘然引去之心。细读此诗，当可发现处处有死亡的投影—— 又暗又深的森林固有死之神秘，冰冻的湖泊更含死之坚冷，时间又是一年之中最暗的黄昏，而诗人的马车竟在寒林与冰湖之间停下，死亡的气氛真是逼人而来。有人也许会说，森林原是植物界生命的宏大展现，湖水也是水族生命之所托，怎能说成死亡的象征？此话不错，但诗中的森林已被雪封，湖水也已冰冻，除却风雪之声，万籁都已沉寂了。诗人至此，竟然徘徊而不忍去，真像迷恋死亡了。但是，听啊，一声铃响打破了四周的死寂，且唤醒诗人，他在人间尚有许多任务，许多未了之缘。铃，在这幅雪景之中，是唯一的“非自然”产品，铃声正暗示百工协力的人间。于是诗人重上征途，准备在“安睡”（自然之寿终）之前完成自己的任务。东坡词《临江仙》后半阕“长恨此身非我有，何时忘却营营？夜阑风静縠纹平。小舟从此逝，江海寄余生。”恰与佛洛斯特此诗意趣相反。佛氏晚年的名作《请进》与此诗颇有相通之处。

火与冰

有人说世界将毁灭于火，
有人说毁灭于冰
根据我对欲望的体验，
我同意毁灭于火的观点。
但如果世界要毁灭两次，
则我想我对恨认识之深
可说论毁灭，冰
也同样伟大，
冰来也行。

身量大地

爱情在唇边的触觉
是我能承受的甜蜜，
一旦那似乎太强烈，
我活着就靠空气

吹花香掠我而过
是一阵—— 麝香，我猜，

从隐身葡萄藤的泉水
日落时流下坡来？

从忍冬开花的枝柯
我感受晕眩和痛苦，
谁若去采摘就洒得
他满指节的露珠。

我渴求甜蜜的强烈，
只因为正值青春；
玫瑰花的花瓣
刺得人啊发疼。

而现在所有喜悦都缺盐，
而且都关不住悲戚，
还有疲劳和失误，
我现在渴求于泪的

是污痕，几乎是爱过了头
才有的那种遗憾，
树皮的苦中带甘
和丁香的长燃

僵了，疼了，结了疤，

我缩回自己的手掌
只因支撑得太用力，
在草地上，沙上。

这样的伤害还不够：
我要的是重量和力量
来感受大地多粗糙
用我全部的身长

——一九二三年
翁是年四十九岁耳

用身长来量大地，乃死者长眠之意。诗人长寿，所以经历过家人先他而死的哀伤。观此诗乃知佛老真深于情者。英文诗中，有时文法上一句话可以横跨两段，例如本诗首段末行 I live on air，就要读到次段结尾才在文法上告一段落：所以 air 一词之后就无标点。

窗前树

我窗前的树啊，窗前树，
夜来时，我放下了窗帘；
但愿在我们之间，永远
　不拉起帷幕。

伸自地上的朦胧的梦首，
最飘逸的东西，仅次于云，
即鼓动你轻快的万舌齐奏，
　也不可能深沉。

树啊，我曾见你被袭击，被抛掷，
如果你见过我，见我在梦中，
则你曾见我被袭击，被扫中，
　且几乎迷失。

当初，命运连接起我们的梦首，
她心里一定有自己的想象；
你的头关心外在的气象，
　我的头，内在的气候。

我曾经体验过夜

我曾经体验过夜的凄清。
我曾经步入雨中—— 归自雨中。
我曾经走过最远的街灯。

我曾向最伤心的小巷凝视。

我曾经越过值勤的更夫，
垂下眼睛，不愿意解释。

我曾经悄立，将足音踩住，
当远方，从另一条街上，
自屋顶传来中断的高呼，

但不是呼我回去，或是说再见：
而更远处，自一出世的高度，
一座灿亮的挂钟悬在天边，

宣称时间既不错，也不对，
我曾经尝过夜的滋味。

偶观星象

你要等很久，很久才会见到
除了浮云，天上会有多少动静，
和北极光转动如刺耳的神经。
日和月相错，但从不相触，
不会擦出火花或撞得熄火。
行星的曲线似乎互不相扰
却不会出事，也没有害处。

不如且耐心地过我们的日子，
向日月星辰以外去寻找
令人清醒的意外与变化。
诚然，最长的旱灾终会降雨，
中国最久的太平会止于刀兵。
观星人恐怕只会徒然守夜，
为了看太空的静谧中断
恰在他躬逢的时刻目睹
这静谧保险能无恙，今夕。

不远也不深

沿着沙岸的行人
都转向一边凝望。
他们背对着陆地，
终日痴眺着海洋。

有一艘大船驶过，
船身不住向上浮；
较湿的地像玻璃，
反映出一只立鸥。

陆地变化或较多；

但不论真相怎样——
海水总奔上沙岸，
而行人怅望海洋。

他们望不了多远。
他们望不到多深。
但是这岂曾阻止
他们向大海凝神？

泥泞季节两个流浪汉

泥泞途中来了两个陌生人，
撞见我劈柴，在中庭。
其中一人害我瞄不准
竟然欢呼“加油，使劲！”
我明知他为什么落后，
却让另一位独自向前，
我完全知道他有何打算，
他想接我的手赚点工钱。

我劈的正是上好的木块，
宽大有如承刀的砧板；
而我瞄得正准的每块

劈下时正如剖石不飞散
一生苦修炼成的功夫，
为了公益而做，那一天，
给自己的心灵一次松动，
我向无足轻重的木头施展。

阳光温暖而山风很凉
你知道四月的天气多变动
当阳光露面而风不刮，
你就超前一月向五月正中。
但是如果你竟然敢说穿，
一片云掠过艳阳的拱门
一阵风吹自远峰的冰冻，
你就倒退两月，才三月中旬。

一只蓝知更鸟轻轻栖止，
转对山风好吹顺羽毛，
只为他的曲调调得不太高，
一直还激不起一朵花来。
正下着一阵薄雪，他隐隐明白
冬天不过是在玩装死。
他除了身蓝心并不蓝
却也不会劝谁太冒失。

在夏天如果我们要找水，
说不定还得用一根魔杖，
如今在每一道轮沟都成溪，
每一块蹄印都成了池塘。
水固可喜，却不可忘记
地层下面埋伏着寒霜，
等太阳一落就会偷袭，
在水面咬出晶亮的齿光。

正当我最享受手头的劳动，
这两人来意对我的所求
偏偏使我更不甘放手。
你会想这一生我从未感受
斧头的重量高举到半空，
跨开的双腿紧抓着大地，
灵活的肌肉剧动中带柔，
在春暖之中光滑有汗意。

森林中出现两彪形大汉
（天晓得昨夜在哪里安顿，
不久前该在伐木厂做工）。
自以为凡伐木都该请他们。
林中汉全都是伐木老手，
全凭用斧头断定我高下，

要不看一个家伙怎么挥斧，
他们就不知他是否笨瓜。

双方没有谁说过一句话。
他们知道只要等下去
他们的道理我就会想通：
只因我没有玩弄的权利
霸着别人要赖以为生的工作。
我的权利是爱好，他们是生计。
要是这两者合而为一，
他们的权利更高——没问题。

但是任他人将两者分开，
我人生的目的是把嗜好
与自己的行业合成一体，
像我的双目要合用才看到。
只有将爱好与需要统一，
把工作当成生死的重赌
这件事才能算真正完成，
天国与前途才可兼顾。

——一九三六年

荒地

雪降下夜色降下哦何其迅速
降在野地，一路经过时我注目
地面雪盖得几乎一抹平，
只剩下几根野草和残株。

四周的森林拥有它—— 据为已有。
百兽都各自在穴中埋头。
我太分心了，来不及计数；
寂寞无意间也将我占有。

而寂寞之为物是寂寞之感
会愈加寂寞到回头减淡——
更加空洞成雪白的夜色，
一无表情，也无情可展。

他们吓不了我，用他们的空旷，
在群星之间—— 在无人烟的星上。
近得多，我心里有一样东西，
在吓自己，用我自己的荒地。

天意

我发现一只皱蜘蛛，白胖胖，
捉住一只蛾，在万灵药上，
像一片缎布带白而僵，
死亡和枯萎混杂的征象，
调匀了要好好过一个早晨，
有如女巫配料的一锅汤——
雪片般的蜘蛛，如花生浪，
僵硬的双翅像一纸风筝。

那朵花为什么如此白净，
路边的万灵药草，蓝得无辜？
是什么带近亲蜘蛛到绝顶，
夜色中又把飞蛾也引去，
宁非黑暗吓人有心机？
如这等小事也要动天意？——

预为之谋

过来的那女巫（那丑老妪）
用水桶和抹布冲洗石级，

原来是美女阿碧莎，往昔，

原来好莱坞影台所标榜样。
太多伟人和善人如此下场，
你不用怀疑她也是这样。

夭亡就会避过这命运，
如果老死是命中注定，
那就要决心死得光明。

且占据整个证券交易所，
如有必要，当高占王座，
就无人敢称“你”老太婆。

有人靠的是满腹学问，
有人靠的是一片率真，
他们依靠的你也可立身。

记得曾有的风光如何，
不能补偿后来的寂寞，
或是免于下场多难过。

最好下台能不失派头，
买来的友情就在手肘，

而非全空。早为之谋，早为之谋！

——一九三六年

里尔克曾言：“说到头来，最佳的防护就是绝不设防。”（In the end the best defence is defencelessnese.）此诗提供了一个选择题，答案如你猜中的，在第五段。

全心的奉献

土地先属于我们，我们才属于土地。
她成为我们的土地历一百余年，
我们才成为她的人民。　当时
她属于我们，在马萨诸塞慈，在佛吉尼亚，
但我们属于英国，仍是殖民之身，
我们拥有的，我们仍漠不关心，
我们关心的，我们已不再拥有。
我们保留的一些什么使自己贫弱，
直到我们发现，原来是我们自己，
保留着，不肯给自己生息之地，
立刻，在献身之中找到了生机。
赤裸裸地，我们全心将自己奉献，
（献身的事迹是多次的战迹）
献身与斯土，斯土正浑沦拓展，向西，

但迄未经人述说，朴实无华，未加渲染。
当时她如此，且预示她仍将如是。

《全心的奉献》是佛洛斯特应邀在肯尼迪总统就职典礼上朗诵的一首诗。原系旧作，肯尼迪认为符合美国开国的精神，乃请佛老旧作新诵；为了适应当时的场合，仅将末行改了一个单词。诗中的“她”指“土地”和“斯土”，也就是美国。“马萨诸塞慈”象征北部，亦即新英格兰；“佛吉尼亚”则象征南方。在短短的十六行中，作者回顾了几乎是美国人全部的历史：从殖民时期到独立战争，到内战和开发西部。最后，作者希望他的国家将来仍能保持昔日的浑厚与纯朴。六、七两行的意思是说：在殖民时期与立国之初，美国人的祖先虽已多年生息于新大陆，而犹以英国后裔自命，念念不忘欧洲，但事实上他们已不再“拥有”英国和英国的传统了。这也是肯尼迪所以选择《全心的奉献》的原因。

丝帐篷

她就像野外的一顶丝帐篷，
夏日晴午有清风拂来，
把露水吹干，牵绳都放松，
支索相连就自在地摇摆，

而撑住大局那中央的杉柱
正是向上擎天的塔尖，
可见灵魂有多么稳固，
似乎不依赖任一条单线，
任一条都不靠，却靠无数
用爱和思念轻松地捆绑，
在人间，面面，万物的身上
只有当夏日善变的风向
将帐篷吹得有些紧促，
才觉得受到起码的约束。

这是一首略为变调的十四行诗：核之以英文原文，在文法上只是一个完整句。至于主题，当为对家庭主妇的歌颂。另有评者认为此诗所咏，实为作者的女友。

请进

当我来到森林的边缘，
听啊，画眉的啁啁！
如果此刻林外已昏黄，
林中想必已暗透。

小鸟在如此黑暗的林中，

虽有灵活的翅膀，
也难捡稳当的枝头栖宿，
纵使它仍能歌唱。

落日最后的一线余晖
已经在西方熄没，
却依然亮在画眉心头，
诱它再唱首晚歌。

听千干矗立的林中深处
画眉的歌声回荡——
仿佛要召我也进入林内，
在暗里伴它悲伤。

哦不行，我原是出外找星星，
我不想进入森林。
即使有邀请我也不进去，
况且我未受邀请。

选一颗像星的东西

星啊（望中最美的一颗），
我们承认你的崇高有权利

享有云的一些朦胧——
不能说该享有夜的隐晦，
因黑暗正衬出你的光辉。
孤傲者原应含一点神秘。
可是保持绝对的缄默，
如你般含蓄，我们不允许。
对我们说些什么，让我们
熟记，在寂寞时好复吟。
说吧！它说：“我在燃烧。”
可是说，究竟以多少热度，
说华氏是多少，摄氏是多少。
用我们能了解的语言倾诉。
告诉我们你综合些什么元素。
你给我们的帮助少得可惊，
但最后仍泄露了一些东西。
坚定不摇，如济慈的隐士，
自你的星座上，甚至不俯身，
你要求于我们的只有些许。
你要求我们保持点高度，
当暴民有时候受人左右，
超越了赞美或非难的分际，
让我们选一颗像星的东西，
支持我们的心灵，获得拯救。

“济慈的隐士”一词，出于济慈十四行《亮星啊，愿我能坚定像你》的第四行。

指路

退出当前太过纷繁的一切，
退回从前的单纯，以泯去
细节，或烧掉，或化掉，或断掉
像墓地石碑在风霜之余，
有一幢房子，不再是房子
在一片农场，不再是农场，
坐落一小镇，不再是小镇。
寻旧的路，如果你雇个向导
而他一心要使你迷路，
看来也许原本是采石场——
有巨石磅礴如膝盖，旧镇
早就放弃，不遮盖应景了。
在一本书里它还有个故事：
除了马拖车铁轮的辙痕，
岩层的龙脉由东南向西北，
大哉冰川曾使劲踩脚
紧抵北极所敲凿之功。
千万莫在意他透出些凉意。

黑豹岭这一边据说常如此
也莫在意严峻的考验成串，
从四十个地窖洞监视着你，
像四十个木桶后对对眼睛。
至于你上方骚动的森林，
飒飒传遍千万张树叶，
那要怪暴发户未见过世面。
近二十年前它在何处？
啄余的几株老苹果树，
承它庇荫，就如此自负。
编一首歌来自娱吧，说
这正是前人收工的归路，
那人也许徒步走在前头
或辘辘驾着满车的谷物。
冒险的高处正是乡野的
高处，从前该有两村的文化
在此交融。两者都已失去。
此刻，如果你迷路得已自警，
不妨把背后的梯路收起，
挂一块“禁入”牌，唯我例外，
就自在一下吧。仅余的
野地不会大过马具的磨痕。
首先是假装的儿童之家，
松树下几个破了的碟子，

儿童乐园的几件玩具。
小玩意逗得儿童笑，你哭吧。
再说曾有座房子，不再是房子，
只剩下地窖口开着紫丁香
正渐渐收口，像面团经人按。
这本非玩具屋而是真屋。
你的投宿地，你的宿命只是
一条山涧，曾供古屋以饮水，
寒如犹近源头的一泓清溪，
太高，太原始，不成怒潮。
（都知道溪到谷地被激怒，
倒钩和荆棘会挂上碎布。）
在水边，有一株古香柏，
成拱的柯上，我曾秘藏
一只破高脚杯子，像圣杯，
且施符咒防妄人寻到
因而得救，圣马克说，必不容妄人。
（那杯子我窃自儿童乐园。）
这就是你的矿泉和泉场，
饮之即沛然，免于迷乱。

Wallace Stevens

1879—1955

史悌文斯

——无上的虚构

华莱士·史悌文斯在美国现代诗坛上，是属于佛洛斯特、桑德堡、林赛一辈的人物，可是他对现实的处理，不像他的同伴那样直接，而他的成名，也比同伴为晚。其实史悌文斯一直和诗坛保持相当的距离，正如他的诗和现实之间也保持适度的距离一样。他的生活方式，和狄伦·汤默斯的截然相反。一八七九年十月二日，他诞生于宾夕维尼亚州的列丁城。他是法律系的学生，毕业于哈佛大学和纽约大学的法学院。一九〇四年，他在纽约市开始行律师业，直到一九一六年；然后迁去康奈提克州的哈特福德，进入哈特福德保险公司工作。他和夫人及一个女儿从此一直住在该城，以迄逝世；一九三四年，他升任那家保险公司的副总经理。史悌文斯视写作为纯然私人的兴趣，因此终生不与文学界人士往还。

早在一九一四年，史悌文斯就已在孟罗女士所编的芝加哥《诗》月刊上发表作品，但是直到一九二三年，他才出版第一本诗集《小风琴》(*Harmonium*)。由于这本诗集销数不上百册，史悌文斯的第二本诗集《秩序的观念》(*Ideas of Order*, 1935)隔了十二年才出版。之后，他的诗集出得较频，合上述两本，共为十一种，其中包括有名的《弹蓝吉打的人》(*The Man with the Blue Guitar*)、《无上虚构的笔记》(*Notes Toward a Supreme Fiction*)、《罪恶的美学》(*Esthétique Du Mal*)和《欢送至夏天》(*Transport to Summer*)。

在美国现代诗坛，史悌文斯的风格至为特殊。一个保险公司的高级职员，在远离纽约文艺界的一个小镇上，将自己的名字写进文学史，真是不可思议的事情。史悌文斯既无所攀附于任何宗派，更不与艾略特、奥登一脉的正统唱和，在一个向诗索取社会意义的时代，他竟断然宣称："诗就是诗，而诗人的目标就是将诗完成。"这些，加上他对自己风格持续不懈的追求，对于"成熟且探讨得至为贯彻的一种单纯的形式或意境"的向往，都是使史悌文斯迟迟成名的原因。他去世的前一年才得到普利泽诗奖。

在本质上，史悌文斯是一位冥想的诗人，一位极具美学敏感的哲人。在美好的世界之中，他的感官欣然开放，向一切外界的繁富经验，但是，有异于意象派诗人的耽于官能经验，唯五光十色之为务，他恒企图在缤缤纷纷的意象之中，理出一种高度的秩序。在这方面，他的艺术手腕很接近现代艺术的大师，如毕卡索、布朗库西、蒙德里安等富于秩序感的心灵。事实上，像《瓶的轶事》(*Anecdote of the Jar*)一类的作品，对于接受过现代画训练的读者，是更有意义也更为可解的。史悌文斯的题目，也往往泄漏这方面的消息，例如《两只梨的初稿》《黑之统治》《浑沌的鉴赏家》《基威斯特的秩序观念》等题名，都带有一种纯粹艺术的意味。然而史悌文斯并不是一个遁世的艺术至上论者，只是他与现实的关系和观察现实的角度，与一般现代诗人甚为不同罢了。他将自己描写为“仍然住在象牙塔里，但坚持说，塔上岁月难以忍受，除非一个人能从塔顶独一无二地俯瞰大众的垃圾堆和广告牌……他是一个隐士，独与日月相栖，却又坚持要接受一张烂报纸”。史悌文斯的作品，都是一个主题的各殊变奏，那主题是美学的，也是哲学的。认识现实的本质，以及现实与创造性的想象之间的关系，加上信仰与秩序等等，都是他最喜爱的主题。他用十一卷的诗，反复加以表现。

史悌文斯的诗，接近纯粹艺术，富于形而上的意味，颇不易解。艾略特和庞德的诗也难懂，可是读者可以乞援于典故的注释或学说的研讨；至于史悌文斯的诗，其晦涩处，只有靠悟性去澄清。可能因为史悌文斯是律师出身，他在用字方面最求精确，往往下一个字眼，既使用它的本义，也动员它繁富的引申义。这当然不是一般粗心或浅俗的读者所易欣赏的。好在他的句子，在文法结构上至为严谨，不像狄伦·汤默斯的那样难以捉摸。除了意象外，史悌文斯的节奏和音韵也是值得注意的。他的句子类皆清畅明快，节奏活泼生动，音韵的呼应扣得很紧，音调的疾徐收放变化很快，长音和短音间隔得也很恰当。他的句子，显得出作者对字和词本身具有一份感官上的喜爱，和对于语言的高度控制力。他的诗，在字面上，往往构成一种清纯得近乎抽象的美。这种境界也正是艾肯所追求的。难怪艾肯所编的《二十世纪美国诗》(*Twentieth Century American Poetry*)要以最大的篇幅容纳史悌文斯的作品了。

相对于叶慈、艾略特等的象征主义，美国的一些诗人主张诗应该处理事物的本身而且正视我们周围美好的自然世界，不应面对事物而念念不忘它们在文化上所代表的意义。例如一朵玫瑰，除了“象征”爱情和青春以外，还有它本身的生命和价值，可以成为诗的对象。这种诗观，颇接近现代绘画(例如立体主义的静物)的精神。论者称之为“客观主义”(Objectivism)，意谓这一派作品企图将诗从主观意识的象征作用及文化联想中解放出来。威廉姆斯、玛莲·莫尔、史悌文斯，都是这一派的主要人物。

彼得·昆士弹小风琴

一

正如我的手指在这些键上
创造音乐，同样的声响
在我的心灵也产生乐音。

音乐是感觉，所以，非声响；
所以，我现在的感觉，
在这间房里，感觉需要你，

想念你那蓝影子的绸衣，
就是音乐。就像苏珊娜
在两叟心中唤醒的旋律。

绿阴阴的暮色，清澄而温暖，
沐浴在寂寂的园中，浑然不知
有两叟睁红睛偷窥，且感到

他们的生命有低音在震颤
蛊人的和弦，单薄的血
弹动以指拨弦的颂诗。

二

在绿水中，清澄而温暖，
躺着苏珊娜。
她搜寻
温泉的摩挲，
而且发现
隐秘的幻想。

她叹息，
为如许旋律。

在岸上，她立着，
在凉凉的
焚余的感情。
她感到，在叶间
有露水
老耄的虔敬。

她步过草地，
仍然颤抖，
晚风如众婢，
怯怯移步，
取来她的披巾
犹自飘浮。

一口气吹在她手上，
惊噤了夜色。
她转过身去——
一声钹的猝击，
铜号齐吼。

三

立刻，铿铿然如小手鼓，
奔来她拜占庭的众女奴。

她们奇怪，怎么苏珊娜在哭，
对身畔的两叟她怎么在控诉；

女奴们窃窃语，那叠句
就像柳树扫过了风雨。

接着，她们擎起的灯焰
照亮苏珊娜和她的羞颜。

于是拜城痴笑的众女奴
遁去，骚然如敲击小手鼓。

四

美只是刹那存在于心灵——
间歇地追溯，追溯一扇门；
但美是永恒，在血肉之身。

肉体死去，肉体的美留存。
是以黄昏死去，逝在绿中，
一涌波浪，无尽止地流动。

是以花园死去，柔驯的气味
染香冬之僧衣，结束了忏悔。
是以众姝死去，应和少女
灿灿而颂的一阕圣曲。
苏珊娜的音乐拨弄白发的两叟，
拨弄他们的淫欲之弦；但它逃遁，
仅留下死亡那嘲讽的刮磨之声。
今日，在不朽之中，她的音乐
奏起她记忆的清晰琴音，
形成圣洁的赞美，永永不灭。

苏珊娜（Susanna）是《圣经·旧约》《伪书》(*Apocrypha*)中所载约金（Joachim）之妻。希伯莱二长老窥见她沐浴，欲加诱奸，但为她所拒，且受她控告。二叟反诬苏珊娜有意诲淫，司法不察，竟判苏珊娜死罪。将就刑，先知但尼尔（Daniel）白女之贞，有司改戮二叟。彼得·昆士（Peter Quince）原是莎士比亚喜剧《仲夏夜之梦》中一角色，此处史悌文斯似乎用他作一个虚构人物，说他想念一个女人，情为之热，遂在小风琴上即兴弹奏，诉述苏珊娜的故事。

本诗仿交响曲结构，分为四个乐章：首章从容不迫陈述主题；第二章沉思而慢；第三章谐谑而快；末章庄重反复，作一总结。

瓶的轶事

我放一只瓶子，在田纳西，
浑然而圆，在一座山上。
瓶遂促使好零乱的荒野
围拱那座山岗。

于是荒野全向瓶涌起，
偃在四周，不再荒凉。
而瓶，滚圆地立在地面，
巍巍乎有一种气象。

它君临于四方的疆土。
瓶是灰色且空无。
它所付出的，非鸟，非林，
不同于一切，在田纳西。

《瓶的轶事》讨论的正是艺术与自然的关系。瓶是人为的，所以属于艺术。加艺术于自然之上，荒凉的自然遂呈现一种秩序感了。

雪人

一个人得有冬天的心肠
来关照霜与松树枝头
如何冻结了成块的雪；

而且还得耐寒了很久，
才看到杜松上披挂冰条，
针枞的乱影在远方闪耀

反射一月的阳光，竟能不想
风声里有没有一点悲惨，
零星的树叶沙沙作声，

那正是大地上面的声响，
满是同样的风声
刮着同样空洞的地方，

听风人在雪地上听来，
他自己本是虚无，看到的无非
是不在场的虚无与在的虚无。

—— 一九一九年

纹身

光像一只蜘蛛，
它爬过水面，
它爬过雪的边缘，
它爬行在你的眼皮下，
且张开它的网——
它的双网。

你双眼之网
被系于
你的肌，你的骼，
如系于椽或草叶。
乃有你眼之柔丝
在水面
和雪的边缘。

恐怖的鼠之舞

在火鸡的国度火鸡的气候里，
在雕像的座基，我们绕来又转去。

多美丽的历史啊，多美丽的惊异！
大人在马上。　马身上遮满鼠群。

此舞无名。　此乃饥饿之舞。
我们向外舞，直舞到大人的剑尖，
读铭刻在座下的庄严词句，
声如古琴和小手鼓的齐鸣：

建国的元勋。　有谁曾建过
自由之邦，在严冬，有免于鼠的自由？
好美丽的画啊，微微着色，巍巍耸起，
青铜的手臂伸出去，向一切的邪恶！

冬之版画

他不在这里，那老太阳，
他缺席，像我们已睡去。

田野冰冻。树叶枯干。
恶在这种幽光中已定形。

酸楚的大气中，断麦梗
有臂而无手。它们有躯体

而无腿，或有躯体而无头。
它们的头里有被蛊的呼声，

那仅仅是舌的一阵摇动。
雪片闪光，像落地的眼神。

像视觉皎皎地落向远方。
树叶跳着，刮地面而过。

这是深邃的一月。天空僵硬。
残梗牢牢地植根于冰下。

就是在这种孤独里，一个音节，
来自这一切笨重的鼓翼之间。

吟唱出它单调的虚无，
冬之音的最野蛮的空洞。

就是在此，在此恶中，我们到达
对善的了解之最后的纯洁。

老鸦像生了锈，当他起身。
闪亮的是他眼中的恶意……

另一只迎上去，与它为伍，
但是在远方，在另一棵树。

原诗题目为 *No Possum, No Sop, No Taters*，译者嫌其太长且累赘，易为“冬之版画”，初不足为训也。

E z r a P o u n d

1885—1972

庞德

—— 现代诗坛的大师兄

曾有读者投书给《纽约时报》，指责美国的批评家们，说如果他们不是那么盲目地崇奉欧洲文学偶像的话，也许诺贝尔文学奖早已颁给佛洛斯特了。诺贝尔文学奖是一种国际性的荣誉，佛洛斯特应否接受这项荣誉，是一个值得讨论的问题。美国名诗人之中，至少有一位，比佛洛斯特更有资格接受这项荣誉。那便是已经逝世逾半个世纪的庞德。

在创作的成就上，当然，庞德尚不能与曾获诺贝尔文学奖的英语诗人（我仅指叶慈与艾略特，不包括吉普林）等量齐观；但是在国际性的影响上，在对于现代文学的贡献上，恐怕很少有人能超过庞德。我们几乎可以说，没有庞德的努力，现代英美诗的发展，必然异于今日。现代文学的某些大师，如叶慈、艾略特、乔艾斯、汉明威等，在创作的语言上，莫不受庞德的影响。艾略特的《荒原》，在定稿之前，曾经庞德删节近半，所以艾略特将此诗献给他，并在篇首称他为“更优秀的技巧家”。在二十世纪的初期，是他，在阿咪·罗威尔之前便推展了“意象主义”；是他，最先在批评上承认艾略特、乔艾斯、佛洛斯特的作品，安泰易（George Antheil）的音乐和戈地叶（Henri Gaudier）的雕塑；是他，或组织或支持有现代精神的那些先驱式的“小杂志”；是他，在意大利地中海岸的拉帕罗（Rapallo），教育了从各地来拜访他的青年作家和批评家，而成为“一人大学”（one-man university）。叶慈曾说：“艾士拉（庞德名）从不逃避工作……他是博学且可喜的友伴……他洋溢着中世纪的精神，因而促使我回到固定与具体的事物。”汉明威在半世纪前，也说庞德只用五分之一的时间写诗，其余的时间他都在企图“促进朋友们在物质和艺术两方面的好运”。“艾士拉”（Ezra）在希伯莱文中原是“助人”之意，可谓巧合。

庞德的另一重大贡献，是翻译。现代英美诗人之中，精通一种至多种外文的，为数不少。史班德翻译西班牙文，魏尔伯翻译法文，齐阿地翻译意大利文，都是有名的例子。庞德比他们的野心更大，影响更广，但以精确和信实而言，恐怕颇有问题。他的翻译，无论在时空或对象的选择上，都可以说非常庞杂。从中国的《诗经》和李白，到日本的戏剧，从古英文诗到中世纪的普洛汪斯歌谣，都是他翻译的对象。兼通希腊、拉丁、法、意各种文字的庞德，素以博学多才见称。可是，就翻译论翻译，我对他这方面的活动甚为怀疑。充其量他的中文只能算是“粗通”，或者连“粗通”都说不上，因为他的中诗英译往往要借日文翻译作为媒介。但看他的英译之中，李白拼成 Riha–Ku，长风沙拼成 Cho–fu–sa，便不难窥得真相了。至于《长干行》一诗的误译、劣译，就更不能细论了。

不过，这件事另有一种说法。诗人译诗和学者译诗，是不能一视同仁的。诗人译诗，再不济事，至少有诗。也就是说，失之于“信”者，得之于“雅”。就翻译本身而论，这当然不足为训。所以，严格说来，庞德那些译诗，与其称为“翻译”，不如称为“改作”（adaptation）、“再造”（reconstruction）、“重创”（re–creation），或者干脆叫作“剽窃的创造”（plagiaristic creation）。说得不客气些，庞德和艾略特一对师兄弟，在现代诗中的表现，简直是公开的国际文学走私。他们那种五步一经，十步一典，从题目起就掉书袋的诗风，可以说，完全泯灭了创造、剽窃和翻译的界限，泯灭得那么理直气壮。艾略特甚至公然宣称，说庞德“发明了中国诗”。

至于庞德自己的诗创作，批评家似乎一致承认它的重要性，但对于它的绝对价值，则犹见仁见智。大致上说来，庞德认为诗有两种基本的节奏：说和唱（verse as speech and verse as song）。例如，丁尼生（除了在无韵体中以外）接近唱，富旋律美；白朗宁接近说，具口语的自然和活力；霍普金斯则介于两者之间，在唱的格局中说。庞德的语言节奏，似乎很受白朗宁的影响，在不规则中见出自由和活泼，洗尽装饰词和衬垫字，伸缩自如，极有弹力；但同时也兼具白朗宁的缺点：零碎、突兀、流于散文化。

早期的作品，如一九〇九年出版的两种诗集，《人物》(*Personae*)和《狂悦》(*Exultations*)，展现了一股朝气，一种新节奏和意境。《阿尔塔堡》(*Sestina: Altaforte*)和《良友歌》(*Ballad of the Goodly Fere*)都属于这个时期。庞德的博学，在早期的这些诗中充分地流露了出来，我们看得出他曾经沉浸于中世纪的文学和普洛汪斯的歌谣。不幸，在他后期的诗中，这种渊博渐渐成了炫学，枝蔓旁及，失却重心。

论者咸以《莫伯里》(*Hugh Selwyn Mauberley*)和《诗章》(*Cantos*)为庞德的重要作品。莫伯里是庞德虚构的一个二流诗人；借他之口，庞德诠释并批评了一八六〇年到一九二〇年间英国文化的趋向，以及历史的演变。庞德对于历史的态度甚为严肃，他甚至企图为社会的病态开处方。尽管庞德辩称"我当然不是莫伯里，犹之艾略特不是普鲁夫洛克"，论者多以为《莫伯里》一诗就是庞德的自述。《诗章》的情形似乎复杂些。这些所谓诗章，都没有标题，只有号码，根据庞德自己最早的计划，这本巨著在完成时，将容纳一百个诗章。但是一九二五到一九五九年，他一共已出版了一百零九个诗章。至于这些诗章的内容，则似乎异常杂乱，欠缺协调；时空的背景，历史的脉络，很难溯寻。其中的语气，又像独白，又像对语，但时而引经据典，时而恍若有所影射，出处往往晦涩冷僻。大约三分之一的资料取自希腊古典，三分之一取自文艺复兴，最后三分之一来自当代的轶事或传闻。例如第一章用“奥德赛”本事；第四十五章又痛诋高利贷之为祸；各章之间，绝少关联。在借古喻今且作片段的心理探索方面，庞德显然又受了白朗宁的影响。但一般诗人都钦佩他的诗才，而惑于他的构想。泰特曾诉苦说：“他的形式只有一个秘密：对话。‘诗章’数十，只是对话，对话，对话；并不是哪一个人对另一个人的说话；只是随便说下去罢了。”叶慈也指陈，庞德的诗，风格多于形式。那也就是说：为个性而牺牲了结构。叶慈又说，庞德像是“一个才气横溢的即兴作者，一面看着一卷不知名的希腊杰作，一面就翻译起来”。

一八八五年十月三十日，庞德生于美国西北部爱达荷州的贝利镇。据说他的母亲相当美丽，且与诗人朗费罗有亲属关系。幼时，他随家人迁去东部；十五岁就进了宾夕维尼亚大学，一度转学去汉弥顿学院，后来又回到宾大。一九〇六年，他获得宾大的文学硕士学位，主修科目是中世纪拉丁语系的南欧各国语文。这门学问对他日后的创作和翻译显然有重大的影响。在宾大时，庞德认识了两位同学：威廉姆斯和杜丽多（Hilda Doolittle）。后来三人都成了名诗人。只是威廉姆斯着意发展独立的美国诗风，竟与领导国际诗坛的庞德针锋相对，恶言相加；杜丽多小姐一度戴过庞德的订婚戒指，后来和庞德在一起倡导意象主义，在创作上终生坚守该主义的原则。

毕业之后，庞德去印地安纳的瓦巴希学院，以讲师身份，开教授课程，但不久因为“拉丁区的味道太浓”，而被校方解聘。一九〇八年，他乘了一条运牛船去直布罗陀，然后一路步行去意大利。不久他北上伦敦定居，因一九〇九年出版的《人物》和《狂悦》两种诗集而渐渐成名。从此他的交游愈来愈广，受他影响、协助与提携的作家，简直不计其数；甚至阿剌伯的劳伦斯，也在他的交游之列。无论在作品或经济上，他总是乐于为困境中的朋友奔走，是以画家温顿·刘易士（Wyndham Lewis）戏称他这种友谊为“创造的同情”（creative sympathy）。

一九二〇年，庞德舍伦敦而去巴黎。临行前夕，他自负地说：“目前的英国暨点心灵的‘生命’也没有了，只有荟萃在我这间竖十尺横八尺的五角斗室中的是例外。”在巴黎住了四年，他更南下意大利，定居在拉帕罗，一直到二次大战的末期。庞德心仪欧洲文化，一向认为工业文明的美国，非但粗鄙庸俗，抑且辱没天才，久之竟对美国的文化界甚至美国的政府形成一种敌意。（要说埋没天才，庞德的指控并非无的放矢。例如佛洛斯特，在美国本土投了二十年的稿，无人肯用，因而默默无闻，一去英国，便成了名。其实，杜丽多女士、佛列契和庞德自己，也是去了欧洲以后才渐露头角的。）一九一四年十二月份的芝加哥《诗》刊上，庞德在评介佛洛斯特的文章里说：“我们也不必骂自己的国家；要求美国文化从速改进来迎合我们，何如我们自己移民去欧洲，更为可行。”但是最后他还是骂起自己的祖国来了。二次大战期间，庞德误信墨索里尼之言，以为法西斯蒂是实现社会主义的保证，竟在意大利电台上攻击美国和罗斯福总统。一九四五年五月，他被美军逮捕，解送回国。经四位精神病医师的诊断，庞德以精神失常的理由逃避了审判和可能的死刑。从一九四六年春天到一九五八年夏天，他一直被拘在圣伊丽莎白医院。释放之后，他回到意大利去。据说，船进那不勒斯港时，他竟仍以法西斯蒂之礼向意大利致敬，且称美国为“一家疯人院”。

一九四八年，以艾略特为召集人的评审委员会，投票通过将巴林根奖（Bollingen Prize）颁给庞德。此事一经公布，美国文化界掀起了一场大风暴，赞成的和攻击的作家立刻卷入了论战。巴林根评审委员之中，沙比洛投票反对，泰特在矛盾的心情下投票赞成。迄今此事犹无定论。

庞德的评传不少—— 包括一九六〇年出版的诺尔曼所著《庞德》（*Ezra Pound:* by Charles Norman）和一九七〇年初版一九七四年企鹅版的史托克所著《庞德传》（*The Life of Ezra Pound:* by Noel Stock）。

六行体：阿尔塔堡

诗中人：伯尔特朗·德·蓬恩。
但丁将此人贬入地狱，因此人煽动战争。
汝其观之！汝其三思！
我竟起之于地下乎？

背景为其城堡，阿尔塔堡。“巴皮奥斯”为其行吟诗人。

“豹旗”为狮心李查王之纹章。

他娘的！俺这南方的气味嗅得出太平。
你这狗婊子，巴皮奥斯，来啊，来点音乐！
活得真没意思，除非当宝剑铿锵。
嘿！当俺见金旗、灰旗和紫旗对抗，
旗下的平野染成了腥红，
俺就嚷得像疯子一般高兴。

闷热的夏季，俺真是满心高兴，
当暴风雨宰了地面冲鼻的太平，
漆黑的天空有电光闪着腥红，
凶狠的雷群滚给俺他们的音乐，
众飙在乌云里狂叫，且互相对抗，
透过撕破的天空，神的剑在铿锵。

阎王，让咱们不久再听宝剑铿锵！
听战马厉嘶，因上阵而高兴，
刺穿的胸膛和刺穿的胸膛对抗！
一个时辰的拼命胜过一年的太平，

胜过酒肴，鸨母，娘娘腔的音乐！
叱！什么酒比得上鲜血腥红！

俺最爱看太阳冒起来像血红。
俺看他的长矛在暗空中铿锵，
于是俺的心里充满了高兴。
且张大了嘴，傻听那飞快的音乐，
当俺见他看不起又反叛太平，
他独力和全部的黑暗对抗。

只要是害怕战争，且蹲下来反抗
俺主战的人，他们的血都不红；
他们只合霉烂，享妇人的太平，
远离沙场的建功，和宝剑的铿锵，
这种烂女人死了，俺才真高兴；
呵，俺教空中给飘满俺的音乐。

巴皮奥斯，巴皮奥斯，来点音乐！
什么声音比得上剑和剑的对抗，
什么呐喊比得上喝斗的高兴，
当咱们两肘和剑头淌下腥红，
迎着豹旗，咱们冲上去敲出铿锵。
神永远不保佑那些人喊太平！

让交锋的音乐奏出他们的腥红！
阎王，让咱们不久再听见宝剑铿锵！
阎王，永远打消那念头，太平！

本诗所用形式为极其古老而又严格的六行体（sestina），或六行回旋体。此体之首创者为十二世纪诗人丹尼尔（Arnaud Daniel），继由但丁与皮特拉克（Petrarch）采用，复由法国诗人传给英国的史云朋（A. C. Swinburne）。此体用韵极严；共分六段，首段之六个脚韵必须以不同的排列次序用于其后之五段中，而末段之后附加三行之小节，其脚韵次序必须与第六段后三行同。是以技巧复杂难工，写者不多。庞德乃现代英美诗一巨匠，最喜尝试各种体裁，尤以古典者为然。观上诗乃知庞德对传统修养之深。反传统云云，不过文艺青年之口号耳。

伯尔特朗·德·蓬恩（Bertrand de Born, 1140—1210）是中世纪法国南部普洛汪斯的武士与抒情诗人，善写讽刺诗。但丁置之于《地狱》第二十八章，为其煽动英王亨利二世及诸王子间之战争。庞德这首《六行体：阿尔塔堡》，就是根据他的普洛汪斯名歌《战争颂》(*In Praise of War*) 改写的。狮心李查王（Richard Lion–Hearted, 1157—1199）即英王李查一世，在第三次十字军战役中威震欧亚，所用盾牌上以豹为饰。本诗作于一九〇九年。

罪过

且歌吟爱情与懒散，
此外皆何足保持。

虽然我游过多少异邦，
人生无其他乐事。

宁愿守住自己的情人，
纵蔷薇悲伤而死，

也不愿立大功于匈牙利，
令众人惊异不置。

敬礼

哦纯然自满而整洁的世代，
　　纯然地不自由不自在，
我见过渔人们在阳光下野餐，
我见过他们和褴褛的家人，
我见过他们的笑，满是牙齿，

也听过那笨拙的笑声。
我的喜悦胜过你们，现在，
他们的喜悦胜过我，那时；
鱼呢游泳在湖中，
连衣服都没有。

花园

——穿游行之衣：沙曼

像一绺散了的丝线吹在墙上，
她走着，沿着坎辛顿园中幽径的栏杆，
她正零零星星地死去，
为了一种感情的贫血症。

而四周，蠢蠢然正有一群
龌龊、结实、杀也杀不死的赤贫的孩子。
他们将继承这世界。
好教养到她就为止。
她的无聊感好精致好过分。
她好想有个人能对她说话，
而又几乎担心我
会做出这件冒失的事情。

坎辛顿（Kensington）在伦敦西郊。坎辛顿花园与海德公园相邻。这是一首可以代表意象主义的绝妙小品。首节中的意象多美，令人想起方莘早期的作品。末行的“这件冒失的事情”，指前面所说“有个人能对她说话”。沙曼（Albert Samain, 1858—1900）是法国诗人。

条约

我要和你订一个条约，惠特曼——
我讨厌你已经讨厌得够久了。
我来到你面前，像一个长大的孩子，
曾经，我有过头脑冬烘的父亲；
现在我已到交友的年龄。
是你，首先剖开了新树木，
现在正是雕刻的时候。
同液且同根是我们——
我们之间应该有交易。

诗章第四十五

为了高丽黛
为了高丽黛，无人住好石头盖的房屋

切平，而且砌妥每一方石块
让石颜呈现井井的图形，
为了高丽黛
没有人在教堂的壁上绘天国之景
饰以竖琴与琵琶
或者绘圣母在接奉神谕
而光轮自裂隙迸起，
为了高丽黛
无人得见龚察加的子嗣和众妾
画者作画，不为留传千古或与之朝夕相对
只为了求售，为了匆匆脱手
为了高丽黛，逆乎自然的罪过，
你的面包成了走味的碎片
你的面包干涩如纸，
吃不到山上的麦子，浓厚的面粉，
为了高丽黛，画者的线条变粗浊，
为了高丽黛，界限不分明，
无人能找到栖身的地方。
石匠不得近石，
织工不得近织机，
为了高丽黛，
羊毛不能上市，
羊群不能赢利，只为了高丽黛，
高丽黛是一种牲畜症，高丽黛，

蚀钝了少女手中的针
且阻绝了纺者的技巧。　龙巴多
之来，不为高丽黛，
杜齐阿不为高丽黛而来，
佛朗且斯卡也不，阮伯陵也不为高丽黛，
《飞短流长》也不是为此而画成。
高丽黛不能致安杰利可；不能致普瑞地斯，
不能致教堂，剖开的石上刻字：
　生我者亚当。
高丽黛不能致圣嵯芬，
高丽黛不能致圣希莱，
高丽黛锈蚀了匠人的凿，
锈蚀了手艺和匠人，
且啮断纺机上的线，
无人能习织金丝线，依她的花式；
高丽黛对青色是植物病害；她使红布刺绣不成
翠绿色觅不着孟陵
高丽黛杀死胎中的婴孩
她阻挠青年的求爱
她置麻痹于床上，她躺在
年轻的新娘和新郎之间
　　　　　逆乎自然
他们为伊留西斯带来了娼妓
陈幢幢僵尸于酒宴

高丽黛所命令。

庞德的反犹（anti-Semitism）是有名的。《诗章第四十五》是一种社会的抗议，抗议文艺复兴时期的意大利，高利贷的横行违逆了社会的风俗，戕害了自然的人性，以致百业皆废，艺术不兴，甚至夫妇床笫之间也索然无欢了。高利贷在英文作 usury；庞德诗中用其拉丁语式 usura，俨若女性，因此我改作“高丽黛”，以谐其音，并拟其性。

诗中专有名词，大都是文艺复兴时期人物。龚察加为文艺复兴时期曼丘亚皇室姓氏。龙巴多（Pietro Lombardo, 1435—1515），威尼斯雕塑家兼建筑家。杜齐阿（Duccio di Buoninsegna），十三世纪末迄十四世纪初西叶纳画家，一二七八至一三一九之间甚活跃。佛朗且斯卡（Piero della Francesca, 1420—1492），恩布里亚画家。阮伯陵（Zuan Bellin），或谓即觉望尼·贝里尼（Giovanni Bellini, c. 1430—1516），疑不能决。《飞短流长》（*La Calunnia*），鲍蒂且利（Sandro Botticelli）名画标题。安杰利可（Fra Angelico, 1387—1455），佛罗伦萨画家。普瑞地斯（Ambrogio Predis, 1455—1509?），米兰画家。圣嵯芬与圣希莱，据说均为古教堂名。孟陵（Hans Memling, 1430—1494），佛兰德画家；孟陵善用翠绿色，故云“翠绿色觅不着孟陵”。伊留西斯（Eleusis）为雅典西北方村名，神秘宗教仪式之中，常招娼妓参与。

但丁在《神曲》之中，曾见高利贷债主们在火中焚烧，作为违反自然与艺术的惩罚。庞德在“诗章”中再三申述：贪财为万恶之源。《诗章第四十五》中所言，在《诗章第五十一》及《诗章第十六》中，又以不同的方式加以强调。庞德与艾略特的诗，均深受《神曲》影响，借用但丁故事甚多。

Robinson Jeffers

1887—1962

杰佛斯

—— 亲鹰而远人的隐士

“诗是人生的批评。”一世纪前，安诺德就如此宣称过。但是诗人们对人生的批评，方式颇不相同。以现代诗而言，奥登、史班德的批评，是从生活在大都市的知识分子的角度出发的。叶慈、庞德、艾略特借古喻今，借神话影射现实。康明思对社会的批评，是变相的个人主义的自卫。但是另一些诗人，如佛洛斯特和杰佛斯，始终站在自然的那一边，远离现代都市而批评人生。不过佛洛斯特富于同情和耐心，洋溢着生趣和幽默感，对人生只进行一场情人的争执；不像杰佛斯那样厌憎人群，欠缺耐心和幽默感，不像杰佛斯那么粗犷而骠悍，把结论下在前面，而独是其是。在悲观的态度方面，杰佛斯属于哈代和浩司曼的一群，不同于这两位英国诗人的是：哈代在绝望之中仍寓有怜悯，而浩司曼在无奈之余犹解自嘲，杰佛斯只有超人的轻蔑和不耐。

杰佛斯所以如此，除了自身的气质使然而外，更与早年的教育、晚年的环境有关。据说他的祖先是苏格兰与爱尔兰的加尔文派教徒；他自己则生于宾夕维尼亚州的匹次堡，父亲是古典文学和神学教授。少年的杰佛斯随父亲去德国和瑞士，一直跟着家庭教师读书，后来才进瑞士的苏黎世大学。回到美国，他在南加州大学念医，又去华盛顿州立大学念森林学。

二十六岁那年，杰佛斯和克丝特小姐（Una Call Custer）结婚。据说他的夫人对他的影响很大。杰佛斯在一九三八年出版的《杰佛斯诗选》的前言中曾如此说："我的天性是冷漠而浑沌的；她激发它且使它集中，赋它以视觉、神经和同情。与其说她是一个凡人，不如说她更像苏格兰民间叙事诗中的女人，热情，不驯，颇具英雄气质——或是更像一只鹰。"

终于杰佛斯和她定居在加里福尼亚州太平洋岸的蒙特瑞湾（Monterey Bay）。后来，他们的孪生男孩长大了，父子三人便在卡美尔的岩岸上盖了一座石屋和一座"鹰塔"。蒙特瑞湾在旧金山之南，海风将绝壁上的古松吹成奇形怪状，扭曲成趣；苍鹰、白鸥、海豹分享雄奇而美的自然，而太平洋的浩阔永远张在面前，吞纳日月和星座。杰佛斯在同一篇前言中写道："在此地，我这一生初次目睹今人怎样生活于壮丽而天然的风景之中，正如古人生活于萧克利特斯的田园诗，或是北欧故事，或是荷马的绮色佳一样。此地的生活能够免于那些过眼云烟的不相干的累赘。居民在此皆骑马牧牛，或者开垦海岬，而白鸥飞旋于其上，几千年来他们如此生活，几千年后他们亦将如此。这是当代的生活，也是亘古的生活，它与现代生活并不隔绝，它意识到现代生活且与现代生活发生关系；它可以表现生活的精神，但不至于被所以构成文化却与诗不相涉的许多细节和杂务牵累。”

无论在形式或精神上，杰佛斯的作品在美国现代诗坛上，都是独特的。在形式上，杰佛斯善炼长句，奔放不羁的诗行往往一挥就是二十几个音节，那节奏，似乎介于“自由诗”与“无韵体”之间。这种长句，豪迈而且激昂，但开合吞吐之间，极具弹性，比惠特曼的“自由诗”更有节制。杰佛斯不但在诗句上突破了传统英诗那种规行矩步的“抑扬五步格”；即在整首诗的篇幅上，也开拓出长篇叙事诗及中篇抒情诗的局面，而突破了短篇抒情诗的囿限。他那奔潮急湍的连贯节奏，对于现代诗中那种期期艾艾嗫嗫嚅嚅的语气，对于普鲁夫洛克式的吞吞吐吐欲言又止的文明腔，是一个强烈的反动。他那明快而遒劲的风格，也是针对现代诗的晦涩而发。在语言的处理上，杰佛斯是有意向散文的自然和活泼乞援的。在《杰佛斯诗选》的前言中，作者说：“很久以前，在我尚未写此集中任何作品以前，我就感到诗正将其力量与现实感仓促地让给散文；如果诗要持久，它必须恢复那种力量与现实感。当时的现代法国诗和‘现代’的英国诗（按杰佛斯可能是指第一次世界大战以前），在我看来，简直是彻头彻尾的失败主义，好像诗在害怕散文，正竭力试图放弃肉体，俾自其征服者手中拯救其灵魂。”

在形式上，杰佛斯颇接近惠特曼，但是在精神上，两人却是背道而驰的。自幼即耽于希腊悲剧，及长又深受尼采和华格纳影响的杰佛斯是一个猛烈的悲观主义者，和惠特曼那种近于浪漫狂热的博爱胸怀大异其趣。在前述诗选的前言中，他说：“另一基本的原则我得之于尼采的一句话：‘诗人吗？诗人太爱说谎了。’当时我正十九岁，这句话一入心中即挥之不去；十二年后，它奏效了，我决定不用诗来说谎。不是切身的感情，决不装腔作势；决不伪称信仰悲观主义或乐观主义，或是永不倒退的进步；流行一时的，为大众所接受的，或是在知识分子圈内成为时髦的东西，除非自己真正相信，决不随声应和；同时也决不轻易相信任何事物。”

杰佛斯的雄心主要在他的长篇叙事诗和诗剧上。他屡将希腊悲剧处理过的题材重新述之于诗，同时也试图处理西班牙后裔和印地安人的民俗。但无论在他的短篇或长篇之中，人类的渺小、卑贱、邪恶，以及文明的徒劳无功，恒与其背景的自然——沉默、壮丽而永恒的自然，形成鲜明的对照。对他而言，人类只是这个星球上一种短暂的生物现象，不但破坏了自然，抑且亵渎了神明。他一再警告美国，不要为物质文明所淹没，而沦为廿世纪的罗马帝国。他最厌恨游客和文明侵害蒙特瑞海岸；在诗中他愤然说：“橘皮、蛋壳、破布和干凝的—— 粪，在岩石的角落里。”

又说："我宁可杀一个人，也不愿杀一只鹰。"

杰佛斯诗中的世界观既如是其褊狭而自信，当然免不了批评家的攻击了。一九三〇年二月份的《诗》月刊上，理性主义的批评家温特斯就已指出，"忘却自己，全然泯灭一己的人性，是他能给读者的唯一好处"，结论是，杰佛斯的诗是一个伟大的失败。说杰佛斯是一个失败，当然不公平，但是在另一方面，杰佛斯的"大诗人"的地位也不是很巩固。杰佛斯能挣脱现代诗的晦涩和嗫嚅，能将散文的活力和叙事诗的浩阔注入现代诗中，并以一个冷静而有力的先知之声君临迷失中的美国文明，这些都是他的贡献。但是他欠缺大诗人对人类的热忱和大诗人那种平衡而广阔的心灵，以致信奉尼采而趋极端，与鹰日近，与人日远，竟与人类为敌。这种病态，与庞德的敌视美国一样，是既值得同情又令人深为惋惜的。

张健曾谓我颇受杰佛斯影响。六十年代早期，在形式上，我确曾受到他的启示。我觉得，在浩阔的节奏上，台湾诗人最接近杰佛斯的，是阮囊。

致雕刻家

以大理石与时间奋斗的雕刻家，你们这些注定失败的
向遗忘挑战的勇士，
吞食可疑的报酬，知道磐石会开裂，纪录会倾倒，

知道方正的古罗马文字
随溶雪而剥落如鳞，被雨水冲洗。　同样地，诗人
解嘲似的竖起他的纪念碑；
因为人会毁灭，快乐的地球会死去，美好的太阳
会目盲而死，会一直黑死到内心，
虽然碑石已经矗立了一千年，而痛苦的思想
在古老的诗篇里找到甜蜜的和平。

圣哉充溢之美

海鸥的暴风之舞，海豹的对吠之戏，
在汪洋之上，在汪洋之下……
圣哉充溢之美
恒君临百兽，南面造化，使万木生，
使山涌起，浪落下。
不可信服的欢愉之美
装饰四唇之会合以火星，啊让我们的爱
也会合，更无一处女
为爱而焚身而焦渴，
甚于我热血之为你焚烧，濒此海豹之滨，而鸥翼
在空际如织网然织起
圣哉充溢之美。

秋晚

虽然微云们仍南向而奔，九月底的黄昏
那种安详的秋之凉意
似乎预兆着雨，雨，年节的递变，忧郁的林莽
之守护神灵。　一只苍鹭飞过，
曳一声荒远可笑的长啼“库阿克”，那啼声
似乎加寂静于寂静。　十二下
翼的拍动，一次俯冲的滑翔，最后是
那啼声，是再度翼的十二下拍动。
我仰望他逝于染秋色的太空；而鸟外
木星亮起，充一次黄昏星。
海的声调沁入了我的情调，我乃念及
“无论人有何遭遇……这世界总算开辟得不错”。

雾中之舟

运动会与侠行、戏剧、艺术、舞者的诙谐之姿，
和音乐的沛然之声
能迷惑孩子们，但不够宏伟；唯悲苦的肃然
能创造美；唯心灵
了然，且发育成长。

猝然一阵雾飘来，笼罩大海，
引擎声勃勃然在其中移动，
终于，一投石之遥，在巨岩与雾气之间，
一艘接一艘移动着黑影，
自神秘中出来，渔舟的黑影，首尾相衔，
跟随绝壁的引导，
维持一条艰难的路线，一边，是阴险的海涛，
一边是花岗岩岸的浪涛。
一艘接一艘，跟着为首，六渔舟徐行而过，
自雾气中出来，又没入雾气，
引擎的颤动半掩在雾中，忍耐而且小心，
紧绕着半岛而驶行，
驶回蒙特瑞港的浮标。　塘鹅成队的飞行
也不及此景望之更可爱；
星群的飞行也不比此景更宏伟；凡艺术皆丧失价值，
比起这最高度的现实：
当某些生命从事自身的业务，在同样
肃穆的大自然的元素之中。

暑假

当太阳在呐喊而行人很拥挤，
遂想起曾经有石器时代和青铜时代，

和铁器时代；铁那种不可靠的金属；
钢生于铁，不可靠一如其母；矗立的大都市
将变成石灰堆上的点点铁锈。
乃是有段时期草根刺不透废墟，慈祥的雨水会来救护，
于是铁器时代什么也没有留下，
而这些行人只留下根把股骨，贴在
世界思想中的一首诗，垃圾中的
玻璃碎屑，远处山上的一个水泥坝……

手

塔沙嘉拉的附近，一个峡谷的洞中，
巨石的圆顶上绘满了手的形状，
在幽光里，千万只手，密布如云的人掌，如此而已，
更无其他图形。没有人能告诉我们，
这些已死的羞怯，安静的褐色族人的原意，
是宗教，或是巫术，或是由于艺术的有闲，
描下了这些掌形；越过时间的分割，
这些谨慎的手状符号像密封的消息，
说："看哪，我们也曾是人类；我们有手，而非爪。欢迎啊，
有更聪明的手的后人，我们的继承者，
盍来此美丽土地；欣赏她一季，享她的美，然后倒下
且被人承继；因你们也是人类。"

窗前的床

楼下朝海的窗前，我选定那张床为理想的弥留之榻，
当我们盖这石屋；此时它现成地等待着，
没有人用它，除非一年睡一位远客，来宾根本不怀疑
它未来的用意。　每每我望着它，
也不厌憎，也不热情；毋宁说两者兼有，而两者
竟相等而相克，只遗下一种
晶明的兴趣。　我们能安心做完必须做完的一切；
于是有声扬起焉如音乐，
当海石与太清的幕后，那久等的巨灵
拄杖叩地，且三呼：“来矣哉，杰佛斯！”

退潮夕

太平洋很久没有这么安详了；五只夜行的苍鹭
在几乎能映出其翼的平静的退潮之上，
悄然沿岸而飞，在展息的大气层中。
太阳已下降，海水已下降
自满覆海藻的岩石，但远处云壁正上升。　潮在低语。
庞大的云影浮在珠白色的水中。

自宇宙之幕的罅隙淡金色隐现着，于是
黄昏星猝然滑动，像一支飞行的火炬。
似乎原来不准备给我们窥见；在宇宙的幕后
正为另一类观众举行预演。

没有故事的地方

沙芙莲河附近的海滨山地：
旷无一树，只有昏黑，贫瘠的牧野，瘦削地张在
状如火焰的巨岩之上；
苍老的汪洋在大陆的脚下，那浩瀚的
灰色伸展着，在迤逦的白色的激动之外；
一群母牛和一头雄牛
在极远处，在晦暗的山坡上，难以辨认；
灰色的鸿蒙中出没鹰的幽灵：
此地是我见过的第一壮观。
　你不能想象
人类插足于此，有任何举动
而不冲淡这寂寞中反躬自观的热情。

岩石与鹰

这里是一个象征，象征着
许多崇高的悲剧思想
狞视着自己的眼睛。

灰白的巨石，矗立在
海岬之上，在此处，海风
不让任何树生长，

曾受地震的考验，且签上
几世纪暴风雨的名字，在岩顶
屹立着一座鹰。

我想，这是你的标记，
悬在未来的天空；
不是十字架，不是蜂巢。

只是这座；光明的力量，黑暗的和平；
强烈的意识加上最终的
超越一切的冷静；

生命，伴以安详的死，那苍鹰的
现实主义者的怒目与飞行
联合于这巨伟的

岩石的神秘主义，
失败无法把它推倒，
成功也不能使它骄傲。

凯撒万岁

不要难过：是我们的先人做的事情。
他们只是无知而轻信，他们要自由，也要财富。
他们的子孙会盼望出现一个凯撒，
或者出现—— 因我们只是娇嫩而混杂的移民，不是鹰扬的罗马人！
出现一个慈祥的西西里暴君，盼望他
在罗马人来到之前，抵御贫穷和迦太基。
我们是容易统治的，一种合群的民族，
洋溢着柔情，精于机械，且迷恋奢侈品。

重整军备

这些宏伟而致命的运动，向死亡：群众的宏伟
使怜悯成为愚蠢；伤神的怜悯，
对整体的每一分子，对人人，对受难者—— 使赞美，
使我对他们所建的悲剧美的赞叹，显得多丑陋。
那种美，像一条河的流动，或是一道缓缓聚集的
冰川，在一座高山的石颜之上，
注定要犁倒一座森林，或者像十一月之霜，
金黄，熊熊的丛叶的死之舞，
或者像一个女孩子在失贞之夜，流血而且接吻。
我愿焚自己的右手在缓缓的火上，
以改变未来……但这样做是愚蠢的。 现代人
的美，不在人身，在那
悲惨的节奏，那沉重而机动的群众，被噩梦
牵引的群众，群众之舞，沿一座黑山而下。

野猪之歌

很不快乐，为了和我无关的
一些辽远的事情，我蹀躞着

在太平洋边，且爬上瘦削的山脊，
暮色中守望
星座们飞越过寂寥的汪洋，
而一只黑鬣奋张的雄野猪
用长牙翻掘毛巴索山的泥土。

老怪兽议论咻咻，“地下有甜草根，
胖蛴螬，光甲虫，发芽的橡实。
欧罗巴最好的国家已灭亡，
那是说芬兰，
而星座们照样飞越寂寥的汪洋。”
那黑鬃戟指的老野猪，
边说边撕毛巴索山的草地。

“这世界是糟透了，我的朋友，
还要再糟下去，才有人来收拾；
不如将就在这座山上躺
四五个世纪，
看星座们飞越寂寥的汪洋。”
野猪的老族长这么说，
一面翻掘毛巴索山的荒地。

“管他什么高谈民主的笨蛋，
什么狂吠革命的恶狗，

谈昏了头啦，这些骗子和信徒。
我只信自己的长牙。
自由万岁，他娘的意识形态。”
黑鬣的野猪真有种，他这么说，
一面用长牙挑毛巴索山的草皮。

此诗原题：*The Stars Go over the Lonely Ocean.* 并不醒目。我擅自改为《野猪之歌》。真是直接了当。

嗜血的祖先

没有关系。　让它们去儿戏。
让大炮狂吠，让轰炸机
发表它亵渎神明的谬论。
没有关系，这正是时候，
纯粹的残暴仍是一切价值的祖先。

除了狼的齿，什么东西能把
羚羊的捷足琢磨得如此精细？
除了恐惧，什么能赋鸟以翼？　除了饥饿，
什么能赋苍鹰的头以宝石的眼睛？
残暴曾经是一切价值的祖先。

谁会记忆海伦的那张脸，
如果她缺乏古矛可怖的光圈？
谁造成基督，除了希罗与凯撒，
除了凯撒凶狠而血腥的胜利？
残暴曾经是一切价值的祖先。

千万莫哭，让它们去儿戏，
老残暴还没老得不能生新的价值。

和叶慈一样，杰佛斯也体会到，创造和毁灭同为文化所必需，因此，反面的罪恶往往促现正面的价值。“古矛可怖的光圈”（The terrible halo of spears）指海伦引起的特洛邑战争。没有那场战争，怎有希腊多彩多姿的神话和文化？同样地，没有暴君希罗（Herod）与凯撒等的残暴，怎有仁慈的基督？最后一行的老残暴（old violence）是修辞中的所谓“拟人格”（personification）。

眼

大西洋是汹涌的护城河，而地中海
是古花园中一汪澄蓝的池塘，

五千多年来两者曾吸饮战舰与血的
祭品，仍然在阳光中闪动；但此处，在太平洋上，
舰队，机群，与战争，皆毫不相干。
目前我们和悍勇的侏儒们的血仇，
或是未来西方与东方争雄的
世界大战，流血的移民，权力的贪婪，杀人的鹰，
都是大天秤盘上的一粒微尘。
此地，从这多山的岸，暴风雨中，岬外有岬，
　　相续而跃如一群海豚，自灰蒙蒙的海雾
跃入苍白的大洋，你面西而望，望如山的海水，
　　它是半个行星：这圆顶，这半球，这隆然突起的
水之瞳，拱起，及于亚细亚洲，
澳大利亚洲和白色的南极洲；那些是永不闭起的
　　眼皮，而这是凝视的，不眠的
地球的眸子，它所观察的不是我们的战争。

这首作品写于二次大战之际。所谓“悍勇的侏儒们”想系指日本人。本诗的构想建筑在一个中心的意象上。太平洋汪汪亿万顷，几乎占有地球之半，颇像一只眼睛；南北美洲、亚洲、澳洲、南极洲环于四周，恰似永不合上的眼皮。

鸟与鱼

每年十月，几百万条小鱼沿岸而泳，
沿着这大陆的花岗石边缘，
在它们当令的季节：海禽们多盛大的庆祝。
万翼嚣嚣，如女巫闹节，
蔽没昏黑的海水。 重磅的塘鹅嘶喊，“豁！”
　　如约伯之友的战马
自高空潜水而下，鹭鸶群
滑长长的黑躯入水中，穿绿色的幽光，
捕食如狼。 尖叫的鸥群在旁观，
因嫉妒与敌视而发狂，且怒诟，且疾攫。
　　多么神经质的贪婪！
填胃而果腹！暴徒们的
神经猝发几乎像人类—— 多可敬的禽兽——
　　仿佛它们正当街
发现了黄金。 它比黄金更可贵，
它能够充饥：暴动的野禽中谁怜悯鱼群？
绝无鸟能怜悯。 公理与仁慈
是人类的梦想，无关鸟，无关鱼，无关永恒的上帝。
可是啊—— 离去之前你不妨再看一眼。
这些翅膀，这些疯狂的饥饿，这些奔波逐浪的小屿，

明快的鲦鱼，
生于恐怖，只为了死于痛苦——
人类的命运，亦鱼类的命运—— 列屿的岩石，屿外的大洋，和罗波斯岬
黑压压，在海湾之上：美丽不美丽？
那正是它们的气质：不是仁慈，不是心灵，不是良善，是上帝的宏美。

T h o m a s   E l i o t

1888—1965

艾略特

—— 梦游荒原的华胄

如果我们承认叶慈是二十世纪英语世界最伟大的诗人，则另一方面，我们不能不承认，艾略特曾是二十世纪最具影响力的诗宗。拥有诺贝尔文学奖和英国的大成勋章，任过剑桥和哈佛的诗学教授，接受了欧洲和美国十几个大学的荣誉博士学位，晚年的艾略特可以说享尽了作家的声名和学者的权威。销了十一版的《简明剑桥英国文学史》，将最后一章题名“艾略特的时代”。到现在为止，讨论他作品及批评的专书专文，已经可以摆满一个书架。翻开有关现代诗的任何英文著作，索引之中，必有他的名字，且必然占据最大的空间。他在美国明尼苏达大学演说的时候，听众超过一万三千人；据说，自希腊的沙福克里斯以来，那是最高的纪录。对于一个诗人来说，这实在不算寂寞了。

然而艾略特也没有浪得虚名。他是现代最成功的诗剧（verse drama）作家；他的诗剧，尤其是早期的《大教堂中的谋杀》(*Murder in the Cathedral*) 和稍晚的《鸡尾酒会》(*The Cocktail Party*), 都非常卖座。艾略特的诗以难懂闻名, 他的戏剧倒流畅易解, 背景或主题虽是宗教的, 剧中诗句却具有自然的口语节奏, 使观众忘记了那原来是诗。在这方面, 艾略特从詹姆士一世时代的剧作家 (Jacobean dramatists) 那里学到不少东西。米多顿 (Thomas Middleton)、窦纳 (Cyril Tourneur) 和魏伯斯特 (John Webster) 教他如何炼句并控制诗行的节奏。

但是形成他的学术地位甚至权威的, 则是他的文学批评。他的批评, 以诗为主要对象, 在重新评判前代的作家之余, 几乎改写了半部英国文学史。原来英国的浪漫主义, 发生于华兹华斯、柯立基、雪莱和济慈, 到了丁尼生已经集大成。丁尼生以后, 渐趋褊狭, 成为滥调: 罗赛蒂的 “前拉菲尔主义” 是一变, 王尔德的唯美主义又是一变。九十年代的颓废, 乔治王朝的假田园风, 使浪漫主义奄奄欲绝, 病态毕呈。半世纪前, 年轻的艾略特在白璧德 (Irving Babbitt) 和桑塔耶那的启发, 与乎休姆和庞德的影响之下, 竟而成为反浪漫运动的一个领导人物。他对雪莱的批评非常苛严。他认为拜伦和史考特在某一方面只是取悦社会的文人。他认为米尔顿写的是死英文; 在十七世纪的诗人之中, 乃崇邓约翰而抑米尔顿。在十九世纪诗人之中, 他尊霍普金斯而黜丁尼生。由于他的再发现, 大家重新热烈地阅读但丁。透过他的创作和批评, 大家不但再发现古典作家, 且发现那些作家非常 “现代”。而这, 不但是古典在影响现代，也是现代在不断地改变古典。

“没有一个诗人，没有一种艺术的艺术家，能独自具备完整的意义。他的意义，他的欣赏，在于玩味他与已死的诗人和艺术家之间的关系。你不能孤绝地予他以评价；你必须，为了对照和比较，置他于古人之中。我的意思是要把这种对比当作美学性的批评，而不仅是历史性的批评，一个原则。诗人必须遵从，必须依附传统，但这种必须性不是片面的；一件新的艺术品创造成功了，它的影响同时作用于前代的一切艺术品。现存的不朽杰作，在相互的关系之间，本已形成了一个美好的秩序；但是一件新的（真正独创的）艺术品纳入这个秩序时，也就调整了原有的秩序。新作品未出现以前，现存的秩序原是完整无缺的；一旦纳入了新奇的因素，为了要维持秩序，‘整个’现存的秩序，不论变得多轻微，都势必改变：于是每件艺术品对整个艺术的关系、比例和价值，都重新获得调整；而这，便是新旧之间的调和。凡是接受欧洲文学及英国文学中这种秩序观念的人，当会同意一点，即现在能使过去改观，其程度，一如过去之指引现在。”

这是艾略特代表性的论文《传统与个人的才具》中的一段。它正好说明，艾略特虽然强调传统，但他的传统观并不是以古役今，而是古今之间的交互作用：古，是既有的秩序；今，是投入既有秩序使之改变因而形成新秩序的一种因素。我们可以说，艾略特的出现，也已使欧洲文学的传统，多多少少为之改观。

艾略特在创作和批评上的另一个重要发现，便是所谓“感性的统一”。他认为十七世纪末的文学有一个现象，即他所谓的“感性的分裂”，将“机智”与“热情”分家。这种分裂的现象，据艾略特的解释，导致了十八、十九两个世纪处理人性时所表现的偏差，即十八世纪的囿于理性和十九世纪的放纵感情。他认为在邓约翰及十七世纪初期的其他作家的作品里，两者原是统一的。而他在自己诗中，努力企图恢复的，正是这种理性与感情的统一。席德尼（Sir Philip Sidney）的名句“观心而写”，艾略特认为观看得还不够深。他说：“拉辛和邓约翰的观察，进入心以外的许多东西。我们同时需要观察大脑的皮层、神经系统和消化神经纤维束。”

艾略特的诗并不多产。从一九一五年在芝加哥《诗》月刊发表的《普鲁夫洛克的恋歌》到一九四四年的《四个四重奏》，二十多年之中，总产量不过五千行，其中八分之一还是写给儿童看的谐诗。就凭这极少量的创作，艾略特成为世界性的现代大诗人。

一九二七年，当艾略特三十九岁那年，他归化为英国子民，而且皈依英国国教，宣称自己“以宗教言，为英国天主教徒；以政治言，为保皇党员；以文学言，为古典主义者”。他的诗，无论在思想或风格上，皆可以这种转变为分水岭。早期的诗，以《荒原》为代表作，从《普鲁夫洛克的恋歌》到《空洞的人》（*The Hollow Men*），大致上皆以现代西方文化的衰落为主题，表现第一次大战后现代西方人在精神上的干涸：日常生活因欠缺新生的信仰而丧失意义与价值，性不能导致丰收，死亡不能预期复活。艾略特似乎梦游于欧洲文化的废墟上，喃喃地自语着一些不连贯的回忆和暧昧的欲望。不过评价极高讨论最多的《荒原》，似乎不是一首完整而统一的杰作，晚近的批评对它渐渐表示不满。以片断而言，《荒原》不乏令人赞赏的残章，但整首诗给人的感觉是破碎且杂乱的，同时用典太繁，外文的穿插也太多。

《空洞的人》标出了精神的最低潮，也显示绝对的空虚，似乎是为早期诗中那些虚幻人物作一次嘲讽性的哀悼。正式崇奉英国国教后，艾略特的诗中开始显示出一种悔罪的调子，一种对于精神上宁静之境的追求。这时他用的典大半取自《圣经》、崇拜仪式、圣徒著述与《神曲》。《圣灰日》（*Ash Wednesday*）是他转向宗教信仰的开始，情绪上既忏悔又存疑，形式上也比较缓和了些。《三智士朝圣行》在形式上自然而平易，有一种《圣经》的气氛和朴素之美。但艾略特真正的杰作，仍推《四个四重奏》。《四个四重奏》是一组结构和主题皆接近的冥想诗，创作的时间前后近十年，也是艾略特的压卷之作。在体裁上，艾略特使用的是独白体。在结构上，他使用了速度互异曲式不同的五个乐章的音乐原理。在主题上，他深入而持久地探索宗教的境界，企图把握时间与永恒，变与常之间的关系，并且修养一种无我的被动状态，借以在时间之流中获致超时间的启示。完整的形式，贯彻的主题，以及持续的形而上的思考，使《四个四重奏》成为一组异常坚实的作品。

时间，是艾略特作品中最重要的“萦心之念”。在他的诗中，目前所发生的一切，往往牵连到个人的种种回忆和欲望。回忆是过去，欲望是未来，因此这种纠结将不同的时间（今、昔、未来）压缩在诗的平面上。而织入这一切纠结的图案中的，是个人所属的全文化的背景、宗教、神话、古典文学，也就是说，全民族合做的一个梦。一个有文化修养的心灵，几乎一举一动，都联想到与他个人的经验交融叠现的，已被经验化了的古典意境。

同时，在艾略特的世界里，内在的感情和心境很少直接描述出来；这种情思，往往非常间接地不落言筌地反映在目之所遇耳之所闻感官经验所接触的外在的事物上面。因此，对于艾略特，外在发生的一串事情，或呈现的一组物象，就形成了内在的某一种情绪。这种平行叠现的连绵不断的发展，相当于小说中处理的意识流。艾略特自称这种手法为“客体骈喻法”（objective correlative）。在这样的安排下，他的诗将暗示扩至极大，且将说明缩至极小。这种化主为客，寓主于客的跳越与移位，加上时间的压缩，和纷繁的典故，构成了艾略特的“难懂”。可是，由于意象鲜明，节奏活泼，文字精确而敏锐，艾略特的诗恒呈现一种超意义的感官上的透明，往往能使读者在典故和说明之外，得到（或多或少的）纯主观的感受。

论者或以艾略特比拟百年前的安诺德。两人确有不少地方相似。在批评方面，两人都是一代的文化大师，都具有权威性，都崇尚古典的传统，且反对浪漫的倾向。中年以后，两人都写了不少社会批评，且反对由科学来领导社会。在诗一方面，两人的主题都是病态社会中病态的个人。当然，安诺德的诗对十九世纪末的影响，远不如艾略特对二十世纪的影响深邃。

然而艾略特对于现代诗人的影响，也不完全健康。他的主知主义（intellectualism）的诗观和诗风，于廓清浪漫主义的末流，扫除伤感的文学方面，曾有重大的贡献，但也无形中矫枉过正，阻碍了年轻一代抒情的冲动，以致青年作者落笔时往往故作少年老成心灰意冷之状。于是所谓现代诗，往往成了青年写的老人诗。现代诗在情诗方面的歉收，一大半要归咎于艾略特。另一方面，艾略特像他的朋友庞德和乔艾斯一样，不但学问渊博，抑且兼通数种文字，因而在作品中引经据典，出古入今，吞吐神话和宗教。一般青年作者趋附成风，但才力不足以驱遣前人遗产，遂演成驳杂破碎的局面。所以狄伦·汤默斯一出现，艾略特的地位便开始动摇了。近十多年来，年轻一代的诗人似已渐渐摆脱了那种矫枉过正的主知和以诗附从文化骥尾的作风。

艾略特自己的诗，在后人的评价上，也许会不如今人那么推崇。他的视域并不宽广。他的兴趣，在本质上似乎仍是宗教的，因此他的注意力似乎集中在人性的两端（在圣贤与罪人身上），而几乎无视中间的广阔经验。他在社会思想上的保守，也使不少崇拜他艺术成就的作家们感到失望，甚或愤怒。

一女士之画像

你已经犯了——
和奸之罪：但那是在异国，
何况那女孩已死去。

—— 马耳他的犹太人

一

十二月的一个下午，四周是烟是雾，
你让景色自己去安排—— 看来是如此——
说："我特地空出这个下午来，为你；"
此外是暗了的房中，四支蜡烛，
四圈光环，投在头顶的天花板上，
一种气氛，像朱丽叶的坟墓，
准备了，为一切事物，要讲的，或不讲。
我们刚去，不妨说，去听最近的波兰人
传递那些序曲，由他的指尖和长发。
"好亲切啊，这萧邦，我想他的灵魂
只可以复活在几个知己之间，
二三知己，不会去触抚那花朵，
在音乐室中那花被揉过，被盘问过。
—— 对话就这样子溜滑，

在淡淡的欲望和小心捕捉的懊悔之下，
透过小提琴瘦长的音调，
融和着远漠的小喇叭，
开始说道。
“你不知道他们对我多重要，那些朋友，
你不知道多稀罕多奇怪啊，去找寻，
这么，这么零零碎碎拼起来的一生，
（说真的我才不喜欢呢……你知道？你眼睛真灵！
你真是好会观察！）
去找寻一个朋友能具备这些条件，
具备，而且能付出
这条件，友情就靠这些做基础。
我对你这么说，有重大的意义——
要失去这些友情——生命，多可怕！”

　　在曲折的小提琴
和嘶哑的小喇叭
那种歌调的围绕下，
我的脑中升起一种单调的鼓声，
荒谬地，自个儿的序曲敲了又敲，
游移不定的单腔单调，
至少那是一个确定的“假音符”。
——让我们去换换空气，烟味好闷人，
去欣赏那些碑石，

讨论新鲜的时事，
校正我们的表，向街上的钟楼，
然后坐半个钟头，喝点啤酒。

二

正是紫丁香开放的花季，
她供了盆紫丁香在房里，
她一面捻一朵，一面谈心。
“啊，朋友，你不知道啊，你不知道
生命是什么，生命就握在你手里”；
（慢慢捻着紫丁香的细茎）
“你让它流啊流，你让它流掉；
年轻是残忍的，也不懂懊恼，
看不见别人的处境，反当作笑话。”
我笑笑，只好，
且继续喝茶。
“看这些四月的落日，总教人想起
埋葬了的一生，和春天的巴黎，
只感觉无限地安静，发现这世界
还是好奇妙，好年轻啊，到底。”

那声音又响起，像一把破提琴，
在一个八月的下午，坚持着走音：
“我一直相信，你能够明白

我的感情，一直相信你敏感，
相信隔着鸿沟你会把手伸过来。

　　你不会受伤，你没有阿岂力士的弱点。
你会前进，而当你已经得胜，
你可以说：许多人在这点功败垂成。
而我有什么呢，我有什么啊，朋友，
有什么好给你，你能接受我什么东西？
除了一个人的同情和友谊，
一个人，快到她旅途的尽头。

　　我只好坐在这里，倒茶给朋友……”

　　我拿起帽子：我怎能懦怯地补偿，
为了她对我说过的话？
每天早晨你都会见我，在公园里
读漫画和体育版的新闻。
特别，我注意
一个英国伯爵夫人沦为女伶。
一个希腊人被谋杀于波兰舞中，
另一个银行的欠案已经招认。
我却是毫不动容，
我始终保持镇定，
除了当手摇的风琴，单调且疲惫，
重复一首滥调的流行歌，

有风信子的气息自花园的对面飘来，
使我想起别人也欲求过的东西。
这些观念是对还是错？

三

十月的夜色落了下来；我重新回头，
只是微微地感到有点不对劲。
我攀上了楼梯，转动门的把手，
且感觉似乎用四肢在地上爬行。
“原来你要出国了；你可有归期？
不过这是多此一问了。
你也不知道何时才回国，
你会发现有好多要学习。”
我的微笑，沉重地，向古玩堆中陷落。

　　“也许你可以写信给我。”
有那么一刹那，我的镇定燃起；
这，正如我所预期。
“近来，我一直常感到奇怪，
（不过开头时谁也不知道结局！）
怎么，我们竟没有发展成知己。”
我的感觉像一个人，笑着笑着，一转身，
猝然，在镜中瞥见自己的表情。
我的镇定融解着；我们在暗中，当真。

“大家都这样说，我们所有的朋友，
大家都相信，我们的感情会接近，
好亲好亲！　我自己也弄不明白。
这件事只好交给命运。
总之啊，你要写信。
也许还不晚，这事情。
我只有坐在这儿，倒茶给朋友。”

而我必须向每一个形象的改变
去借用表情……必须跳舞，跳舞，
如一头狂舞的熊，
呜呜如鹦鹉，喋喋如猿。
让我们去吸口空气，这烟味像闷雾——

唉唉！　万一有一个下午她死去，
灰烟蒙蒙的下午，玫瑰红的黄昏；
万一她死去，留下我在桌前，笔在掌中，
而烟雾降下来，在人家的屋顶；
不能决定，一时
不知道该怎样感觉，懂还是不懂，
究竟是聪明或愚笨，太早或太迟……
这样岂不也对她很相宜？
这音乐好成功，拖一个“临终的降调”。

说到临终——
我应否有权利微笑？

《一女士之画像》是艾略特早年的第二首作品，可以代表他早期的一般风格。在主题上，它可以说是《普鲁夫洛克的恋歌》的姐妹篇。不同的是："普"诗的诗中人是一个未老先衰自疑是性无能者的中年人，而《一女士之画像》诗中人是一个不肯接受老处女（那位女士）爱情的青年；前者引经据典，后者较为平实；前者文字比较繁复，后者文字较为口语化，表现的方式也较为戏剧化。老处女和青年人之间关系的发展，历时约为一年，随着季节的互异（十二月、四月、十月）而起变化。值得注意的是：诗中角色虽有二人，说话者始终是那位女士，内心的反应则属于那位青年人，处理手法非常细腻。副标题三行，摘自伊丽莎白时代戏剧家马罗的作品。"你已经犯了"和"和奸之罪"中间的破折号很重要，因为它暗示了诗中人犹豫不决的心情。

波士顿晚邮

《波士顿晚邮》的读者们
摇摆于风中，如一田成熟的玉米。

当黄昏在街上蒙胧地苏醒，

唤醒一些人生命的欲望，
且为另一些人带来《波士顿晚邮》，
我跨上石级，按响门铃，疲倦地
转过身去，像转身向罗希福可点头说再见，
假使街道是时间，而他在街的尽头；
而我说，“海丽雅特表姐，《波士顿晚邮》来了。”

罗希福可想即拉罗希福可（La Rochefoucauld, 1613–1680），法国讽刺作家，以为人类一切行为之动机不外是自私自利。

小亚波罗先生

何等新奇！赫九力士在上，何等矛盾的调和！斯人也，创意何等高明。

卢 先

当小亚波罗先生来访问美国，
他的笑声在众人茶杯里琤琤响起。
我想起佛拉吉连，赤杨林中那害羞的影子，
想起灌木丛中的普赖厄帕斯
张口凝视秋千架上的贵妇。
在佛拉克斯夫人的宫中，鲍张宁教授的寓所，像一个不负责任的胎儿，他笑呵呵。
他的笑声自海底沉沉传来，
声如海中的老人，
藏在珊瑚的岛底，
是处溺者不安的尸体漂坠，在绿色的静寂，
坠自海涛的手指。
我寻找小亚波罗先生在椅下滚动的头颅。

　　或者在一张帘幕上露齿而笑，
发间飘动着海藻。
我听见人马妖的四蹄在践踏坚硬的草地，
当他干涩而热情的谈话吞噬着下午。
“他真是好迷人”——“他究竟是什么意思？”——
“他的尖耳朵……他一定心理不平衡，”
“他刚才说的话，有一点我真想质问。”
至于富孀佛拉克斯夫人和鲍教授夫妇，
我只记得一片柠檬，和一块咬缺的甜饼。

　　本诗原题是 *Mr. Apollinax*。Apollinax 的意思是 son of Apollo，故译为“小亚波罗先生”。卢先（Lucian）是二世纪希腊散文作家。普赖厄帕斯（Priapus），酒神戴奥耐塞斯与爱神阿芙罗黛蒂之子，园圃之神，亦生殖力之象征，后转为淫神。佛拉吉连和普赖厄帕斯，都是法国十八世纪画家傅拉果纳（Jean Honoré Fragonard）名画《秋千》中的角色。鲍张宁教授（Professor Channing–Cheetah）显然是艾略特自撰的复合词：张宁可能指美国唯心论者 William Ellery Channing；至于 Cheetah，原属豹类，故译为谐音的“鲍”。“海中的老人”应指海神普洛丢斯（Proteus）；至于珊瑚岛等意象，又似乎和莎士比亚的《暴风雨》发生联想。第二段第三行想系影射马拉美的《牧神的下午》（*Afternoon of a Faun*）。

把“张宁”和“豹”连缀在一起而铸成新词，正是艾略特以不类为类的惯技。“张宁”是文明的，“豹”是野蛮的；这种结合，正是小亚波罗先生的矛盾特质，因为在本诗中，小亚波罗一方面害羞而且多智，另一方面却又粗鲁而野蛮。他的一举一动，都反应在诗中人“我”和宾客的感想之中，且以生动的意象呈现出来。笑和海，是本诗的两个基本意象；把本诗中海的意象和《普鲁夫洛克的恋歌》中海的意象作一比较，将非常有趣。最后的两行说，关于佛拉克斯夫人和鲍教授夫妇，诗中人所留下的印象，只是一片柠檬和一块咬缺的甜饼干而已。也就是说，等于没有什么印象，不过是又一次的酒会罢了。显然，这是一首讽刺诗。

本诗间或用韵，译文未全遵从。

三智士朝圣行

“好冷的，那次旅途，
拣到一年最坏的季节
出门，出那样的远门。
道路深陷，气候凌人，
冬日正深深。”
驼群擦破了皮，害着脚痛，难以驾驭，
就那么躺在融雪之上。
好几次，我们懊丧地想起
半山的暑宫，成排的平房，
以及绸衣少女进冰过的甜食。
然后是驼奴们骂人，发牢骚，
弃队而逃，去找烈酒和女人，
营火熄灭，无处可投宿，
大城仇外，小城不可亲，
村落不干净，而且开价好高：
苦头，我们真吃够。
终于我们还是挑夜里赶路，
赶一阵睡一阵，
而一些声音在耳际唱着，说
这完全是愚蠢。

然后曙色中我们走进了一个温和的谷地，
潮湿，在雪线下，草木的气息可闻；
有一道奔流的溪水，一扇水车旋打着残夜，
有三棵树在低低的天边，
还有匹老白马在牧场上奔向远方。
然后我们来到一个客栈，门端攀着青藤，
六个汉子在敞着的门口赌着银子，
且赌且踢空皮酒囊子。
但是问不出什么消息，便朝前赶路，
天暗时到达，一刻钟也不早，
就摸到那地方；真是（可以说）恰好。

这是好久以前的事了，我记得。
再走一次我也愿意，只是要记下，
把这点记下，
这点：带了我们那一大段路，究竟为了
生呢，还是死？是有一个婴孩诞生，真的，
有的是证据，不容怀疑。 我见过生和死，
一直还以为是两件事情；这种诞生
对我们太无情，太过痛苦，如死，如我们的死。
回是回到家里来了，回到这些王国，
但不再心安理得，对着祖传的教规，
对着抓住自己偶像的这一批陌生的人民。
我真是乐于再死一次。

《三智士朝圣行》发表于一九二七年，是艾略特中年的作品。也就在那一年，艾略特归化为英国人，且改奉英国国教。此后他的作品便渐渐趋向宗教，趋向心灵的宁静与形而上的思考。这首诗在体裁上属于“独白体”（monologue）；它所处理的，是东方三智士之一，事后追忆他们当日如何在隆冬的气候里，跋涉到耶路撒冷去朝拜圣婴，以及那种经验如何改变了他的信仰。

开头的五行，根据十七世纪初英国神学家安德鲁斯（Lancelot Andrewes）的一篇圣诞节讲道词，而略加更动。第二段的前半有几个意象，影射新的生机和未来的灾难。所谓“有三棵树在低低的天边”，是影射耶稣死时的三个十字架：耶稣即钉死在居中的十字架上。所谓“六个汉子在敞开的门口赌着银子”，可能是指当日兵卒们为决定耶稣的衣裳谁属而掷骰子，而犹大为了三十块银竟出卖了耶稣。最后一段，似乎是说，耶稣之生，导致三智士自身信仰之幻灭。因而末行说“我真是乐于再死一次”，也就是说，愿意让自身对基督的信仰幻灭，以恢复往日异教的信仰。

《三智士朝圣行》是艾略特作品中最平易朴素的一首，节奏在自然的伸缩之中有一种庄严感。自由诗能写到这么顺畅而不松懈，真是罕见。

John Ransom

1888—1974

兰逊

—— 南方传统的守护人

美国的南方，不但在政治和社会的形态上，有异于北方，即在文学的观念上，也处处要和北方，尤其是新英格兰优厚的文化传统，一争短长。各方面都居于劣势的南方，在潜意识里一直不甘向北方臣服。早在十九世纪，来自南方的诗人坡，就一直未能在文学界得意。另一位南方的诗人兰尼尔（Sidney Lanier），曾如此讽刺过惠特曼："因为草原是那么广阔，所以荒淫的勾当变得应该赞美，因为密西西比河那么长，所以每一个美国人都是上帝。"

一九三〇年，南方的十二位作家联合起来，发表了一部宣言式的论文集，叫《我的立场》（*I'll Take My Stand*），副标题叫"南方与农业传统"（The South and the Agrarian Tradition）。这十二篇文章的主要论点，是说南方的农业文化，是欧洲文化的真正继承者，且因深深植根于泥土，所以是真能和生活方式融和无间的人文主义；至于北方，由于接受了机器，偏重了科学，已经成为畸形的混乱的工业社会，因此新英格兰的文化大师如白璧德者所倡导的新人文主义（New Humanism），既不切题，也不具体。这种论调，正说明南方人的保守倾向，在社会思想上依恋农业文化，在文学思想上则采取古典态度。他们反科学，反工业文明，也反浪漫与民主，因此在文学批评上颇接近艾略特。实际上，北方的诗人们自己，也一样在作品里批评北方。例如康明思和玛莲·莫尔，就再三讽刺过新英格兰没落中的传统。艾略特的作品和孟福（Lewis Mumford）的批评，也很容易成为南方作家攻击北方的借口。俄亥俄出生的北方诗人哈特·克瑞因，企图将机器吸收进现代诗中，企图处理布鲁克林大桥、飞机和地下铁道，像古典诗人处理城堡和帆船一样自然。但是他失败了，三十三岁还不到，便投墨西哥湾而死。泰特认为，他的死是现代都市生活的压力所导致的。泰特更认为，只有“地区性”的作者，才能够利用“欧洲与美国”的全部文学传统；至于“全国性”的作家，不是作天真的旁观如桑德堡，便是像哈特·克瑞因一样，企图从自己的头顶心将神话注入美国。

这些南方的作家，以田纳西州纳许维尔的梵德比尔特大学为大本营。由于他们坚持农业社会的价值，所以他们又叫作“农村派”；由于他们在一九二二年至一九二五年间编过一本叫《亡命客》（*The Fugitives*）的刊物，所以在文学史上，亦以“亡命客”著称。

兰逊是这一派作家的领导人物。一八八八年，他生于田纳西州的普拉斯基。在梵德比尔特大学毕业后，他获得罗兹奖学金，去牛津大学研究古典文学。一九一三年，他获得该校文学学士学位；翌年，即回到梵德比尔特大学的英文系任教。兰逊在梵大先后凡二十三年，不但成为所谓“亡命客”作家与批评家的中坚，更成为南方文坛的重镇。一九三七年，他转去坎延学院，任英文系教授，并创办后来驰名文坛的《坎延评论》。

兰逊对现代文学的两大贡献，是诗和批评。无疑地，他是二十世纪美国的一流诗人，然而他的诗纯然来自南方，亦即基本上是英国的传统。他的诗在字面上有一种古色古香的味道，似乎是伊丽莎白和詹姆斯一世时代的文字和思想方式，移植到田纳西州以后，经过了新大陆的蜕变一样。尽管兰逊的诗给人一种文化悠久背景深厚的感觉，他的作品仍是现代的，且具有现代诗的繁复性与晦涩。“机智”与“反喻”（irony）是他写诗的两种特质。早期的现代诗，均以浪漫主义的伤感为诫；兰逊的作品，处理的虽是浪漫主义的题材，但处理的方式却是半古典而半嘲弄的手法。他的风格，细致而矜持，属于自觉的一型。他的感情尽量避免直接的铺陈。在一本诗集的题词中，他说：

实实在在，我有一份悲切，
我颤抖，但不像一张树叶。

自一九二七年以后，兰逊的作品更趋艰奥。而一九三七年以后，他的兴趣也渐渐转移到批评上去了。二十世纪二十年代末期崛起于英国的“新批评”（New Criticism），在三十年代中传布到美国，到了二次大战以后，更有君临学府的文学批评之势。一九四〇年，兰逊出版了《新批评》一书，评论瑞恰兹、艾略特、安普森及温特斯四人之得失，更奠定了新批评在美国的学术地位。所谓“新批评”，旨在使文学批评针对作品本身的结构和内在的意义，而不涉及历史的背景或作者的生平，也就是说，对作品本身，作一种“非历史的阅读”（unhistorical reading）。兰逊主编文学杂志并任文学教授，先后已逾半个世纪，因此在文坛和学府具有重大的影响。非但南方的名作家如泰特和华伦，即北方的名诗人如罗贝特·罗威尔者，都出于他的门下。一九三八年，他出版的一本论评集《世界的实体》（*The World's Body*）曾指出，诗的任务在于表现经验的整体或“实体”，而这是以抽象为务的科学所无能为力的。人文与科学（包括自然科学与社会科学）之争，在诗与科学之争中，表现得最为剧烈。兰逊和其他南方作家的批评论点，他们的反工业社会的态度，正是最好的说明。

走廊之歌

——我是个绅士，衣着尘衣，想劝你
听话。你的耳朵柔软又娇小，

完全听不进一个老叟的唠叨，
你只听少年的低语，和叹息。
可是，看你架上的蔷薇哪，已垂毙。
听哪，幽灵般吟咏着的月光；
我得马上接走我可爱的姑娘，
我是个绅士，衣着尘衣，想劝你。
—— 我是个少女，在美丽地等待，
等真心的情人来，我们就接吻。
可是葡萄藤后，哪来这灰衣人，
说的话枯涩而微弱，像个梦魂？
放开花架，先生，不然我叫救命！
我是个少女，在美丽地等待。

兰逊的诗均以南方社会为背景，这首诗也不例外。美国南方的古屋常有宽阔的走廊，谓之 piazza。《走廊之歌》是一首意大利体的十四行，颇富戏剧性：前半阕（octave）是一个老人的口吻，后半阕（sestet）则出自一少女之口。老者实际上就是死亡的化身。所谓“尘衣”（dustcoat），就是影射死亡，因为在英文里，dust 具有“尘土”“尘躯”之意。陆游不也说过“此身行作稽山土”吗？凡死亡所笼罩的东西，都会枯萎，所以架上的蔷薇垂毙，而月光也作幽灵的吟咏。月本来就是一个无生命的天体。少女在闺房里等她的情人。她的情人是来了，可是她不知道。这灰衣的老叟，言语枯涩，状若幽魂，怎么会是她等待的情人呢？

这正是西方最古老的寓言之一“死亡与少女”的主题。陈祖文先生也译过这首诗，且有很详尽的诠释。

走索者

满心是她白皙的长臂和乳色皮肤，
他曾有一千次记起了罪恶。
独自在拥挤的人群中浪游着他，
念她的风信子，香脂，和象牙。

他记起那嘴：那妙异的穴洞，
扇吻的熏风啊，就来自洞中。
直到冷语盘旋而下，自脑际，
灰鸽子群，从多事的塔顶扑至。

肉体：一片白田准备给爱情，
她肉体的田中，竖着清瘦的塔影，
有百合盛开，央他去进占，
只要他肯采来佩戴，揉碎，折断。

眼睛在说话：莫听那峻辞冷言，
抱我的花吧，但莫抱那些利剑。
但眼睛所说的，立刻飞来鸽群

加以否定，童贞啊童贞，群鸽悲吟。

她急切的鸽群。太纯，太乖，
攀附在他的肩头，说，快起来，
离开我，让我们永不再见面，
永恒的距离命令你走向遥远。

真是困难的处境，能够显现
自尊，在盗贼之间，情人之间。
哦，自尊是小小的字眼，对他们！
但灰色的字眼已介入，像钢样冷。

终于见这对情人已完全进入
左右两难的平衡，接受惩处；
可惊已两相誓绝，但实际上
仍紧系在一起，不能够遗忘。

苛严似痛苦的双星，而且旋转
不自由的天地，绕着多星的夜晚，
燃烧着猛烈的爱，总想要亲近，
但自尊将他们禁止，拆开他们。

拘谨的情人啊，他们已经沉沦！
愤然我呼唤。但又将眉头锁紧，

为那些受刑而英勇的人思索，
我大发议论：人啊，你要什么？

转尽你的期限，吸尽这口气，
死后是比较仁慈的时期。
你愿意升天国，无肉体而居？
或是携肉体而无自尊，去地狱？

在天国你听说没有人结婚，
没有白肌被你的情欲引焚，
塑造得多美妙，你两性的体素
崇高地耗尽，热血也会干枯。

伟大的情人卧在地狱，顽固
的情人被骸上的肌肤迷住；
吻时皆陶然，将对方撕了又撕，
碎片仍吻下去，永无休止。

仍然我望他们旋转，相逐翩然。
他们的火焰并不比冰凌更光灿。
我挖掘沉寂的泥土，建造坟墓，
且刻上这诗句纪念他们的劫数：

墓志铭

走索者卧其中；过客啊放轻脚步；
彼此相睇，亲近，但永不接触；
嘴唇成土，高昂的头颅成灰，
让他们并卧吧，危险而华美。

《走索者》(*The Equilibrists*) 发表于一九二七年，是兰逊最有名的作品之一。诗以“走索者”为题，因为情人在灵的纯净与肉的炽烈之间要维持一个平衡的状态，正如钢索上的卖艺人必须避免偏右或偏左一样。可是平衡是很难维持的：成全了崇高的灵魂，就荒废了沃美的肉体；满足了旺盛的情欲，又亵渎了彼此的清新。登天国必须捐弃血肉之身，全血肉之身又必须受难于地狱。难乎其为情人。兰逊的建议是：“彼此相睇，亲近，但永不接触。”正如天文学上所谓的“联星”(binary)，相对环绕着一个共同的重心旋转。这种譬喻很有点邓约翰的味道，因为玄学诗人都喜欢以科学入诗。天文学上的联星，恍惚看去似乎是一颗星，仔细研看就发现原来是相近而不相交的双星。

这首诗的前四段描写肉体的诱惑，所用的是传统的文字，可以参阅《所罗门之歌》第一章十三节至十四节，第四章一至七节。后面各段则援引基督教的贞洁观，主要是影射但丁和亚瑟王的传奇。第四段说，“莫抱那些利剑”，因为在中世纪的传奇里，情人相诫守身之道，往往是一柄武士之剑。相传依修德与崔士坦（Iseult and Tristan）在旅途中夜宿，置一支柄呈十字的武士剑在中间，以绝欲念。第十一段说，“在天国你听说没有人结婚”，典出《马太福音》二十二章三十节。第十二段说情人吻时互撕而吻不止，其实是《神曲》地狱中为情所苦而无体可依的两幽灵（Paolo and Francesca）的倒置景象。

她的眼睛

天赋我认识的一个女人
两只眼睛，那颜色真过分：
中国的蓝。

而我在头上佩戴的双瞳，
有时候绿，有时候红，
我说道。

母亲的眼睛阴湿而模糊，
妹妹的呢也不太清楚，
可怜的傻女人。

有这样天赐的，真是稀罕：
一对眼睛，这么彻底的蓝，

又这么新。

究竟她怎样保护这双瞳，
能免于暴日眈眈和咆哮的风，
毫无伤害；

难道它们从未在夜间
被毒害于人造的光线，
那样强烈；

难道这美丽的野兽没有心，
没有心用痛苦烤，用泪水烹
视觉的区域？

我不要和这双眼惹上关系，
这双眼不仁慈，也不懂事：
天大两个谎。

射这样蓝火焰的女人，
只怕要招来一些议论，
损她的名声。

Conrad Aiken

1889—1973

艾肯

—— 浑沌的旋律

在现代诗坛上，艾肯的辈分属于艾略特和庞德的一代。他早年的名诗《圣陵的一生》，出版于一九一八年，与艾略特初期的《普鲁夫洛克的恋歌》大约同时。他的诗创作远比艾略特多产，但是他对现代诗的影响，远不及艾略特的深邃，他的诗人地位，也远逊于艾略特。艾略特尝言，散文不妨追求理想，但诗必须处理现实。艾肯一开始就不准备在诗中处理现实，他所刻意追求的，只是一种轮廓模糊、思想暧昧的虚无缥缈的境界。这是他作品的特质，也是他作品的基本弱点。

艾肯的诗，脱胎于法国的象征诗派。他对音乐具有偏爱，似乎以为音律可以取代意义，而不明白音律必须附丽于意义，充其量只能加强意义罢了。文学史的经验告诉我们，过分偏重音律的作者，很少能成为大诗人：沈约是如此，兰尼尔也是如此。艾肯比他们走得更远：他不但偏重音律，甚至企图用音乐的技巧来创作，以致标题也尽是“序曲”“交响曲”之类。论者或谓，艾肯的诗中有一种异常飘逸的旋律，可以比美萧邦甚或杜步西的音乐。但是诗究竟不是音乐：对于音乐家而言，声音本身就是意义，但对于诗人而言，声音究竟不能脱离意义而独立。是以艾肯的诗，每每诵之悦耳，但拆开来后，却如七宝楼台，不成片断。

批评家们对于艾肯的评价颇不一致。早在一九二〇年，亚尔德斯·赫克斯里（Aldous Huxley）就讽刺艾肯为“讨人欢喜的七彩烟雾的制造者”（an agreeable maker of coloured mists），但尚未找到一种思想的模式，以集中自己游移无定的含糊的感情。一九三一年，皮特森却在他写的艾肯传记《浑沌的旋律》（*Melody of Chaos*）中说道：“在旋律和七色雾和心理的错综状态之外，艾肯之诗最突出的优点在其思想之模式，没有别的作家能像他这样努力且有效地经营这种模式了。”数年前，《时代周刊》的书评栏，曾称艾肯为“被追上了的先驱”。

艾肯在文学上的成就，并不限于诗。他对于心理学的兴趣，不但表现在诗中，也流露在小说之中。他曾经出版过好几部小说和一部自传。他的短篇小说甚得好评，尤其是收集在《寂静的雪，隐秘的雪》（*Silent Snow, Secret Snow*）中的几篇。艾肯在文学批评方面亦颇有成就。他整理狄瑾荪遗稿并唤起文坛对她的注意，也是功不可没的。

艾肯虽是南方人，却喜欢住在北方，尤其是马萨诸塞州的鳕岬。他出身于哈佛大学，和艾略特、李普曼等是同届同学，也是哲学大师桑塔耶纳的及门弟子。一次大战后，他定居在英国好几年，之后回到哈佛任教，不久又去英国，如是往返者多次。艾肯不爱教书，也不爱在公开场合活动。他曾获一九二九年的普利泽诗奖，并担任了两年的国会图书馆诗学顾问。关于艾肯的诗，林以亮先生有一篇很精当的分析，见今日世界社出版的《美国诗选》。

圣陵的晨歌

这是早晨，圣陵说，在如此的早晨，
当曙光滴进百叶窗，像露珠晶晶，
我起身，我面临这日出，
而且做先人学做的事情。
屋顶的紫色朦胧里，有星星
在郁金的雾中苍白，似将死去，
而我自己在一颗疾转的星上，
站在镜前，打我的领结。

爬藤的叶子敲我的窗子，
露滴向园中的白石歌唱，
知更鸟在中国树上啭起
一连串清越的三响。

这是早晨。　我站在镜前，

又一次打我的领带。
而远方，在淡蔷薇的晓色里，有波浪
在冲击白沙的沿海。
我站在镜前，梳我的头发：
小而苍白是我的脸！——
绿色的地球斜转于一圈大气，
且浴于燃烧的空间。

此刻有屋子们悬在星上，
也有星子们悬在海底……
而远方有一个太阳自沉默的壳中
洒圆晖于我的墙壁……

这是早晨，圣陵说，在如此的早晨，
我应否停步于光中，且回忆上帝？
直而稳地，我立在一颗不稳的星上，
他像是一朵云那样庞大而孤寂。
我愿在镜前将此刻奉献，
只奉献给他，为他我愿梳我的头发。
请接受这些渺小的供献，沉默的云！
我将念你，当我自楼梯走下。

爬藤的叶子敲我的窗子，
蜗牛的轨迹在石面闪光，

露滴耀眼于中国树梢，
一连串清越的两响。

这是早晨，我醒自一床的沉寂，
焕然我起身，自无星的梦之海底。
四壁仍环绕着我，像昨日黄昏，
我仍是我，我仍用同样的名字。
地球随我而旋转，但没有动作，
群星在珊瑚红的太空默默地苍白。
吹着口哨，我茫然立在镜前，
无牵无挂，打我的领带。

远处的山岗有马群在仰嘶，
且抖开长长的白鬣，
群峰在白蔷薇的曙光里闪动，
肩上有黝黑的雨滴……
这是早晨。 我站在镜前，
再度给我的灵魂以惊异；
蓝色的空气在我的屋顶汹涌，
有许多太阳在我的脚底……

这是早晨，圣陵说，我升自黑暗，
乘空间的风去我不知的地方，
我的表已上紧，我的袋中有一把钥匙，

天空被遮暗，当我自楼梯下降。
窗上有许多阴影，天上有许多云，
星间还有个上帝；而我要去了，
一面念他，像我也可能念着黎明，
且哼着我熟悉的曲调

爬藤的叶子敲我的窗子，
露滴向园中的白石歌唱，
知更鸟在中国树上啭起
一连串清越的三响。

中国树（chinaberry tree, or China tree），美国南部一种紫花黄果用为装饰的荫树。

陨星

一颗星陨了，又一颗星，当我们同行。
举起手指着西方，他说——
—— 那太空真会挥霍星星！
它们陨落又陨落，而太空依然是太空。
又殁了两颗，而宇宙依然是宇宙。

那么，让我们别吝惜自己的思想，

别吝惜自己的言语，别将它们锁藏，好像
我们视自己的心灵是宇宙，它会改观，
会减去颜色，当一个字陨降。
让我们尽情挥霍，如宇宙；
丢我们所丢的，给我们能给的——
我们依然是我们。　你失去一颗行星？——
是土星陨了？　那么让他带他的金环，
驰入被遗忘的一切之终站。
哦，心灵之宝库的小小守财奴，
裹字句于欧薄荷的香料而加以收藏。
为了他日的炫耀：而你，你保存我们的爱，
好像我们的爱之世界还不够丰富！

让我们淡视自己的字句和世界，
挥霍它们，如秋树挥霍它的丛叶；
在最需要赠予的地方赠予它们。
省这些下来做什么—— 省给一夜寒霜？
一切莫名地冻毙，而我们化成魍魉。

Dorothy Parker

1893—1967

派克夫人

—— 足够的绳索

派克夫人（Dorothy Parker）本姓罗斯蔡尔德（Rothschild），生于一八九三年，是美国的诗人与短篇小说家。她的诗，犀利，明快，富于感伤与自嘲的味道，在半世纪前的美国诗坛曾风行一时，从者甚众。那些短短的抒情小品，大半发表于《纽约客》；后来收集在三个集子里：《足够的绳索》《黄昏炮》《死与税》。《挽歌》便是《足够的绳索》的第一首。她的短篇小说《男女之间》见“近代文学译丛”之五，卞铭灏先生译的《爱之谜》。

西班牙内战期间，派克夫人曾前往任通讯记者。死于一九六七年。

挽歌

丁香花开得照样地芬芳，
尽管我如今已心碎。
如果我将它抛掷到街上，
谁会说这关系着谁？
如果有一人骑马而驰去，
我何必黯然伤神？
有泪水滋味的嘴唇，人说，
最宜于用来接吻。

守望着晨星的两只眼睛
似乎比平时有光彩；
伸向黑暗的两条手臂
通常会比较洁白。
难道我应该拒绝那过客，
系我的前额以垂柳，
当人人都说空虚的胸脯
是更加柔软的枕头？

一颗心铿铿然坠下地来，
别以为它从此就休止。

镇上每一位合适的男孩
都可以将碎片收拾。
如果有人吹口哨而走过，
难道我因此会伤心？
让他去猜想我是否说谎，
让他去半疑半信。

简历

剃刀太痛苦；
河流又潮湿；
硝酸太玷污；
毒药会抽搐。
用枪怕犯法；
上吊会松掉；
瓦斯太可怕；
你还是活下去好。

不幸巧合

你海誓说你对他倾心
　又发抖，又哀怨

而他山盟说他的热情
　广阔，无边又无限
小姐，把盟誓记住
　必定有一边是谎言

双行

女孩子要是戴眼镜，
男人就少来献殷勤。

E. E. Cummings

1894—1962

康明思

—— 拒绝同化的灵魂

一九六六年的春季，我在西密歇根大学开了一班“英诗选读”。某次，讲到康明思的作品，我问班上一位学生，康明思是何等人物。

“三十几岁的青年诗人吧，我想。”

康明思的诗，那种至精至纯的抒情性，的确给人一种年纪轻轻的感觉。本质上，康明思是二十世纪的一大浪漫诗人。年轻人的激情，以及对于纯粹价值的信仰，正是浪漫特质的表现。浪漫文学在本质上可以说就是年轻人的文学。可是二十世纪前半期的文学思想，无论在白璧德或是艾略特的影响之下，都是反浪漫的。从艾略特到奥登一脉相传的现代诗，背负着深厚的文化，怀抱着玄学派的知性，简直是中年人的文学。康明思是现代诗坛的潘彼德，一个顽皮得近乎恶作剧的问题少年。一直到六十七岁去世为止，他似乎一直都不曾长大。艾略特则是现代诗坛的普鲁夫洛克，似乎从来不曾年轻。康明思诗中的情感非常明朗，艾略特的则非常暧昧。康明思诗中的情人是年轻的，那爱情，是浪漫的，那情人，总是狂热地肯定着爱，精神上的以及肉体上的爱。艾略特笔下的情人总是未老先衰，或是虚应故事，谈到爱情，总是顾左右而言他，令人怀疑他性无能。总之，在艾略特的世界里，爱情只是一个弱点，一种困扰，并无光荣可言；但是对于康明思，它是一种神恩，灵魂赖以得救，肉体赖以新生。美国的青年那样迷康明思，甚至到他纽约寓所的窗下去弹琴唱歌，不是没有原因的。

康明思和艾略特的相异之点，当然不止这些。在思想上，艾略特俨然以西方的耶教文化为己任，他向往的是一个以人文价值与古典传统为基础的，井然有序的同一性质的社会；康明思则是一位独来独往的个人主义者，他反对权威和制度，反对一切有损个人尊严及自由的集体组织。爱和自由，是康明思的两大信仰。艾略特论诗，首重“无我”（impersonality）或“泯灭个性”，那意思是说，一位诗人应该舍己就诗，而不是屈诗从己，也就是说，一首诗中的感情是一种非个人的存在，而不是诗人生平的记录。这种观点，和康明思那种崇尚自由发扬个性的风格，是截然不同的。

康明思的作品，大致上可以分成抒情诗和讽刺诗两大类。前者包括一些精美绝伦的情诗和自然诗（poems of nature）。爱情和春天，是康明思不断歌颂、不断加以肯定的东西。他肯定爱，因为爱使人自由，且赋生命以意义。

他肯定春天，因为春天是活力的起点，也就是自然界的爱。照说在诗的传统之中，这些原是被写得最俗最滥的主题，可是在康明思的笔下，爱也好，春天也好，都变得那样美好，那样新，给人“第一印象”的感觉，那爱，恒若初恋，那春天，恒若稚童的第一次经验。最奇怪的是，那样强烈的感情或感觉，所用的表现方式，竟是那样纯净，纯净得近乎抽象之美。反对康明思的人，常说他爱玩弄印刷术上的文字游戏。事实上，康明思的情诗可以说是现代英美诗中最纯净的艺术品。像《爱情更厚于遗忘》一类的诗，用最简单的字句，表现最原始的情绪，要说清澈那真是一清见底，了无杂质。一个诗人习用的词汇（vocabulary）是组成作品表面的质感（textural sense）之一大因素。例如庞德字面的庞杂，玛莲·莫尔的精细，兰逊的古拙，佛洛斯特的俚俗，奥登的知识分子腔，金斯堡的泼辣等等，都和他们习用的词汇，有密切的关系。大致上，康明思虽爱自铸新词，或赋旧词以新义，他的词汇却是极小的，恐怕只有奥登词汇的一半甚至三分之一。这正是康明思的一个特点，一个似相反实相成的对比性（paradox）：一方面，他是现代诗中最富于试验性的作者之一；另一方面，他那些清纯尖新的抒情诗又饶有伊丽莎白朝小品的韵味。他的抒情诗，具有秀雅（grace）和激情（passion）：前者无愧于班江生，后者何让济慈。

至于颂赞春天和自然一类的诗，则往往为读者揭开一个充满神奇近乎童话的世界，其中的一切都那样生机盎然，洋溢着希望和谐趣。例如在《春天像一只也许的手》里，春天装饰原野，我们稍一分神，这里飘起一缕清芬，那里便冒出一朵鲜丽，就像冥冥中有一只手在布置自然的橱窗一样。那只手，原来就在似有若无之间，所以叫作“也许的手”。又如在《天真的歌》一诗中，春天刚到，就来了一个卖气球的小老头子，口哨声诱来了打弹子的男孩、跳绳子的女孩。同样地，一个不留神，那小老头子的跛足忽然就变成了山羊脚，原来他是希腊的牧神，象征田园生活的半人半羊的牧神所伪装的。这真给读者一惊又一喜，令人联想到克利、米罗和毕卡索的绘画。尽管批评家再三指出，现代诗人的世界应该以大城市的生活为中心，康明思像佛洛斯特、狄伦・汤默斯、杰佛斯等作家一样，仍然坚持大自然的富丽和它对人性的启示。他厌恶工业社会的功利主义，更憎恨科学的畸形发展。对于他，人与自然之间的和谐，是一种至高的快乐。在《我感谢你神啊为了最最这可异的日子》里，他说：

> 我曾经死去，今天又复活，
> 这是太阳的诞辰；这也是
> 生命和爱和翅膀的诞生：

康明思另一类的作品——讽刺诗，因为涉及西方社会背景和文化传统，所以比较难为中国的读者所接受。在讽刺诗的艺术上，康明思是一位大家。他的武器，包括微妙的机智和沉猛的反喻（irony）与诟骂（invective）。康明思的敌人和假想敌是很多的；大致上来说，凡是虚伪的、麻木的、褊狭的、沾沾自喜的，以及扼杀个人自由的一切，都是他轻嗤或厉斥的对象。他最痛恨沙文主义的信徒，故步自封的学究腐儒，附庸风雅的文化游客，最痛恨侵略家、独裁者、假道学和广告商。康明思对于苏俄的侵略暴行，曾经再三冷嘲。在一首利如短促而貌若童歌的小诗中，他说：

哦，但愿能在芬兰
现在俄国在此地）
轻轻地摇
安逸地横

冲直

闯

其实这是西洋诗中的"戏和体"（parody）。康明思的原文是：

o to be in finland
now that russia here）

swing low

sweet ca

rr

y on

后四行的正常写法是 Swing low, sweet carry on。原来这四行戏拟的本文，是美国南部黑人间流行的一首安魂曲，开头的一句就是："轻轻地摇，安逸的马车。"(Swing low, sweet chariot) 至于前二行，则显然脱胎于英国十九世纪大诗人白朗宁的名句："哦，但愿能在英国，现在国内是四月！"(Oh, to be in England/Now that April there,) 白朗宁的《海外念故国》一诗，原是一首柔美撩人的怀乡小品。百年来，英美读者讽诵已久，所以一读到康明思的"哦，但愿能在芬兰"，自然而然会期待下一句的"现在国内是四月"。突如其来，"俄国"竟取代"四月"而出现；这一惊，立刻激起读者的不快，那感觉，正如享受香软的甜点时，忽然嚼到一粒砂石一样。美好的传统，沦为丑恶的现实，正是康明思讽刺诗中"震骇效果"(shock effect) 的秘诀。另一首名诗《同志们死去，因为那是命令》(*Kumrads Die Because They're Told*)，则正面讽刺共产党员，说他们不怕死，但是怕爱，因为

每一个同志都是一份

绝对不折不扣的仇恨。

当然，康明思的锋芒也不放过美国人自己的罪恶和愚蠢。在《我歌赞奥拉夫》一诗中，他厉斥西点出身的上校和一群士官如何以众凌寡，迫害无辜的奥拉夫。在《剑桥的太太们》一首里，他讥讽道："剑桥的太太们住在附设家具的灵魂里，不美丽，且有安逸的头脑。"在《大事记》一诗中，康明思挖苦那些背着照相机带着旅行指南的美国游客，嚣张，浮躁，对一切都想攀附，但任何事都浅尝辄止；到了威尼斯，他们在岸上大呼 gondola（平底舟），舟子则在船上应他们 signore（先生），结果辛辛那提城变成 Cincingondolanati，真是令人发噱。康明思的一首短诗，只有两行，则泛指无行的政客：

一个政客只是一张屁股，
谁都坐过，除了大丈夫。

在英文里，"坐在屁股上"就是"坐着"的意思。康明思的原意是：你看他坐在那儿，其状俨然，其实他朝秦暮楚，身份千变万殊，什么都是，就是不成一个汉子。此外，说政客只是一张屁股，也寓有徒见其坐而言，不见其起而行的贬意。"屁股"一词当然不雅，可是原文 arse 本来就是一个俗字眼，想作者是有意如此。不要看康明思写抒情诗时像一个天使，写起剧烈的讽刺诗来的时候，他常会在要害的地方爆出一句俚语，一个脏字，或是一派江湖上的腔调。这些粗字眼，衬在文雅得近乎感伤的上下文之间，显得特别有力。也许有人奇怪，怎么同样的一支笔，能唱得那样温柔，又能够骂得那样猛烈。事实上，颂扬美好的和攻击丑恶的，原是一件事情。同样的组合，也见之于拜伦之身。

给读者印象最深的，是康明思独一无二的形式。在这方面，在文字的运用和句法的安排上，康明思是最富于试探性也最善变的现代诗人。他的用词，通常有三种方式。第一是组合新字，例如 manunkind 一词，原来是 mankind（人类），加上否定前缀 un 之后，就有了双关的意义，既可解为“人不类”，又可解为“人不仁”。第二是拆开旧词，特别是在换行的地方，例如，为了要和 mute 押韵，他曾将 beautiful 拆成 beaut 和 iful 而分置两行。第三是变换词性，例如在 he sharpens say to sing（他把说磨利成唱）一句中，他便把两个动词当作名词使用，而效果奇佳。如果将上句还原成正常的文法，改为 he sharpens speech to song，就远不如 say 和 sing 那么高亢而流畅了。又如在 whatever is less alive than never begins to yes（一切比绝不更无生气的东西都开始说是）一句中，康明思便把副词 never 变成名词，又把原来是虚词的 yes 用作了动词。

至于康明思句法的安排，通常有两个特点。第一是控制节奏的速度，可以快，也可以慢。要快的时候，他往往缀联数词，一气呵成，例如在《野牛比尔》一诗中，描摹神枪手出手之快，便有这样的句子：

打　一二三四五　只鸽子就像那样子

慢的时候，他就把字句拆得散散的，拼命换行，例如《日落》的后半段：

　而一阵高
风
正牵动
那
海
以

梦

寐

第二是句法的倒装、穿插和交错的进行。为了加强效果，康明思往往打破传统叙述的次序，将字句或整个倒装，或部分穿插，或一明一暗地交错安排。例如在《或人住在一个很那个的镇上》一诗的首段，便有这样两行：

anyone lived in a pretty how town

(with up so floating many bells down)

第二行，如果理顺了，应该是 with so many bells floating up and down，但是康明思的排列显然更缤纷有趣，能表现许多钟上下摇动此起彼落的情调。又如《小情人，因为我的血会唱歌》一诗的第二段，有这样的句子：

—— but if a look should april me,
some thousand million hundred more
bright worlds than merely by doubting have
darkly themselves unmade makes love.

后三行依散文的次序，原是 Love makes some hundred thousand million more bright worlds than themselves have darkly unmade merely by doubting。至于所谓交错的进行，则往往利用括号来区分主客之势，括号内是客，括号外是主，是叙述的主要脉络。但是由于括号的巧妙运用，主客之势往往可以互易，因此叙述的线索出阴入阳，隐者显之，显者隐之，交叠成趣。这种技巧，令我们想起了毕卡索的阴阳人面。读者如能仔细玩味《春天是一只也许的手》，当可体会康明思的用意。此外，如《我歌赞奥拉夫》《小情人，因为我的血会唱歌》《或人住在一个很那个的镇上》等作品，也提供相同的手法。

一八九四年十月十四日，康明思生于美国马萨诸塞慈州的剑桥镇。他的父亲原是哈佛大学英文系的讲师，后来变成有名的牧师。一九一六年，他获得哈佛大学文学硕士学位。当时第一次大战方酣，美国尚未介入，康明思自动投效诺顿·哈吉士野战救护队，去法国服役。由于法军新闻检查官的误会，康明思竟在法国一个拘留站中被监禁了三个月。据说当时审询的法国军官问他："你恨德国佬吗?"康明思只要回答说"是的"，就可以释放了。可是他竟说："不，只是我很爱法国人罢了。"这次不愉快的经验，后来纪录在他有名的小说《巨室》(*The Enormous Room*)之中，成为与《西线无战事》《告别武器》等书齐名的一次大战重要文献。

从拘留站出来后，康明思立刻加入美国的陆军，正式作战。战后，他去巴黎习画，成为一位职业画家，往返于巴黎纽约之间。同时，他那独创的新诗也渐渐扬名于国际。一九五四年，六十岁的康明思接受母校哈佛大学的聘请，回去主持极具权威的"诺顿讲座"，发表了六篇"非演说"。一九六二年，这位"六十八岁的青年诗人"终于告别了这世界。

但是康明思并没有真正死去，在他那些永远年轻，年轻得要从纸上跳起来的诗里。没有人比康明思更恨死了。对于康明思，哀莫大于心死，那些没有心肠没有头脑的人，只是维持"不死"(undead)罢了，并没活着。他说："在一切讲究标准化的时代，要表示个人一己的态度，几乎已无可能。如果有一亿八千万人(指美国人口)要保持'不死'，那是他们的丧事，可是我正好喜欢‘活着’。”曾经有人误会康明思仇视黑人。他答辩说：“一个人，只因为他是黑人而喜欢他，对他是一种侮辱，正如只因为他不是白人而讨厌他一样。任何一个人都是独特的—— 否则他就像人人一样，不是个人了。”甚至有人误会他是共产党人，这对于独来独往的康明思，真是一个重大的误会。康明思不是共产党人，正如他不是任何党人一样；康明思是一个世界公民，一个自尊的个人，他是梭罗一流的人物。一九三三年，康明思访问苏俄，所见所闻令他很不满意。事后他出版了一本游记《艾米》，详为记述。但是谁要是因此认为康明思是一位美国至上的狭义的爱国主义者，那就大错了。康明思对于他本国文化的病态，也是勇于批评的。他在纽约格林尼治村一个巷子里的一座古屋的底层，住家凡三十年，但是家中没有收音机和电视机。他认为，这两样东西是摧毁现代生活的象征，并且解释说，他所以不要这两样东西，“与其说是因为大家一天到晚开着收音机和电视机，还不如说是因为大家既不听也不看”。

康明思对于现代诗的贡献是不可磨灭的。无疑地，他是少数可以传后的现代诗人之一。尽管有无数作者模仿他独特的诗风，现代诗坛上并无第二个康明思。例如菲律宾诗人维利亚（José Gracia Villa）就有意效颦，但总不如他。沙比洛说康明思“对文字的驾驭，胜过乔艾斯以降的任何诗人……每个人都喜欢读他的诗”。他的哈佛同班同学，小说家杜斯·巴索斯（John Dos Passos）说：“在我想来，康明思在他个人情感的范围，也就是抒情的范围之中，真是我们这时代的创造者之一。他用匪夷所思的翻新字句和花边细工一般精致的毫厘必争的准确叙述，真是对我们不断的挑战。”关于康明思作品的缺点，例如他的感伤和装腔，和他在诗中所使用的过分个人化的象征，批评家布拉克默尔在《把语言当作手势》(*Language as Gesture*）一书中，有极详尽的分析。

诺曼在一九五八年出版的《魔术的创造者：康明思》（*The Magic Maker: E. E. Cummings,* by Charles Norman)，是公认的一本好评传。

天真的歌

在恰恰——
春天　　当世界正泥泞——
芬芳，那小小的
跛足的卖气球的

吹口哨　　远　　而渺

艾迪和比尔跑来
扔下打弹子和
海盗戏，这是

春天

当世界正富于奇幻的水塘

那古怪的

卖气球的老人吹口哨

远　　而　　渺

蓓蒂和伊莎白舞蹈而来

扔下跳房子和跳绳子的游戏

这是

春天

那个

　　山羊脚的

卖气球的　　吹口哨

远

而

渺

本诗描摹春之生意与神奇，既现代，又古典。有山羊脚的卖气球的，是春之牧神变的。

野牛比尔

野牛比尔是
死翘翘啦
　　　　以前他总是
　　　　骑一头　水平银色的
　　　　　　　　　　　　　大雄马
打　一二三四五　只鸽子就像那样
　　　　　　　　　　　　　　　好小子
他可真帅
　　　　我只想问一句
可喜欢你这蓝眼睛的男孩
阎王爷

野牛比尔（Buffalo Bill）是美国西部有名的向导和枪手，本名是柯地（William Frederick Cody, 1846—1917）；墓在丹佛郊外山顶，可以俯瞰远近平原，并附设野牛比尔博物馆。一九六六年七月，译者曾游其地。一九六九年我去丹佛教书，更常去该处。

春天像一只也许的手

春天像一只也许的手
（小心翼翼地来
自无处）布置着
一面橱窗，好多人向窗里望（当
好多人瞪眼望
布置，而且调换，安排
小心翼翼地，那儿一件奇怪的
东西，一件不奇怪的东西，这里）而且
换每一件东西，小心翼翼地

春天像一只也许的
手，在一面橱窗里
（小心翼翼地，移来
移去，移新的和
旧的东西，当
好多人瞪眼，小心翼翼地望
移一片也许的
花来这儿，挪
一吋空气去那儿）而且

什么也没有撞坏

我喜欢自己的肉体

我喜欢自己的肉体，当它跟你的
在一起。 它变成好新的一样东西。
肌腱更美好，神经更丰盛。
我喜欢你的肉体。 喜欢它做的事情。
喜欢它的如此如彼。 喜欢抚玩你
的背脊和你的骨架，和颤动的
充实而滑腻的那种感觉，我要
再一遍而且再一遍而且再一遍
亲吻，我喜欢将你的这样那样都亲吻，
我喜欢，缓缓地揉弄，你传电的茸茸
那种麻手的卷须，以及无以名之的
布满你舒开的肌肤的那种东西
……两眼睁大了爱情的残食，

也许我就是喜欢那种激奋，
激奋于我的下面你那样新

这首诗收在一九二五年出版的诗集《以及》之中。原是一首不拘脚韵的松散的十四行；译文不得已增加一行，变成了十五行。说也奇怪，这首十四行在语法上竟然类似白朗宁夫人《葡萄牙人十四行集》的第四十三首。末行原文无句点，译文从之。

我从未旅行过的地方

我从未旅行过的地方，欣然在
任何经验之外，你的眼神多静寂：
你至柔的手势中，有力量将我关闭，
有东西我摸不到，因为它太靠近

你至轻的一瞥，很容易将我开放，
虽然我关闭自己，如紧握手指，
你恒一瓣瓣解开我，如春天解开
（以巧妙神秘的触觉）她第一朵蔷薇

若是你要关闭我，则我和
我的生命将合拢，很美地，很骤然地，
正如这朵花的心脏在幻想
雪片啊小心翼翼地四面下降；

世界上没有一样感觉能够相当
你强烈的柔软的力量：你的柔软

有一种质地驱使我，以它的本色，
形成死亡和永恒，以每一声嘘息

（我不懂你身上究竟有什么能关闭
而且开放；我心中有样东西却了解
你双眼的声音比一切蔷薇更深沉）
没有谁，即使是雨，有这样小的手

或人住在一个很那个的镇上

“或人”住在一个很那个的镇上
（有这么升起许多的钟啊下降）
春天啊夏天啊秋天啊冬天
他唱他的不曾，他舞他的曾经

女子和男子（也有的少，也有的小）
一点儿也不为“或人”烦恼
他们播种他们的不是，收成他们本身
太阳啊月亮啊星子啊雨水

孩子们猜到（只有几个小孩
而且忘了下去当他们长了上来
秋天啊冬天啊春天啊夏天）

“没有人”爱“或人”愈爱愈深

当时由现在，树由树叶
她笑他的欢愉，她哭他的悲戚
鸟由雪，动摇由静止
“或人”的任何是她的一切

“有人”和他们的“每一人”做夫妇
笑他们的哭，跳他们的跳舞
（睡去啊醒来啊希望啊然后）他们
说他们的永不，睡他们的梦

星子啊雨水啊太阳啊月亮
（只有雪能够开始说清楚
怎么孩子们老是忘记要记住
有这么升起许多的钟啊下降）

有一天“或人”死了，我想
（“没有人”弯腰去吻他的脸庞）
好事的人葬他们，头靠着头
渐渐靠渐渐，曾经靠曾经

一切靠一切，深邃靠深邃
愈来靠愈来，他们梦他们的酣睡

“没有人”靠“或人”，泥土靠四月
愿望靠幽灵，如果靠肯定

女子和男子（又当又叮）
夏天啊秋天啊冬天啊春天
收成他们的播种，去他们的来
太阳啊月亮啊星星啊雨水

这首诗充满了文字的魔术，译成中文，很不讨好。“或人”（anyone）是一个典型的小可怜人物，“没有人”（noone）根本是乌有先生。但将两个英文词并在一起，以虚为实，倍增情趣。

柏拉图告诉他

柏拉图告诉
他；他不能
相信（耶稣
告诉他；他
不肯相信
而（老
子
一定也告诉

过他，而雪门

（是呀

夫人）

将军；

甚至

（信不

信

由你）你

告诉过他；我告诉过

他；我们都告诉过他

（他完全不相信，不相信）

先生）还得靠

日本经手的一片

老第六

街的

电梯

打进他的头顶心；才

打醒了他

纽约第六街的电梯卖给了日本，经制成武器用在二次大战。

对永恒和对时间都一样

对永恒和对时间都一样
爱情无开始如爱情无终
在不能呼吸步行游泳的地方
爱情是海洋是陆地是风
（情人可痛苦？ 一切神灵
骄傲地下降时，都穿上必死的肉体
情人可快乐？ 即使最小的欢欣
也是一宇宙，诞生自希冀）

爱情是一切沉默下的声音
是希望，找不到相对的恐惧
是力量，强得使力量可悯
是真理，比星还最后，比太阳还第一

——情人可有情？ 好吧，挟地狱去天堂
管他圣人和愚人说什么，一切都理想

本诗是一首莎士比亚体的十四行。康明思写过不少此体。

诗

哪，最近的，甚至比你的命运

和我的（或任何不可感的真理）
更近，闪着这夏夜的奇迹

她那亿兆颗秘密可抚摸地生动

—— 这一切神奇，我和你
（因仅仅可信的事物而盲目）
只能够想象我们永不能知悉的
这一切神奇，不可思议地都是我们可触觉的——

怎么有的世界（我们奇怪）要怀疑，
就在一颗非常下坠的星
（哪：看见没有？）隐去的
美好而可怖的那特别的一瞥，

怀疑至大的浑沌的创造可能
不比一个单独的吻更数不清

康明思死于一九六二年九月三日。这首诗是前两个月寄给芝加哥《诗》月刊的，也许就是他最后的作品之一。

Louise Bogan

1897—1970

鲍庚

——虹色在明翼上

鲍庚女士是美国有名的女诗人兼批评家。一八九七年，她生于缅因州，后来在波士顿大学读书。一九四五年至一九四六年，她主持国会书馆的诗讲座。自一九三一年起，她一直为《纽约客》主持诗的批评。她曾先后在芝加哥及爱奥华大学等校讲诗。一九五五年，她的《诗集》和亚当丝女士的《诗》平分巴林根诗奖。一九五九年，她又获得美国诗人学院颁赠的五千元奖金。

鲍庚女士的诗以精确与清晰见称，其中似乎兼受意象主义和玄学诗派的影响。她的批评文集《美国诗的成就》（*Achievement in American Poetry*），出版于一九五一年，薄薄的一册，见解非常犀利。

唐璜之歌

当美破裂而跌落四散，
我才不悲哀，只是罕纳。
当爱情脆得像贝壳片片，
我一遍也不留下做纪念。
我不交一个男人做朋友，
如果他知道爱情不能久。
我不交一个女孩做情人，
如果她看出爱情已不存。
智者怀疑的，愚者信仰——
到底，爱情害何人上当？

夜晚

在荒寒的群岛
与蓝色的河口，
谁在呼吸，必呼吸
海港的长风，
谁在饮水，必长饮
不断地涨潮；

贝壳与海藻
伴随海潮的咸刷，
而晴夜的星斗
挥动向西的光芒
坠到陆地的后方。

脉搏紧守着岩石
一阵一阵地冲来，
而无云的晴空
海水反映
天穹一寸寸地西沉；

——哦，别忘记
在你渐深的夜里
除了心血来潮
还有更多东西在鼓动。

蜻蜓

你几乎是无中生有，
但已经够长出
庞然的大眼瞳

和透明的双翼；
足够做无休止的运行，
无尽的饥饿，
紧握的爱情。

两栖于水与大气之间，
你厌倦于地面。
光触及你，幻化为浮漾的虹色，
在你的细躯与明翼。

两度的诞生，你这水盗，
你劈入盛暑之中，
疾不可数，疾不可捕，
你投入阴影之中，
被阴影吞掉。

你射入了白昼
但最后，当风扫平了芳草，
对于你，心机和意念皆终止，

你遂落下，
随夏季蜕落的其他壳皮。

罗马喷泉

从青铜泉上，我看见
泉水喷出，无缺陷，
直喷到空中才息下，
再不能上升，才降下。

青铜最深的颜色，
人力所造的本质，
笔直喷射到空中，
形成了透明的痛风。

哦，好像用手臂与铁锤
善于努力敲打，
敲出完整的形象，
回应呼啸与结巴，
当迸发的喷势生动，
捶在喷泉的池上
在夏日空际的风中

Ogden Nash

1902—1971

纳许

——无中生有的谐诗

如何打招呼

Candy
Is dandy
But liquor
Is quicker.

Pot
Is not.
Verse
Is worse.

纳许此诗，原来只有四行。后来大麻流行，他又加了二行。至于 Verse/Is worse，则是我自拟加上的，乃指今日少人读诗。

乌龟

乌龟过日子靠两块甲板，
简直看不出是女是男。
我看乌龟哪真是聪明
处此困境却生个不停。

挽歌

纳且市有一位美女娉婷，
衣服上总是有许多补丁。
有人开腔说，
这样的衣装怎么能行，
她慢吞吞地说：俺一痒，就搔个不停。

Richard Eberhart

1904—2005

艾伯哈特

—— 田园风的玄想

艾伯哈特已经成为第二代的美国现代诗人中的重镇。他的诗似乎可以分成两类：一类以战争为主题，另一类以人的地位和命运为主题，比较富于哲理的意味。他的战争诗充满了非战的思想和悲天悯人的胸襟，显然是继承欧文的传统。艾伯哈特和沙比洛都是在二次大战成名的诗人；当时艾伯哈特在海军里担任高炮教官，曾将高炮在夜间的射击写成《一种有节制的流星群》。他的哲理诗显然受了佛洛斯特的影响，但往往流于散文化，谈玄说理失之直接，而且“欠缺控制题材的力量”（Geoffrey Moore 评语）。艾伯哈特每每在田园式的玄想中，插入一些不甚调和的词句，并影射笛卡儿或巴斯卡。他自己曾说：“诗人的用意在于深入自己的感官，以澄清自己对生命的了解，扩大它，隐蔽它，使它蜕变，诱之以隐喻，且以灵活，狡黠，繁富的方式在读者心中激起骚动。”尽管如此，艾伯哈特的作品在表现的成败上却不整齐。他那繁富的题材和技巧，米尔斯

（Richard Mills, Jr.）在一九六二年秋季号的《芝加哥评论》中，分析甚详。

他的代表作《土拨鼠》几乎成为一切现代美国诗选中必选之作。诗中的土拨鼠是写实，也是象征，象征一切生命的必然腐朽，枯槁。从土拨鼠的身上，作者意识到自己的行将衰萎；他的反应始而是愤怒，不愿面对残忍的死，继而是欣然，因自己仍然活着而感到庆幸，终而是冷静，是迷惘。最后他从土拨鼠的腐朽，想到人类文化的新陈代谢和历史的悠久。所谓“篇终接混茫”，正是此意。作者自称，《土拨鼠》是他在一九三三年秋天的作品，当时他感觉如有神灵附体，不到二十分钟便全篇完成。

一九〇四年，艾伯哈特生于美国北部的明尼苏达州。他在达特默斯学院取得学士学位后，又去英国剑桥大学念书，获硕士学位，最后并在哈佛大学研究院研究。他曾先后在华盛顿和普林斯顿等大学教书。一九五四年，他的母校达特默斯学院颁给他荣誉文学博士学位。一九五六年，他便回到母校去，任英文系教授兼“驻校诗人”。一九三〇年到一九三一年，他曾任泰国王子的私人教师。一九六〇年，国会图书馆聘他为诗学顾问。一九六三年到一九六六年，他复受聘为该图书馆的美国文学荣誉顾问。此外，他获得的荣誉，还有雪莱纪念奖、海烈特·孟罗纪念奖和巴林根奖等。

Richard Wilbur

1921—2017

魏尔伯
—— 囚于瓶中的巨灵

在美国老年一代的诗人之中，魏尔伯是非常杰出的一位。在现代诗的后起之秀中，他的声名几与一九六七年六月成为《时代周刊》封面人物的罗贝特·罗威尔相伴。他的诗，含蓄、精美、妥切，显示出作者文化的素养，敏锐的感受，以及对于文字本身的狂热喜爱。他对意象和音律两者同样重视。他常让貌似无心的诸多意象交织成一种视觉的意义。他更认为，诗的意义一部分借声音以传，因此恒留意选择可以暗示意义的字眼。例如在下列的诗句中，为了加强意义，他特别选用了 fell 一词：他说，树顶吹落了一个鸟巢

down forty fell feet.

此地，fell 不但用作动词“坠落”，更用作形容词“致命的”；一词两用，经济而又有力。

像罗贝特·罗威尔一样，魏尔伯认为严格的形式是一种便利。他说："巨灵有力量，因为他被囚于瓶中。"他又说："诗并非写给任一个人看……诗是一种企图，企图表现一种尚未完全感受到的知识，企图说出尚未完全看清楚的关系，企图创造或发现世界的模式。诗是与混乱的一种冲突，而不是一个人对另一个人的通信。"

魏尔伯于一九二一年生于纽约市，一九四二年毕业于安默斯特学院。二次大战时，他随三十六步兵师前往意大利、法国和德国。战后，他进入哈佛大学的研究院，于一九四七年获得英国文学硕士学位，并出版第一本诗集《美者恒变》(*The Beautiful Changes*)。魏尔伯曾先后在哈佛和威尔斯利学院教书；二〇〇九年转至安默斯特学院任教。一九五六年，他的第三本诗集《现世万物》(*Things of This World*)获得普利泽诗奖。他曾将莫里哀的剧本《厌世者》译成英文，并为伯恩斯坦的歌舞喜剧《憨第德》创作抒情歌词。一九七一年五月，魏尔伯曾去丹佛大学演讲，详情可参阅我收入《焚鹤人》中的《现代诗与摇滚乐》一文。

《魔术师》是一首寓言体的小诗。表面上，它描写一个走江湖的怎样献艺，且赢得孩子们的惊羡，实际上它似乎是隐射亚当夏娃失乐园的典故。所谓球"愈跳愈低"，所谓球"不是一个轻松的东西……它爱的是堕落……落自灿烂，在我们的心灵，落定了，而且被忘记"等等，所指的其实就是我们这地球，也就是我们的世界。对于一个孩子，这地球是神奇而活跃的，但是，当一个孩子日渐成年，这地球就渐渐丧失了弹性，愈跳愈低，甚至终于完全不动了。

这首诗的第二段似乎把魔术师影射为造物主。第三段则又回到现实，似乎是说，幻想一个美好的世界，比起重新发现并接受人间要容易多了。在英文里，“人间”“大地”和“地球”原是同一个词 earth，可惜在译文里，“人间”就照顾不到其他两个意义了。原文“重获人间”作 earth regained，似乎是针对米尔顿的《复乐园》(*Paradise Regained*) 作翻案文章。召下天国，且换成一帚，一盘，一桌，正所以从幻想回到现实。第四段似乎说现实是可以享受的，只是为时不长罢了。到第五段，我们才恍然大悟，最后连魔术师也倦了，再英勇的人也会死去（“扫帚重归于尘土”，盖亦莎士比亚“金童玉女最后都无助 / 如烟棋刷子，归于尘土”之意）。尽管如此，他还是值得我们鼓掌喝彩的。

Anne Sexton

1928—1974

赛克丝敦夫人

——溺水的女人

赛克丝敦夫人（Anne Sexton）是美国最杰出的诗人之一，恐怕也是美国最引人注目的女诗人。她出身于新英格兰的世家，清教徒的文化背景和她不驯的个性形成强烈的对照，而且反映在她的诗里。罪恶、死亡、生命的痛苦，甚至疯人院的经验，都是她诗的主题；但是由于形式上一种安详的透明感，读者竟能接受她的猛烈的世界。以女性特有的同情与敏感，安·赛克丝敦将她的“伤口缝合为诗”（Geoffrey Hartman 在 *Kenyon Review* 上说她 turn wounds into words）。罗贝特·罗威尔曾说：“她是一个写实主义者；在形容纯属她个人的经验时，她几乎具有帝俄时代（小说家）的那种充沛与精确。”

一九二八年，赛克丝敦夫人生于马萨诸塞慈州的牛顿城。十九岁那年，她和一个男孩子离家私奔。开始，两人住在纽约北部的一个农庄里，她的丈夫则一面上大学；后来，她的丈夫进入海军，便迁去波士顿和旧金山。二十多岁的时候，她曾在图书馆里工作，又因为生得婀娜多姿，也做过时装模特。她自己的名字是安·哈维（Anne Harvey），她有两个女孩子，和丈夫住在马萨诸塞慈州一小镇上，夏天便去鳕岬和缅因州休假。

赛克丝敦夫人在念中学时曾经写过一阵子诗，后来就停止了，一直到二十八岁那年，才重新执笔。在波士顿大学，她曾经做过名诗人罗贝特·罗威尔的学生。她出版的两本诗集，是一九六〇年的《去贝德伦尚未全归》（*To Bedlam and Part Way Back*）和一九六二年的《我的那些小美丽》（*All My Pretty Ones*）。两本诗集都是自传性的。第一本尤其惊心动魄，因为其中一些作品处理的是她在疯人院中的经验。贝德伦（Bedlam）建于一四〇〇年左右，是英国最古老的一家疯人院，所以"去贝德伦尚未全归"的意思是说：她罹了精神病，虽经住院医疗，迄今尚未完全复原。她的作品广被收入全国性的各种诗选，并获得"美国文艺学院"的文学研究奖。她曾为哈佛大学及国会图书馆作诵诗录音，并曾参加灌制"美国现代诗宝库"的唱片。一九六七年，她获得普利泽诗奖。一九七四年，自杀身亡。

外国来信

我永远认得你一直是老人，

我心爱的温柔白头淑女，你会怪
我深夜不睡，读你的旧信，
似乎这些国外邮戳是为我而盖。
最早你在国外投邮，披着皮大衣，
内穿新装，那是一八九〇年冬季。
我得知伦敦在市长日很没趣，
而你在导游下见识到贼，在东区
的陋街，抓紧手提袋，途中去
开膛手杰克在分解传闻的骨骸。
这星期三在柏林，你说，你要去
俾士麦故居参观义卖。而我
似见你是小女孩在太平盛世，
早在我三个世代前写信，我用心
抵达你的信笺，呼吸前朝……
但人生是诈，是沙包藏有小猫，
时间的沙包，你因死亡而留空，
好远啊你踏着镍板的溜冰鞋，
在柏林的溜冰场，跟你的伯爵
溜过我面前，军乐队正奏着
史特劳斯的华尔兹。我终于
爱你，穿褶衣的老妪，一手难伸。
你读过《罗安格林》，起一身鸡皮，
当你真练习过古堡的生活
在汉诺威。今夜你的旧信把历史

缩成猜测。伯爵已经有妻，
你则是跟我们同住，未嫁的阿姨。
今夜我读到冬天如何绕着
史瓦伯古堡怒号，德语在你牙床
变得如何沉闷。鼠辈踩响
石板的那种音调。在我的年纪你戴耳机。

这是星期三，五月九日在卢森附近，
在瑞士，六十九年前，我得知
你首次爬上圣哈尔瓦多山，
由这条岩径，你鞋底的洞，
你这美国女孩，铁石其内
娇躯其外。你让伯爵安排
你下一次爬山。你们一块
带着阿尔卑斯木棍，火腿三明治
赛泽矿泉水。你一直无畏
丛林的荆棘，或矮灌木堆，
也不为难攀的绝壁或是
俯临卢森湖的惧高症。伯爵不穿
外套还出汗，而你涉行山顶的雪。
他握着你手吻了你。轰轰然你们
坐火车下山，赶搭船回去；
或其他邮戳：巴黎，维洛纳，罗马。

这是意大利。你学了其母语。
得知你步过罗马七丘的主丘，
漫游历代宫殿的废墟；
从七月起你就独对罗马之秋，
你在我这年纪，人家把你包好送走，
你最好的帽子盖着脸。我哭了，
因为我才十七岁。现在我长大了，
得知你买学生票才进得了
梵蒂岗的内堂，当时你
和别人一样欢呼，像我们
庆祝七月四日。十一月某周三
你见一只气球，画成了银球，
升上古罗马的广场，高过古帝王。
借偶来的微风内闪动现代的牢房。
你受自己新英伦良心所鼓足，
与艺人，栗子小贩，一般信徒。

今夜我要加倍地爱你；
读懂你早年，维多利亚中叶的脸。
今夜容我放言而且打断
你的信件，警告你战争将起，
伯爵会死去，而你会收回
你的美国，取缅因州的农场
过正经的日子。跟你说你会

来波士顿的郊区，看漂亮的
孩子们跳摇滚乐，并感觉你左耳
在周五的交响乐会关闭。告诉你，
你会踮着穿皮靴的双腿跑出厅去，
因怪声而摇摆，直奔拥挤的街旁，
让眼镜直跌到地上，
头发纠结，一面拦住路人，
喃喃诉你如何错爱，一面双耳失声。

赛克丝敦夫人曾任时装模特，后入精神病院多年，并未痊愈。罗贝特·罗威尔做过她老师，对她作品颇有好评。一九六七年她获得普利泽诗奖。此诗写她的阿姨，因畸恋之压力而忽然失聪，当属美国“独白”（confessional poetry）派之忏悔自白。

星夜

> 那并不能阻止我感到一种急切的需要，需要—— 我是否该说—— 宗教。于是我在夜间出去画星。
>
> 梵谷致弟书

市镇并不存在，
除了有一影黑发的树溜

上去，像溺水的女人，溜进炎热的夏空。
市镇沉沉。　夜煮沸十一颗星。
啊星光星光夜！　我愿
像这样死去。

夜在移动。　星子们全是活的。
就连月亮，也在橙色的镣铐中凸起，
为了推开孩子们，如神，自它的眼睛。
隐形的古蟒吞下了星子们。
啊星光星光夜！　我愿
像这样死去：

溜进夜那条盲闯的黑兽，
吸上去，被那条巨龙，自我的
生命迸裂，没有旗帜，
没有腹，
没有惊呼。

死者所知

献给母亲，一九〇二年三月生，一九五九年三月殁
　和父亲，一九〇〇年二月生，一九五九年六月殁

都走了，说着走出了教堂，
拒绝加入去墓地的僵硬行列，
让死者独自坐在柩车上。
这是六月。 我厌倦于做勇者。

我们驾车去鳕角。 我休养自身，
当融融的太阳自天空下降，
当海水挥舞像一扇铁门，
而我们相触。 有人在另一种国度死亡。

情人啊，风刮进来，像阵阵石块，
从心脏发白的海水，当我们相抚，
我们便完全进入爱抚。 无人孤独。
男人杀人为此，或与此相当的事物。

死者又怎样呢？他们赤足而眠，
在石舟之中。 死者比海水
更像顽石，比停止的海。 死者
拒绝祝福，喉，眼，指节骨。

附录：

译名对照表

外语原名	本书译名	通行译名
Under Ben Bulben	《班伯本山下》	《在本布尔山下》
A Refusal to Mourn the Death, by Fire, of a Child in London	《不愿悲悼伦敦空袭时烧死的一女孩》	《拒绝哀悼死于伦敦大火中的孩子》
The Coming of Wisdom with Time	《成熟的智慧》	《随时间而来的智慧》
Soldiers' Pay	《大兵的饷》	《士兵的报酬》
Toss of the d'Urbervilles	《黛丝姑娘》	《德伯家的苔丝》
When you are old	《当你年老》	《当你老了》
The Darkling Thrush	《冬晚的画眉》	《黑暗中的画眉》
Candide	《憨第德》	《康第德》《老实人》
Sailing to Byzantium	《航向拜占庭》	《驶向拜占庭》
The Lake Isle of Innisfree	《湖上的茵岛》	《茵尼斯弗利岛》
The Waste Land	《荒地》	《荒原》
Crazy Jane Talks with the Bishop	《狂简茵和主教的对话》	《疯珍妮和主教对话》
Lycidas	《李西达斯》	《利西达斯》
The Dynasts	《历代》	《还乡》
Bright Star	《亮星啊，愿我能坚定像你》	《明亮的星》
Ramona	《罗梦娜》	《雷蒙娜》
The Circus Animal's Desertion	《马戏班鸟兽散》	《马戏团动物的逃亡》
Hugh Selwyn Mauberley	《莫伯里》	《休·塞尔温·莫伯利》

续表

外语原名	本书译名	通行译名
The Spectator	《旁观报》	《旁观者》
Anecdote of the Jar	《瓶的轶事》	《坛子轶事》
The Seven Pillars of Wisdom	《七智柱》	《智慧七柱》
Jude the Obscure	《微贱的玖德》	《无名的裘德》
I, Claudius	《吾乃克洛地亚斯》	《我，克劳迪亚斯》
Ode to the West Wind	《西风歌》	《西风颂》
Ode on a Grecian Urn	《希腊古瓶歌》	《希腊古翁颂》
Among School Children	《学童之间》	《在学童中间》
Adam's Curse	《亚当的灾难》	《亚当的诅咒》
A donais	《亚多奈斯》	《阿多尼》
Portrait of the Artist as a Yonng Dog	《艺术家充幼犬的肖像》	《青年狗艺术家的画像》
Down by the Sally Gardens	《在柳园旁边》	《柳园里》
Ronald Stuart Thomas	R. S. 汤默斯	R. S. 托马斯
Adonis	阿当尼斯	阿多尼斯
Aphrodite	阿芙罗黛蒂	阿芙洛狄忒
Arabia	阿剌伯	阿拉伯
Amy Lowell	阿咪·罗威尔	艾米·洛威尔
Achilles	阿岂利斯	阿喀琉斯
El Greco	艾尔·格瑞科	埃尔·格列柯
Robert Emmet	艾默	罗伯特·埃米特
John Ashbury	艾希伯瑞	约翰·阿什贝利
Iowa	爱奥华	爱荷华
Edward Lear	爱德华·李耳	爱德华·利尔
Philip Edward Thomas	爱德华·汤默斯	爱德华·托马斯
Emily Jane Brontë	爱蜜丽·布朗黛	艾米莉·勃朗特
Ralph Waldo Emerson	爱默森	爱默生

续表

外语原名	本书译名	通行译名
Amherst	安默斯特	阿默斯特
Mattew Arnold	安诺德	阿诺德
Empson	安普森	燕卜荪
George Antheil	安泰易	安太尔
Ophelia	奥菲丽亚	奥菲莉亚
Paris	巴里斯	帕里斯
Pascal	巴斯考	帕斯卡
Browning	白朗宁	勃朗宁
Ben Jonson	班江生	本·琼生
Paul Claudel	保罗·克罗代	保罗·克洛岱尔
Sandro Botticelli	鲍蒂且利	波提切利
Louise Bogan	鲍庚女士	露易丝·博根
John Betjeman	贝吉曼	贝杰曼
Peter Quince	彼得·昆士	彼得·昆斯
Otto Eduard Leopold von Bismarck	俾士麦	俾斯麦
Pablo Ruiz Picasso	毕卡索	毕加索
Penny	辨士	便士
Pennsylvania	宾夕维尼亚	宾夕法尼亚
Bertran de Born	伯尔特朗·德·蓬恩	贝特朗·德·博尔恩
R. P. Blackmur	布拉克默尔	布莱克默
Blake	布雷克	布莱克
University of Bristol	布里斯陀大学	布里斯托大学
Dartmouth College	达特默斯学院	达特茅斯学院
Pieter Brueghel	大布鲁可	老布鲁盖尔
Dionysus	戴奥耐塞斯	狄俄尼索斯
Daedalus	戴德勒斯	代达洛斯
Edgar Degas	戴嘉	德加

续表

外语原名	本书译名	通行译名
Walter John de la Mare	戴拉美尔	德·拉·梅尔
Cecil Day Lewis	戴路易斯	戴·刘易斯
Emily Dickinson	狄瑾荪	狄金森
Dylan Thomas	狄伦·汤默斯	迪伦·托马斯
Devizes	迪外斯	迪韦齐斯
Tyndareus	丁大留斯	廷达瑞俄斯
Cyril Tourneur	窦纳	都纳尔
Achille-Claude Debussy	杜步西	德彪西
Hilda Doolittle	杜丽多	希尔达·杜利特尔
Duccio di Buoninsegna	杜齐阿	杜乔
John Dos Passos	杜斯·巴索斯	约翰·多斯·帕索斯
Vanderbilt University	梵德比尔特大学	范德比尔特大学
Vincent Willem van Gogh	梵谷	梵高
Lawrence Ferlinghetti	费林格蒂	弗林盖蒂
Edward Fitzgerald	费兹杰洛	菲茨杰拉德
Vermont	佛尔芒特州	佛蒙特州
Piero della Francesca	佛朗且斯卡	佛朗切斯卡
Frost	佛洛斯特	弗罗斯特
Freud	佛洛伊德	弗洛伊德
Volcānus	服康	武尔坎努斯
Jean Honoré Fragonard	傅拉果纳	弗拉戈纳尔
Henri Gaudier	戈地叶	戈蒂耶
Galway	戈尔威	戈尔韦
Robert Graves	格瑞夫斯	格雷夫斯
Thom Gunn	耿汤	托姆·冈恩
Gonzaga	龚察加	贡扎加
Maud Gonne	龚茂德	茅德·冈
John Holloway	哈洛威	霍洛威
Hart Crane	哈特·克瑞因	哈特·克兰

续表

外语原名	本书译名	通行译名
Hamlet	汉莱特	哈姆雷特
Hamilton	汉弥顿	汉密尔顿
Ernest Miller Hemingway	汉明威	海明威
A. E. Housman	浩司曼	豪斯曼
Hephaestus	赫非斯托	赫菲斯托斯
Pierre de Ronsard	洪沙	龙沙
Wagner	华格纳	瓦格纳
Robert Penn Warren	华伦	罗伯特·沃伦
Kiltartan	基大顿	基尔塔坦
Joseph Rudyard Kipling	吉普林	吉卜林
Gaius Valerius Catullus	加大勒	卡图卢斯
Randall Jarrell	贾洛	贾雷尔
Giovanni Bellini	觉望尼·贝里尼	乔凡尼·贝利尼
Robinson Jeffers	杰佛斯	杰弗斯
Helen Hunt Jackson	杰克孙夫人	海伦·亨特·杰克逊
Edward King	金爱华	爱德华·金
Irwin Allen Ginsberg	金斯堡	金斯伯格
Callimachus	卡利马克司	卡利马丘斯
Castor	卡斯托	卡斯托耳
Jack Kerouac	凯如阿克	杰克·凯鲁亚克
Kansas	坎萨斯	堪萨斯
Kensington	坎辛顿	肯辛顿
Kenyon	坎延	凯尼恩
State of Connecticut	康奈提克州	康涅狄格州
Cordelia	考娣丽亚	考狄利亚
William Frederick Cody	柯地	科迪
Samuel Taylor Coleridge	科立基	柯勒律治
Clytemnestra	克莱坦娜斯特拉	克吕泰谟涅斯特拉
John Christopher	克里斯多佛	克里斯托弗

续表

外语原名	本书译名	通行译名
Paul Claudel	克罗代	克洛代尔
Robert Creeley	克瑞利	罗伯特·克里利
Philip Larkin	拉尔金	拉金
Rahab	拉哈布	喇合 / 辣哈布
La Rochefoucauld	拉罗希福可	拉罗什富科
Layard	拉耶德	莱亚德
Laura Riding	赖丁	劳拉·莱汀
Sidney Lanier	兰尼尔	拉尼尔
Ransom	兰逊	兰色姆
Jean Nicolas Arthur Rimbaud	蓝波	兰波
Herbert Read	李德	赫伯特·里德
Leavis	李威斯	利维斯
Sinclair Lewis	刘易士	刘易斯
Pietro Lombardo	龙巴多	隆巴尔多
Michael Longley	龙黎	朗利
Lucerne	卢森	琉森
Lucian	卢先	琉善
E.A. Robinson	鲁宾逊	罗宾逊
Robert Lowell	罗贝特·罗威尔	罗伯特·洛威尔
M.L. Rosenthal	罗森索	罗森塔尔
Theodore Roethke	罗斯克	迪奥多·罗赛克
Rhodes Scholarships	罗兹奖学金	罗德奖学金
Mars	马尔斯	玛尔斯
Macbeth	马克伯斯	麦克白
Massachusetts	马萨诸塞慈	马萨诸塞
Majorca	马约卡	马略卡
Marianne Moore	玛莲·莫尔	玛丽莲·摩尔
Minos	迈诺斯	米诺斯

续表

外语原名	本书译名	通行译名
Melville	麦尔维尔	梅尔维尔
John Masefield	梅士菲尔	梅斯菲尔德
Monterey Bay	蒙特瑞湾	蒙特利湾
Lewis Mumford	孟福	刘易斯·芒福德
Hans Memling	孟陵	梅姆林
Harriet Monroe	孟罗女士	哈丽特·门罗
Thomas Middleton	米多顿	米德尔顿
Milton	米尔顿	弥尔顿
Michelangelo	米开朗吉罗	米开朗琪罗
Edna St. Vincent Millay	米蕾	米莱
Muses	缪思	缪斯
Mozart	莫札特	莫扎特
John Herbert Nelson	纳尔森	纳尔逊
Ogden Nash	纳许	奥格登·纳什
Nashville	纳许维尔	纳什维尔
Nero	尼罗王	尼禄
State of New Hampshire	纽罕普夏州	新罕布夏州
Norton	诺敦	诺顿
Norman	诺尔曼	诺曼
Pollux	帕勒克斯	波吕涅刻斯
Dorothy Parker	派克夫人	多萝西·帕克
Peter Pan	潘彼德	彼得潘
Petrarch	皮特拉克	彼得拉克
Houston Peterson	皮特森	休斯顿·彼得森
Pittsburgh	匹次堡	匹兹堡
Plath	普拉丝	普拉斯
Priapus	普赖厄帕斯	普里阿普斯
Pulitzer Prize for Poetry	普利泽诗奖	普利策诗歌奖
Proteus	普洛丢斯	普罗透斯

续表

外语原名	本书译名	通行译名
Ambrogio Predis	普瑞地斯	普雷迪斯
John Ciardi	齐阿地	西阿弟
Soren Aabye Kierkegaard	齐克果	克尔凯郭尔
Ithaca	绮色佳	伊萨卡
Pre-Raphaelite Brotherhood	前拉菲尔主义	拉斐尔前派
Joyce	乔艾斯	乔伊斯
George Orwell	乔治·欧威尔	乔治·奥威尔
Cupid	邱比特	丘比特
C. G. Jung	容格	荣格
Anne Sexton	赛克丝敦夫人	安妮·塞克斯顿
George Santayana	桑塔耶纳	桑塔亚纳
Karl Shapiro	沙比洛	卡尔·夏皮罗
Sophocles	沙福克里斯	索福克勒斯
Albert Samain	沙曼	阿尔贝·萨曼
Mount San Salvatore	圣哈尔瓦多山	萨尔瓦托雷山
Saint Sophia	圣莎菲亚大教堂	圣索菲亚大教堂
Stonehenge	石冻恒寂	巨石阵
Spender	史班德	斯彭德
Sphinx	史芬克狮	斯芬克斯
Vernon Scannell	史坎诺	斯坎内尔
W. D. Snodgrass	史纳德格拉斯	斯诺德格拉斯
Stravinsky	史特拉夫斯基	斯特拉文斯基
Stephen Crane	史悌芬·克瑞因	斯蒂芬·克莱恩
Wallace Stevens	史悌文斯	华莱士·史蒂文斯
Noel Stock	史托克	斯托克
A. C. Swinburne	史云朋	斯温伯恩
Swansea	斯望西	斯旺西
Taliesin	塔列辛	塔 利 辛

续表

外语原名	本书译名	通行译名
Charles Tomlinson	汤灵森	汤姆林森
Troia	特洛邑	特洛伊
RMS Titanic	铁达尼号	泰坦尼克号
Toulouse-Lautrec	土鲁斯	亨利·德·图卢兹-罗特列克
Wilfred Edward Salter Owen	威尔夫瑞·欧文	威尔弗雷德·欧文
Wales	威尔斯	威尔士
Wellesley College	威尔斯利学院	韦尔斯利学院
Verona	维洛纳	维罗纳
Venus	维纳丝	维纳斯
Villon	维荣	维庸
Jaromir Weinberger	魏伯格	雅罗米尔·魏因贝格尔
John Webster	魏伯斯特	韦伯斯特
Richand Wilbur	魏尔伯	威尔伯
John Wain	魏因	约翰·韦恩
Wyndham Lewis	温顿·刘易士	路易斯
John Wyndham	文敦	温德姆
Wolfe Tone	沃夫·东恩	沃尔夫·托恩
Westminster Abbey	西敏寺	威斯敏斯特教堂
West Sussex	西赛克斯	西萨塞克斯
Siena	西叶纳	锡耶纳
Hebrew	希伯莱	希伯来
Herod	希罗	希律
Cappella Sistina	席斯丁教堂	西斯廷教堂
Edith Louisa Sitwell	席特威尔	伊迪丝·西特维尔
Thetis	喜娣丝	忒提斯
Chopin	萧邦	肖邦

续表

外语原名	本书译名	通行译名
William Tecumseh Sherman	雪门将军	威廉·特库赛·谢尔曼
Cape cod	鳕岬	鳕鱼角 / 科德角
Aldous Huxley	亚尔德斯·赫克斯里	阿道司·赫胥黎
Agamemnon	亚嘉曼农	阿伽门农
Yeats	叶慈	叶芝
Icarus	伊卡瑞斯	伊卡洛斯
Illinois	伊利诺易州	伊利诺伊州
Eleusis	伊留西斯	厄琉西斯
Istanbul	伊斯坦堡	伊斯坦布尔
Christopher Isherwood	依修吾德	伊舍伍德
the Eurotas River	犹罗塔斯河	欧罗塔斯河
Samuel Johnson	约翰生博士	塞缪尔·约翰逊
Joachim	约金	若亚敬
Justinian	周斯提年	查士丁尼
John Dryden	朱艾敦	约翰·德莱顿